1854

Das Buch

Erinnerungen an die Gegenwart von einem ihrer schärfsten Beobachter: Moritz Rinke träumt von Karl Lauterbachs roter Fliege und schreibt nach dem Vorbild von Dürrenmatts *Die Physiker* das neue Virologen-Drama. Begleitet von den Spürhunden des Altkanzlers oder gut versteckt in Olaf Scholz' Aktentasche reist er durch die deutsche Zeitgeschichte. Er versucht, den Brexit mit einer Gabel zu verhindern, und spaziert mit Trump als Räuber Hotzenplotz zum Kapitol. Vor einem Fenster in Antalya bewacht er den Schlaf seines Sohnes nach dem gescheiterten Putschversuch und sucht verzweifelt Antworten auf unmögliche Fragen, als russische Panzer durch die Ukraine rollen. An einem Strand auf Lanzarote sieht er die Boote Geflüchteter landen und denkt über die Idee Europas nach, die in den letzten Jahren immer kleiner und kälter zu werden schien.

Es sind erhellende, nachdenkliche und zugleich absurd-heitere Streifzüge, die Moritz Rinke durch unsere Wirklichkeit unternimmt.

Der Autor

Moritz Rinke, geboren 1967 in Worpswede, ist einer der führenden Dramatiker seiner Generation. Seine Theaterstücke, u. a. »Republik Vineta«, »Wir lieben und wissen nichts« oder »Westend«, werden national und international gespielt und erreichen ein Millionenpublikum. Sein Debütroman »Der Mann, der durch das Jahrhundert fiel« (2010) wurde zum Bestseller. Zuletzt erschien bei Kiepenheuer & Witsch der Roman »Der längste Tag im Leben des Pedro Fernández García« (2021). Moritz Rinke lebt in Spanien und in Berlin.

Moritz Rinke

Kiepenheuer & Witsch

Unzer komp liziertes Leben

1. Auflage 2023

© 2023, Verlag Kiepenheuer & Witsch, Köln
Alle Rechte vorbehalten
Covergestaltung: Barbara Thoben, Köln
Gesetzt aus der Minion Pro
Satz: Buch-Werkstatt GmbH, Bad Aibling
Druck und Bindung: GGP Media GmbH, Pößneck

ISBN 978-3-462-00192-1

Inhalt

III Europas kälteste Zeit

IV Mein anderes Land

V ¦ Kinderkanzlerträume

Der Frieden in Kinder hẵnden

*»Gestatten Sie uns, in einen Dialog zu diesem Land
zu treten, das auch das unsrige ist, und nicht nur
das Putins. Genauso wie Alexander Solschenizyn glaube
auch ich, dass zu guter Letzt das Wort den
Beton sprengen wird. Er schrieb: ›Deshalb ist das Wort
wichtiger als der Beton. Deshalb ist das Wort kein
geringes Nichts.‹ (Wir) sitzen vielleicht im Gefängnis,
aber ich halte uns nicht für besiegt.«*

―――――――――

(Aus der Schlusserklärung der russischen Pussy-Riot-Aktivistin
Nadeschda Tolokonnikowa, nachdem sie und Marija Aljochina
aufgrund ihres Punkgebets in der Moskauer Christ-Erlöser-Kathedrale
2012 zu zwei Jahren Gefängnis verurteilt wurden.)

―――――――――

1.

Zeitenwende – und der Versuch,
sich neu zu sortieren

Am 24. Februar 2022, am ersten Tag des russischen An-
griffs auf die Ukraine, war in Deutschland alles noch wie immer: abwarten, keine voreiligen Entscheidungen treffen, der
Angela-Merkel-Kurs. Keine achtundvierzig Stunden später dann: Waffenlieferungen an die Ukraine. Und, am vierten Tag des Krieges, die Ausrufung der »Zeitenwende«, die
Ankündigung des Bundeskanzlers, dass er ein Sonderver-
mögen von hundert Milliarden Euro für die Aufrüstung der
Bundeswehr bereitstellen werde. Es dauerte also vier Tage,
bis sich die SPD von dreißig Jahren friedensbewegter Au-
ßen- und Sicherheitspolitik verabschiedete und die Grünen
vom »Frieden ohne Waffen«.

10. März 2022

Jetzt also deutsche Panzerfäuste. Vorher waren die Zauber-
worte: *Nachhaltigkeit*, *Green Culture* und *Gender-identity*, jetzt
heißen sie plötzlich *NATO*, *Wehrpflicht*, *Panzerabwehrwaffen*
oder *schultergestützte Stinger-Boden-Luft-Raketen*.

Zeitenwende.

Und auch ich habe versucht, mich nach diesen ersten Tagen
des Krieges neu zu ordnen. Vielleicht, dachte ich mir, geht es
ja vielen so, die von sogenannten Pazifisten erzogen worden

sind, die länger an ihrer Kriegsdienstverweigerung formuliert haben als am Abituraufsatz, und sich vielleicht für all das jetzt insgeheim sogar schämen? Haben die Franzosen und Amerikaner nicht schon immer über uns gesagt, wir seien »Neopazifisten« und hätten »German Angst«?

In der *Süddeutschen Zeitung* steht heute der Bericht des Philosophie-Professors Volodymyr Abaschnik von der Karazin-Nationaluniversität im belagerten Charkiw. Statt ein Seminar über »Freiheit und Menschenwürde als Werte« zu halten, meldete er sich nach der Mobilmachung bei den Behörden, um mitzukämpfen. Sergiy Rozhko, ein ukrainischer Autorenkollege, mit dem ich vor Jahren in Kiew Fußball gespielt habe, postete bei Facebook, er würde jetzt in Charkiw kämpfen, territoriale Verteidigung, er trug auf dem Bild Outdoor-Kleidung. Und so entschlossen, wie er in die Kamera blickte, wollte ich glauben, die Ukrainier könnten gegen das russische Militär Wunder bewirken.

Ja, dachte ich, gebt Sergiy und dem Professor Waffen, sie sollen ihre Werte auf der Straße verteidigen können, nicht nur im Seminar oder in Texten. Vielleicht stimmt es, was die Franzosen über uns Deutsche sagen. Also, weg mit dem Pazifismus, weg mit diesem Ghandi-Kram, diesem Kurt Tucholsky und Carl von Ossietzky und dieser Bertha von Suttner und Judith Butler, zurück zur maskulinen Ästhetik: Vitali Klitschko, der Bürgermeister von Kiew, mit Maschinengewehr, der ukrainische Präsident Wolodymyr Selenskyj im schlammfarbenen Pullover.

Bedeutet »Zeitenwende« also nun, dass man erkennt oder erkennen muss, dass auf Gewalt nur mit Gewalt geantwortet werden kann? Und bedeutet es, dass nun erst so richtig die große Zeit der Waffenindustrie gekommen ist? Wäre es sogar absurderweise okay, Rheinmetall-Aktien zu kaufen, die ja immer noch so schön weiter steigen? Oder ist es am Ende doch nicht ganz so selbstverständlich, Rheinmetall-Aktien zu kaufen und ukrainische Autoren und Professoren mit Panzerfäusten auszustatten?

Schaue ich die Videobotschaften des ukrainischen Präsidenten, denke ich: Mehr Waffen! Sehe ich das Grauen und die Toten auf Instagram, verzweifele ich – und zweifele wieder. Ich kaufe mir nun extra Zeitungen mit linker Gesinnung, in der Hoffnung, dort meinen eigenen Pazifismus wiederzufinden. In der Anteilnahme und Zuwendung für die Ukraine, lese ich zum Beispiel in der *taz*, sei auch etwas anderes: »eine neue Art von Pandemie«. Sie sei »geistig-politischer Art, ein mentales Strammstehen, das sich über Nacht unter jenen verbreitet hat, die öffentlich Stimme haben«. Dabei sei es nicht der Angriffskrieg Putins, der diese Zeitenwende einläute, sondern die Reaktionen darauf.

Darf so etwas gerade geschrieben werden?, denke ich. Werde ich nicht wütend, so etwas zu lesen, während ein russischer Präsident in sein Nachbarland einfällt, Bomben auf Wohnhäuser und Kernkraftwerke wirft und Hunderttausende flüchten? Ich lese doch lieber die *FAZ*, die *FAZ* forderte immer Waffenlieferungen. »Es sind ja nicht allein westliche Wirtschaftssanktionen, die Putin nach einem Einmarsch in die Ukraine in Bedrängnis bringen könnten«, hieß es dort in einem Kommentar. »Noch gefährlicher für sein Ansehen in der eigenen Bevölkerung dürften lange und schwere Kämpfe werden. Deshalb muss das ukrainische Militär gut ausgerüstet sein.«

Je länger ich darüber nachdenke, umso empörter werde ich. Sergiy und der Professor sollen also möglichst lange durchhalten (oder sogar sterben), damit das Ansehen Putins in der eigenen Bevölkerung schwindet? Das ist strategisch bestimmt gut gedacht und lässt sich auch leicht aus dem Homeoffice schreiben, aber die *FAZ* und wir sitzen hier alle rum, schauen aus der Ferne zu und hoffen, dass die in der Ukraine möglichst lange durchhalten?

Dann sollten wir vielleicht doch, emotional gesprochen, unseren eigenen Arsch bewegen. Man könnte ja in die Ukraine reisen und mithelfen beim Durchhalten. Oder irrationaler gefragt: Könnte die NATO nicht doch eine Flugverbotszone über der Ukraine einrichten? Wie lange könnten wir dann noch so bequem aus unseren Homeoffices die Weltlage kommentieren, wenn NATO-Kampfflieger russische Bomber abschießen …? Aber die Hähne, aus denen russisches Gas strömt, die sollten wir doch nun wenigstens mal mutig zudrehen? Ist das nicht eigentlich total irre, Ex-DDR-Raketen in die Ukraine zu liefern, aber gleichzeitig mit unserem Geld fürs russische Gas Putins Kriegskasse zu füllen? Und wie ist das überhaupt möglich, dass wir schon am vierten Tag des Krieges bei einer Debatte über unsere eigene Kriegskasse und Grundausstattung der Bundeswehr angekommen sind?

Ich schaue sogar die ZDF-Talkshow *Markus Lanz*, um auf all das Antworten zu bekommen. Am siebten Tag des Krieges gerät dort der SPD-Politiker Ralf Stegner ins Kreuzfeuer, weil er behauptet, Waffenlieferungen an die Ukraine würden das Leiden der Menschen dort nur verlängern. Ich denke an Sergiy und den Professor und bin geneigt, ihm zuzustimmen. Ich sehe dieses Blitzen in den Augen des Moderators, wenn er kampfeslustig in seinem Fernsehsessel wippt und versucht, Stegner fertigzumachen, weil der eben keine Waffen liefern will. Ich denke: Oh Gott, was ist nur mit unseren öffentlich-rechtlichen Anstalten los? Sieben Tage vor dem Krieg nahm sich der Moderator den ukrainischen Botschafter in Deutschland vor und fragte ihn, sichtlich genervt, welche Waffen er denn bitte schön von uns haben wolle. Ja, es ist schrecklich, wie manche Leute plötzlich immer auf der richtigen Seite stehen.

Aber wo stehe ich denn nun? Vielleicht zeigen solche Talkshows, in welchem unlösbaren moralischen Dilemma wir stecken. Muss ich Waffenlieferungen unmoralisch finden, weil sie Kriege verlängern? Muss ich es unmoralisch finden, Waffen nicht zu liefern, weil dann den Angegriffenen nicht geholfen wird, sich zu verteidigen?

Es sind so unfassbar traurige Fragen. Gestern hat mich mein siebenjähriger Sohn gefragt, was ein Luftschutzbunker sei. Heute hat er in seinem Zimmer Spielzeugkisten umgeworfen und gesagt, er zerstöre die russische Armee. Erst musste ich ihm die Pandemie erklären, jetzt Putin und den Krieg. Und was soll ich ihm nun sagen? Schmeiß die anderen Kisten auch noch um, ich bin zwar der Sohn von Pazifisten, aber mach bitte alles kaputt?

•

Ich denke darüber nach, auf Anregung meines Nachbarn im Hinterhaus, eines sehr gebildeten Ungarn, ob es vielleicht mindestens drei Putins gibt. Und ob die Entwicklung von Putin I zu Putin III vielleicht auch mit uns selbst zu tun hat: mit unserer eigenen moralischen Schwäche (und der fossilen

Abhängigkeit), die wir jetzt umso stärker mit unserer neuen Selbstgewissheit bekämpfen.

Putin I haben wir im Bundestag sprechen lassen und gefeiert (»Heute erlaube ich mir so die Kühnheit, einen großen Teil meiner Ansprache in der Sprache von Goethe, Schiller und Kant zu halten …«); wir hängten ihm sogar in der Semperoper in Dresden Orden an, Medaillen im griechischen Parlament und das Großkreuz der Ehrenlegion Frankreichs.

Den Putin II haben wir lange gewähren lassen: Georgienkrieg, Annexion der Krim, Invasion im Donbass, Giftgas- und Mordanschläge gegen Kritiker, die blutige Beihilfe für Assad in Syrien. Und es fällt auf, dass sich unsere Anteilnahme an Kriegen besonders eurozentrisch ausnimmt.

Nun haben wir also Putin III. Und wir wissen, dass wir ihn uns irgendwie auch selbst gezüchtet haben.

Ich habe meinem Sohn aber auch von den liebevollen Figuren in den Stücken von Anton Tschechow erzählt. Und jetzt, wo so viele russische Künstler und Künstlerinnen ausgeladen, boykottiert und gleich mitsanktioniert werden, lese ich Dostojewski, den eine Universität in Mailand sogar aus dem Lehrplan streichen wollte.

»Ja, die Bestimmung des russischen Menschen ist zweifellos alleuropäisch und allweltlich«, sagte Dostojewski in seiner berühmten Rede im Juni 1880 bei der Einweihungsfeier für ein Puschkin-Denkmal, bei der angeblich Frauen vor Begeisterung in Ohnmacht fielen. »Ein wirklicher Russe, ganz Russe sein heißt vielleicht nur (letzten Endes, ich bitte das zu unterstreichen) ein Bruder aller Menschen sein, ein Allmensch, wenn man so will. Unser ganzes Slawophilentum und Westlertum ist nur ein großes, wenn auch historisch notwendiges

Missverständnis.« Für die Bezüge zu den Westlern in Form dieses Dostojewski'schen Allmenschentums wurde er damals, wie bestimmt auch heute, von den konservativen Panslawisten oder Panrussisten scharf kritisiert, ein »Allmenschentum« entsprach ihnen nicht. »Wenn unser Gedanke nur eine Fantasie wäre«, sprach Dostojewski vor dem Denkmal weiter, »so könnte sich diese Fantasie auf Puschkin stützen. Hätte er länger gelebt, hätte er vielleicht unsterbliche Bilder der russischen Seele geschaffen, die unseren europäischen Brüdern verständlicher wären, er hätte uns ihnen gewinnender und vertrauter gezeigt, als wir ihnen jetzt sind.«

Ich wünschte, man könnte sich für die Zukunft auf solche Worte stützen.

2.

Das Herz-Kopf-Drama
des Westens

21. März 2022

Heute bekam ich eine E-Mail eines Deutschlehrers, in dessen Abiturklasse ich einmal aus meinen Büchern gelesen hatte. Ich solle, hieß es in der Nachricht, umgehend meine Schriftstellerkollegen versammeln und eine internationale Brigade gründen, mit der man dann, wie damals im Spanischen Bürgerkrieg, Richtung Ukraine ziehen könne.

Er verwies auf all die Schriftsteller, die vor Hitler fliehen mussten und die Spanische Republik gegen die Faschisten verteidigten. Er erwähnte das berühmte Guernica-Bild und zitierte Picasso: »Es ist mein Wunsch, Sie daran zu erinnern, dass ich stets davon überzeugt war und noch immer davon überzeugt bin, dass ein Künstler, der mit geistigen Werten lebt und umgeht, angesichts eines Konflikts, in dem die höchsten Werte der Humanität und Zivilisation auf dem Spiel stehen, sich nicht gleichgültig verhalten kann.«

Da dieser Deutschlehrer seit seiner Pensionierung alte *Saab*-Autos restauriert, schickte er auch gleich Anweisungen, wie man die Kriegsmaschinerie der Russen an ihren verwundbarsten Stellen trifft. Es waren Anleitungen, wie die Schriftsteller Kühlkreisläufe der russischen Fahrzeuge durch Stiche in die Wabenkühler zerstören, die Bremsleitungen zertrennen oder bei Panzern Magnetbomben an den Kettengliedern fixieren können.

Eigentlich sollte ich gerade einen Vortrag für das Literaturhaus Hannover über die *Narrative meines literarischen Schreibens* vorbereiten, aber nun beschäftige ich mich mit Wabenkühlern und Kettengliedern. Ich zitiere: *Für Panzer gilt: Kühler, Ansaugstutzen, Auspuff und Bremsleitungen sind schwer zugänglich und fallen aus. Aber: Schwachpunkte sind die Kettenglieder. Ein Sprengsatz, vorn auf der Innenseite der Kette mit Magneten fixiert. Voraussetzung a.) kleine Magnetbombe, Größe Kastenbrot. Zündung erfolgt unter starkem Druck. b.) Geländemotorrad, luftgekühlt, Umbau auf großen Tank, Halterung für die Kleinbombe, Tarnanstrich. Bei voller Fahrt einen Panzer von hinten ansteuern, Bombe auf die Innenseite der unteren Kette anbringen und schnellstmöglich im Zickzack abdrehen.«*

Diese Vorschläge des Lehrers, der an einem humanistischen Gymnasium unterrichtete, beschäftigen mich so sehr, dass mir ein Vortrag über die *Narrative meines literarischen Schreibens* plötzlich peinlich vorkommt, irreal.

Wie viel lieber würde ich jetzt russische Kettenglieder zerstören oder Kampfjets über der Ukraine abschießen ... In meinen plötzlich so militarisierten Träumen kämpfe ich mit schultergestützten Stinger-Boden-Luft-Raketen oder Panzerabwehrwaffen der Firma Dynamit Nobel und fliege in olivgrüner Jacke über Moskau und werfe sogar Bomben auf den Kreml. Man braucht keine Nord Stream 2, man muss einfach die Macht über die ganzen russischen Ölfelder erlangen – sage ich mir im Traum –, dann müsste ein grüner Wirtschaftsminister auch nicht in Katar und in den Vereinigten Arabischen Emiraten den Hampelmann machen und dort die Füße derer küssen, die damit die Menschenrechte treten.

Es sind wirklich schwierige Zeiten, auch, was die geistige Verfassung von uns Künstlern und Schriftstellern betrifft. Im Prinzip sollen wir ja unter unserer Zirkuskuppel sitzen und wie gewöhnlich Friedenstauben herunterwerfen, aber je mehr Social-Media-Bilder ich sehe, je näher ich diesem Krieg komme – Minute für Minute und Tod für Tod in Mariupol, Kiew, Odessa und anderswo –, umso mehr beschämt es mich, dass ich weit entfernt untätig herumsitze. Und je mehr Bilder ich sehe, umso mehr muss ich mich selbst damit beruhigen, dass ich etwas entschieden fordere, nur damit ich etwas getan habe. Auf jeden Fall keine Vorträge mehr halten über die eigenen Narrative!

»Schließt den Himmel über der Ukraine!«, verlangen jetzt immer mehr Schriftsteller und Künstler, #closethesky heißt es immer häufiger im Netz. Ich verstehe das.

»Aber die Gefahr des Dritten Weltkriegs …«, mahnen die alten, pensionierten Generäle in den Talkshows, die jetzt plötzlich in den Sesseln der Virologen sitzen.

Nein, die NATO soll sich endlich trauen, sagt das Herz, die Bestie Hitler sei auch nicht mit Sanktionen besiegt worden, denk an Picasso oder lies nach, wie Thomas Mann sogar die Zerstörung Lübecks begrüßte!

»Liebe Europäer, machen Sie sich keine Illusionen: Dies ist kein lokaler Konflikt, der morgen zu Ende sein wird. Dies ist der dritte Weltkrieg. Und die zivilisierte Welt hat kein Recht, diesen zu verlieren, wenn sie sich für zivilisiert und unabhängig hält«, schreibt Serhij Zhadan, ein ukrainischer Autor, mit dem ich vor Jahren, wie mit Sergiy, in Lemberg Fußball gespielt habe.

Und müsste man nicht für all die Schlampigkeit im Umgang mit unseren Partnern, die Kriegsverbrechen begingen und Menschenrechte verletzten, mit denen wir dennoch handelten, bandelten und Fotos machten – müsste man für diese Schlampigkeit und für dieses Irgendwie-immer-Weitermachen oder -Wegsehen jetzt nicht mit einer neuen und alles wagenden, mutigen Haltung bezahlen und endlich Klarheit schaffen? Es würde sich – fast – irgendwie richtig anfühlen.

Und dennoch stelle ich ein wachsendes Unbehagen fest. Auch, wenn ich uns Schriftsteller beobachte, die wir plötzlich irgendwie militärischer wirken als die Talkshow-Generäle, und die wir von westlichen Schreibtischen aus Flugverbotszonen fordern, Waffensysteme zu kennen glauben, psychologische Ferndiagnosen erstellen und Putin einerseits für wahnsinnig erklären, aber andererseits für nicht wahnsinnig genug, um zu seinen Nuklearwaffen zu greifen, wenn russische Kampfflieger von der NATO abgeschossen werden. Und was, wenn es bei Putin in Wahrheit gar nicht um dessen möglichen Wahnsinn geht, sondern einfach nur darum, dass die russische Nukleardoktrin Atomwaffen als legitimes Mittel der Verteidigung ansieht? Was ist dann? Woher um Gottes willen sollen wir hinter unseren Schreibtischen denn wissen, was der Kreml aus seiner Nukleardoktrin macht? Und da wollen wir trotzdem den Himmel über der Ukraine schließen?

Diese Frage stellt der Kopf, auch wenn das Herz dabei blutet, weil ich nun doch so fragen muss.

3.

Die kleine Robbe
aus Odessa

02. April 2022

Vor ein paar Tagen saß ich im Zug und bereitete ein Interview vor, das *3sat-Kulturzeit* mit mir führen wollte, das Thema: der Streit in der deutschen Schriftstellervereinigung PEN. Im Präsidium hatte es heftige Verwerfungen über die Frage nach einer Flugverbotszone über der Ukraine gegeben, die der neue, jüngere Präsident auf einem Literaturfestival erörtert und irgendwie auch gefordert hatte, was die Altpräsidenten als Aufruf zum Dritten Weltkrieg betrachteten und zum Anlass nahmen, den neuen Präsidenten zum unverzüglichen Rücktritt zu drängen.

Im Zugabteil saßen zwei Frauen und ein Kind. Sie sprachen eine slawische Sprache, ukrainisch, dachte ich sofort. Die eine der Frauen starrte auf ihr Smartphone, die andere versuchte offenbar, eine Netzverbindung zu bekommen. Manchmal sahen beide aus dem Fenster, auf Häuserblocks in Göttingen, auf die Kasseler Berge.

Ab und zu schaute der Junge von seinem Bilderbuch auf, eine Geschichte über eine kleine Robbe im Eismeer. Ich überlegte, meine Maske abzusetzen, um ihm und den Frauen zuzulächeln, aber ich müsste mir erst etwas zu trinken holen, dachte ich, denn einfach so die Maske abzustreifen, um zu lächeln, wäre mir irgendwie übergriffig vorgekommen.

Ich widmete mich wieder dem neuen PEN-Präsidenten, der sich in einer weiteren Stellungnahme geweigert hatte, zurückzutreten, worauf die Altpräsidenten und Vizepräsidenten und der Generalsekretär weitere Stellungnahmen auf die Nichtrücktrittsankündigung verfasst hatten, die mir als Mitglied allesamt vorlagen. Offenbar gab es nämlich noch ein paar andere Gründe, warum man den neuen Präsidenten wieder loswerden wollte. So habe er zum Beispiel die Älteren im Präsidium als »Flusspferde« und »Silberrücken« bezeichnet und nun musste also die Flugverbotszone über der Ukraine als Rache für die »Flusspferde« und »Silberrücken« herhalten.

Irgendwann setzte ich mit einem Ruck meine Maske ab, lächelte einer der Frauen zu und fragte auf Englisch, ob ich das Buch mit der Robbe für den Jungen übersetzen solle.

»Auf Ukrainisch?«, fragte die eine der Frauen. »Wir können nicht so gut Englisch.«

»Woher kommen Sie?«, fragte ich noch.

»Odessa«, antworte sie.

Odessa, dachte ich, da war ich einmal, an den Stränden, auf der berühmten Potemkinschen Treppe. »Okay«, sagte ich und googelte einen deutsch-ukrainischen Übersetzer: »Die kleine Robbe lebte am Nordpol« – »Malen'kyy tyulen' zhyv na Pivnichnomu polyusi«, las ich radebrechend vor. Bis kurz vor Frankfurt googelte ich die ganze Übersetzung der Geschichte.

Du machst das natürlich alles, weil du selbst einen kleinen Sohn hast, sagte ich mir. Aber es ist auch dein schlechtes Gewissen, hier im Zug Kriegsflüchtlingen gegenüberzusitzen, während du dich mit den Stellungnahmen von Alt- und Jungpräsidenten befasst. Ja, seit Wochen beschäftigst du dich mit den Stellungnahmen von Schriftstellerkollegen, die entweder aufhören wollen, Deutsche zu sein, oder mit Aplomb verkünden, mit dem Schreiben aufzuhören, oder bedauern, sich im amerikanischen Geheimdienst geirrt zu haben, bzw. sich berufen fühlen, Flugverbotszonen zu fordern, oder geforderte Flugverbotszonen dafür benutzen, um sich für »Flusspferde« und »Silberrücken« zu rächen.

Das scheint ja überhaupt ein deutsches Phänomen zu sein, dieser Blick aus der Verzweiflung und dem Grauen der anderen auf uns selbst. Es kann woanders noch so schlimm sein, wir aber, wir sind ganz schnell wieder bei uns: bei unseren eigenen Befindlichkeiten, der eigenen Wehrfähigkeit (bereits am vierten Tag des Krieges!); bei den Tankrabatten oder erhöhten Pendlerpauschalen; bei all unseren empfundenen Zumutungen und unserem Blick auf die eigenen intellektuellen Standpunkte, vorgetragen in Talkshows oder Feuilletons.

Dabei spüre ich diese Sehnsucht nach einer feineren Aufmerksamkeit im Reden über einen Krieg (bewusster, vorsichtiger, tastender), bei dem wir so nah im Netz zuschauen und doch unser Leben in einer ganz anderen Wirklichkeit weiterführen.

Die Robbe musste in dem Buch noch gefährliche Abenteuer überstehen. Ein schrecklicher Eisbär wollte sie fressen, die Pole drohten zu schmelzen, ihre Eisscholle löste sich und trieb immer weiter aufs Meer, von ihrer Heimat weg.

Der Junge hörte mir aufmerksam zu. Manchmal korrigierte er meine Aussprache, während die Frauen mittlerweile auf dem Gang auf und ab liefen, um eine Verbindung nach Odessa zu bekommen.

Beim Abschied in Frankfurt fragte ich, wohin sie denn wollten, und eine der beiden Frauen zeigte auf das Zugticket: Mannheim.

»Ach, eigentlich eine ganz nette Stadt ... Mannheim ist schon okay«, sagte ich aufmunternd und dachte an Odessa, an die Boulevards, Promenaden und diese schönen Strände. Und hoffte, dass diese kleine Robbe im Zugabteil dort bitte, bitte irgendwann wieder auftauchen würde.

4.

Tatiana flüchtet aus Kiew und ich muss in der Schweiz lesen

09. April 2022

Tatiana kommt aus Kiew. Sie ist vor zwei Wochen mit ihrer dreijährigen Tochter geflüchtet und beide wohnen durch Vermittlung einer Bekannten ein paar Tage bei uns, dann wollen sie weiter. Sie wäre nie weggegangen, erklärte Tatiana mit Google-Translator, aber russische Soldaten würden Frauen vergewaltigen, vor den Augen der Kinder. Ihr Mann sei in der Heimat geblieben und habe sich gemeldet, um Kiew zu verteidigen.

In der ersten Nacht saß Tatiana in der hintersten Ecke der Wohnung, wo sie ihr Smartphone so einstellte, dass sie den Bombenalarm in Kiew live hören konnte, sie fragte noch, ob es uns stören würde. Ganz im Gegenteil, antwortete ich, sie könne sich auch ins Wohnzimmer setzen.

Es waren noch die Tage vor den schockierenden Bildern aus Butscha, und ich googelte, ob es wirklich Nachrichten gab, die belegten, was Tatiana über die russischen Soldaten gesagt hatte – ich schämte mich sogar für meine Recherche, aber ich konnte (oder wollte) mir so etwas nicht vorstellen, mit meinen Überresten von Optimismus.

Einmal kam ich mit Erkältungsmedikamenten aus der Apotheke, und Tatiana saß im Wohnzimmer, aus dem Smartphone schallte der Bombenalarm in Kiew. Es war irgendwie unangenehm, Hustensaft und Nasentropfen aus einer Tüte zu holen, während Bomben auf Kiew fielen.

Ein paar Tage später musste ich auf eine Lesereise in die Schweiz. Beim Landeanflug auf Zürich sah ich direkt unter mir braune Kühe, die Glocken trugen und auf grünen Wiesen grasten. Auf meinem Schoß lagen die Zeitungsberichte aus Butscha, sie erzählten von gefolterten, vergewaltigten, gefesselten und hingerichteten Zivilisten; von Überlebenden, die das Wasser aus ihren Heizkörpern trinken mussten. Wie entrückt, wie irreal, dachte ich, mit solchen Berichten über grasende Kühe zu einer Literaturlesung in die Schweiz zu fliegen.

Nach der Lesung zappte ich mich im Hotelzimmer durch die Fernsehsender. Im ZDF gab es eine Satiresendung, in der ein Kabarettist Putin spielte und sich darstellerisch sehr ins Zeug legte. Im *rbb*-Programm, das ich genauso wie das russische Sputnik-Programm empfangen konnte, lief eine Talkshow, in der sich vier Medienvertreter, jeder an einem kleinen Tisch, über den Krieg unterhielten. Ein Feuilletonist von der *FAS* hatte ein gefülltes Bierglas, einen Cappuccino, ein Glas Wasser und gelbe Tulpen in einer schmalen Vase vor sich. Dann sprach er, mit sichtbarer Lust an seinen Formulierungen, über Butscha und stellte die Frage in den Raum, ob die Verbrechen dort möglicherweise nicht von der offiziellen russischen Armee, sondern von einer entfesselten »Soldateska« verübt worden seien, woraufhin ich das Wort erst einmal googelte.

Ich stellte mir vor, wie Tatiana zu Hause im Wohnzimmer mit ihrem Smartphone-Übersetzer diesen Mann im Fernsehen sieht, vor dem Bierglas und den gelben Tulpen; ich stellte mir vor, wie sie den Putin-Kabarettist im *ZDF* sieht und das klatschende Publikum nach dessen Sketch. Ich überlegte mir, wie ich ihr erklären sollte, dass solche Leute im Fernsehen von ihren witzelnden Darbietungen oder oberschlauen Einlassungen lebten. Und dass das Sendeformate seien, bei denen man immer klatsche und lässig Bier oder Cappuccino trinke – auch wenn es ihr sicher unpassend vorkomme, weil ja ihre Landsleute, wenn sie noch leben, Wasser aus den Heizkörpern trinken müssen.

Vielleicht ist das Unbehagen, das ich spüre, aber auch meiner eigenen Profession geschuldet? Vielleicht machen die einen Witze, die anderen sagen schlaue Sachen – und die Aufgabe von uns Schriftstellern ist es, auf alles möglichst empfindsam zu reagieren?

5.

Über das Böse

24. April 2022

Tatiana aus der Ukraine, die immer noch über ihre App den Bombenalarm in Kiew verfolgt, ist in den letzten Tagen etwas ruhiger geworden. Die Kampfhandlungen haben sich wieder in den Donbass und in den Süden verlagert, ihr Mann scheint nun in Kiew sicherer zu sein.

Ich selbst habe nach den schrecklichen Bildern aus Butscha oder Mariupol angefangen, Bücher über »das Böse« zu lesen. Ich habe immer geglaubt, dass es solche Rückfälle hinter das, was wir für die hoch entwickelte Zivilisation halten, nicht mehr möglich wären.

Für Kant liegt das Böse in der menschlichen Natur. Der freie Wille, »die willentliche Selbstgesetzgebung«, seine »Gesinnung« entscheide, ob ein Mensch »moralisch« sei oder böse. Bei Platon hingegen gibt es immer wieder Versuche, das Böse auf einen »Erkenntnisfehler« zurückzuführen. Kein Mensch würde Böses tun, wenn er erkenne, dass er böse sei. Das Böse also als eine Art, so Platon, »Unwissenheit«.

Meiner Lektüre vorausgegangen waren diese Sätze Putins über den »Nazidreck« in der Ukraine und Tatianas Erzählungen von ihrer Mutter in Moskau. Tatiana habe am Anfang des Krieges, als sie noch nicht mit ihrer Tochter nach Deutschland geflohen sei, ihre russische Mutter in Moskau angerufen. Sie berichtete ihr von den russischen Bomben, die jeden Tag auf

Kiew fielen, wo ihre Mutter und Tatianas ukrainischer Vater sich vor über fünfzig Jahren kennengelernt hatten.

»Ach«, habe die Mutter daraufhin ihrer Tochter gesagt, sie würde sich irren, es gebe keine Bomben und keinen Krieg, sie solle nicht alles glauben.

Bei späteren Anrufen berichtete Tatiana ihrer Mutter, dass es in der Straße, in der sie viele Jahre zusammengewohnt hatten, kaum noch Häuser gebe; sie hielt sogar ihr Telefon aus dem Fenster, um ihr den Bombenalarm zu Gehör zu bringen. Aber auch die Sirenen habe ihre Mutter für unwahr gehalten und von einer russischen »Spezialoperation« gesprochen sowie der problemlosen Übernahme einer von Nazis tyrannisierten Stadt.

Das letzte verzweifelte Argument von Tatiana sei dann gewesen, dass der ukrainische Präsident doch Jude sei, danach habe sie ihre Mutter, die sie als »böse« bezeichnete, nicht mehr angerufen. Was Tatiana mit eigenen Augen gesehen hat, ihre Todesangst, die Angst um ihr Kind, ihren Mann, ihr ganzes Land – das alles hat keine Chance gegen die »Wahrheit« ihrer Mutter.

Es wäre mir jetzt irgendwie taktlos oder schlaumeierisch vorgekommen, Tatiana von Platon zu erzählen, damit sie sich nicht ganz von der Mutter lossagt, die doch bestimmt wegen des »Erkenntnisfehlers« denkt, die russische Armee würde die von einem jüdischen Nazi gefolterte Ukraine befreien. Und wenn Kant doch recht hat und sich die Mutter willentlich (kann man es nicht doch besser wissen?!) für das Böse entschieden hat?

Beeindruckt hat mich die Fernsehredakteurin Marina Owsjannikowa, die sich am 14. März mit einem Protestplakat

(Glauben Sie der Propaganda nicht/Hier werden Sie belogen) hinter die Sprecherin der russischen Hauptnachrichtensendung stellte. In einem Interview, das sie einen Tag vorher aufzeichnete und bei Facebook veröffentlichte, erklärte sie, dass sie selbst ukrainisch-russische Eltern und jahrelang die Propaganda beim Hauptnachrichtensender mitverbreitet habe, wofür sie sich nun schäme.

Beeindruckt hat mich auch Paulius Sentua, ein Geschäftsmann aus Litauen – und bestimmt Platoniker –, der die Initiative *Call Russia* gegründet hat. Russischsprachige Menschen außerhalb Russlands rufen bei vierzig Millionen frei im Internet verfügbaren russischen Telefonnummern an und versuchen denjenigen, die abheben, von den Geschehnissen in der Ukraine zu erzählen.

»Guten Tag, mein Name ist Paulius von der Organisation *Call Russia*. Haben Sie fünf Minuten?«

Ich habe noch weitere Bücher über das Böse gelesen. Nietzsches *Jenseits von Gut und Böse*, Hannah Arendts *Eichmann in Jerusalem. Ein Bericht von der Banalität des Bösen*. Oder Camus. Er schreibt in *Der Mythos des Sisyphos* über die Erfahrung des Abgrunds oder, wie er es ausdrückt, des Absurden, der Verfremdung der Welt, die vom Menschen als unmenschlich erkannt werde.

Diese absurde Verfremdung und dieser Abgrund lagen in den Augen Tatianas, als sie von den Telefonaten mit ihrer Mutter berichtete.

6.

Krieg der Briefe

In Deutschland unterschreiben Schriftsteller, Intellektuelle und Prominente gerne offene Briefe. Es gibt manche unter ihnen, die schreiben gar nicht mehr, sondern sie unterschreiben, es herrscht also so eine Art Unterschriftstellertum. Nun wurde am 29.04. ein offener Brief von Prominenten an den Bundeskanzler veröffentlicht, er forderte ein Ende der Waffenlieferungen an die Ukraine. Danach folgte am 04.05. ein zweiter offener Brief an den Bundeskanzler, von anderen Prominenten, er forderte das Gegenteil. Die nachfolgende Debatte war heftig: Wer welchen Brief für oder gegen Waffenlieferungen unterschrieben hatte, wer nicht unterschrieben hatte, wer sogar beide unterschrieben oder erst unterschrieben und dann die Unterschrift wieder zurückgezogen hatte. Es wirkte wie ein eigener kleiner, feiner, komischer Krieg. Oder eine narzisstische Komödie.

15. Mai 2022

Als mich der erste offene Brief an den Bundeskanzler durch eine E-Mail von Alice Schwarzer erreichte, bekam ich Schweißausbrüche. Ich wusste nicht, ob es richtig oder falsch wäre, schwere Waffen zu liefern. Ich wusste nicht, ob man damit noch Schlimmeres verhinderte oder gerade erst ermöglichte. Auch schien mir, dass man erst einmal wissen müsste, was schwere Waffen überhaupt waren und welche davon wir liefern würden.

Der Brief war vor dem internationalen Treffen der Verteidigungsminister am 26. April in Ramstein entworfen worden und wirkte so, als habe er den Bundeskanzler für seine Zurückhaltung eigentlich loben wollen, aber dann hatte sich der Kanzler doch entschieden, schwere Waffen zu liefern, und die Autoren waren halb vom Lob abgerückt und hatten Kritik hinzugefügt, der Brief schwebte also irgendwie dazwischen, und ich wurde aus ihm nicht schlau, sodass Alice Schwarzer ankündigte, mir morgen eine neue Fassung des Briefes zu schicken. Der Bundeskanzler war also, dachte ich, ausnahmsweise einmal schneller gewesen als die anderen.

Zwischen der ersten und zweiten Fassung des Briefes beschäftigte ich mich mit Flugabwehrkanonenpanzern und Schützenpanzern sowie mit Kampfpanzern, Radpanzern und Haubitzen (mit den leichteren Waffen kannte ich mich ja schon aus, nun kamen die schwereren dazu). Und ich las alle Interviews des russischen Außenministers, der ja offen mit einem Nuklearkrieg gedroht hatte. Zwischendurch unterhielt ich mich mit Tatiana, die mit ihrem dreijährigen Sohn immer noch bei uns wohnte.

Als die zweite Fassung des Briefes von Alice Schwarzer kam (der nun dem Bundeskanzler nahelegte, sich wieder auf seine ursprüngliche, diplomatische Haltung zu besinnen und keine weiteren Waffen zu liefern), sagte ich ihr ab. Ich schrieb, ich hätte Nacht für Nacht Tatianas schreckliche Angst um ihren Mann mitbekommen, der in Kiew patrouillieren müsse. Und da er gar nicht daran denke, aufzugeben, seien Waffen für die Ukraine wohl das Beste. Der Brief an den Kanzler erschien ohne mich.

Ein paar Tage später erschien ein weiterer offener Brief an den Bundeskanzler, ein Gegenbrief, in dem nun weitere Intellektuelle und Prominente den Bundeskanzler für seine Waffenlieferungen ausdrücklich lobten und die anderen Intellektuellen und Prominenten, die den ersten Brief unterschrieben hatten, scharf kritisierten.

Irritiert war ich über einen Schriftstellerkollegen, der mir beleidigt berichtete, dass ihn Alice Schwarzer gar nicht gefragt hätte, ob er den ersten Brief unterzeichnen wolle, und der nun plötzlich als Erstunterzeichner unter dem zweiten Brief erschien.

Aha, dachte ich, das ist ja sonderbar, das erinnert mich an Anton Hofreiter von den Grünen, der sehr laut schwere Waffen gefordert und den Bundeskanzler kritisiert hatte, was er wohl nie gemacht hätte, wenn er Minister geworden wäre.

Vielleicht geht es bei den Briefen also auch um etwas anderes. Vielleicht geht es darum, selbst vorzukommen. Aber wer riskiert schon einen Atomkrieg, nur um seinen Namen unter einem Brief an den Bundeskanzler zu sehen? Und ist es wirklich so einfach, ganz sicher für das eine oder andere zu sein?

Mittlerweile bezeichnete der Wirtschaftsminister die Unterzeichner des ersten Briefes als »Vulgärpazifisten«, er hatte das zwar gut begründet, aber der Begriff stand plötzlich so da. Und der Publizist mit dem roten Irokesenschnitt hatte die Teilnehmer von Ostermärschen vorher schon als »Lumpenpazifisten« bezeichnet. Sind Menschen, die Frieden und Diplomatie wollen, jetzt plötzlich vulgär oder lumpig?, fragten viele. Im Netz war der Ton noch feindlicher, das ganze Lebenswerk von Alice Schwarzer musste jetzt dran glauben.

Wenn unser Geist schon so militarisiert ist, dass ein grüner Minister, der selbst einmal Schriftsteller war, andere Intellektuelle als vulgär bezeichnet, dann müsste man vielleicht doch irgendwie wieder zur Diplomatie und zum Pazifismus zurück, dachte ich und überlegte, doch den ersten Brief zu unterzeichnen. Eine Gesellschaft, die geistig so aufrüstet, steuert schon auf das Schlimmste zu, sagte ich mir.

●

Wenn ich auf der einen Seite Lawrow, den russischen Außenminister, und auf der anderen Seite uns, die Kultur, die Medien, die Politik, sprechen höre, dann ahne ich, worauf das letztlich hinauslaufen könnte. »Geist schafft Materie«, sagt meine achtzigjährige Mutter immer, vermutlich eine Lumpenpazifistin. Und wenn Geist wirklich Materie schafft, dann fürchte ich mich echt um meine Kinder und deren mögliche Kinder. Und dann will ich diesen irrsinnigen Krieg doch ganz schnell stoppen und im Nachhinein den ersten Brief unterzeichnen, obwohl ich mich dafür auch am Ende vor Tatiana schämen würde, denn ihre Erzählungen, Erlebnisse und die Töne aus ihrer Bombenalarm-App waren real, Lawrows Drohungen vielleicht doch nur Drohungen, aber wer weiß das schon.

Ich hätte vielleicht den einen *und* den anderen Brief unterzeichnen sollen, damit endlich klar geworden wäre, dass es absurd oder vielmehr anmaßend ist, zu behaupten, man wisse, was richtig ist. Ich ärgerte mich zudem, dass ich Frau Schwarzer nicht ermuntert hatte, in dem Brief mehr von der persönlichen Angst der Unterzeichner zu berichten, von denen manche schon einen Weltkrieg hatten miterleben müssen, anstatt alles in diesem zurechtweisenden Ton zu formulieren. Ja, diese zurechtweisenden Töne! Ich musste wirklich die Luft anhalten, als sich der Soziologe Harald Welzer, einer der Mitunterzeichner des ersten Briefes, in einer Talkshow vor dem ukrainischen Botschafter in Stellung brachte, um ihm die Welt zu erklären.

Überhaupt: Der Soziologe und der ukrainische Botschafter, auch kein Geist von bescheidenem oder gar diplomatischem Auftreten, wirkten wie der personalisierte, in unsere Talkshows und in unsere Wohnzimmer hineingetragene Krieg der Selbstgewissen, die in ihren Fernsehsesseln oder hinter ihren Schreibtischen sitzen, sich auskennen und »Spaltpilzzucht« betreiben, wie es die Schriftstellerin Katja Müller-Lange in einem Interview ausdrückte, nachdem sie sich als Unterzeichnerin vom ersten Brief distanziert hatte, den zweiten Brief aber auch nicht unterschreiben wollte.

Denn auch der zweite Brief strotzte vor »Spaltpilzzucht« und dieser »Selbstgewissheit«, die der alte, tolle Habermas als neues Merkmal deutscher Kriegsintellektueller bezeichnete. »Der Gefahr einer atomaren Eskalation muss durch glaubwürdige Abschreckung begegnet werden ...« »Was die russische Führung fürchtet, ist ...« »Es bedarf keiner besonderen Militärexpertise, um zu erkennen, dass ...« usw.

•

Ich habe mittlerweile vor lauter Selbstgewissheiten so die Schnauze voll, dass ich das dringliche Bedürfnis verspüre, einen dritten Brief zu verfassen!

Diesmal nicht an den Bundeskanzler, nein, sondern an die Intellektuellen, Prominenten und Unterschriftsteller, die die beiden anderen Briefe unterzeichnet hatten. Dass ich ihnen im Prinzip ja allen zustimmen würde, aber dass es doch etwas bequem oder gar vulgär wirke, dem Bundeskanzler gute Tipps zu geben, wie die Ukraine möglichst lange durchhalten könne, um »für unsere Sicherheit« und die »Grundwerte des freien Europas zu kämpfen«. (Ups, hatten die Verfasser des zweiten Briefes den Verfassern des ersten Briefes nicht indirekt vorgeworfen, empathielos nur an sich zu denken? Und jetzt forderten sie, die Ukraine müsse möglichst lange durchhalten können, um »für unsere Sicherheit« zu kämpfen?!)

In meinem dritten Brief an die Unterzeichner der beiden anderen Briefe will ich nun etwas sehr Konkretes vorschlagen: Morgen um 08:00 Uhr steht vor dem Kanzleramt ein blaugelber Bus, damit fahren wir alle zu Tatianas Mann in die Ukraine, um den Menschen dort mit dem Nötigsten zu helfen. *Moralisch verbindliche Normen sind universaler Natur*, stand es in dem ersten Brief. Keine Ahnung, wer das da noch reingeschrieben hatte (wahrscheinlich der Soziologe), aber auf Deutsch heißt das für mich: Sofort einsteigen in meinen Bus!

Bei der geistigen Militarisierung, die wir mittlerweile alle vollzogen haben, können wir auch ein bisschen bei Tatianas Mann und seinen Soldaten-Kollegen mitpatrouillieren, damit die Ukrainer mal schlafen können, das wird Putin schon nicht mitkriegen. Ich würde noch diesen berühmten Text von Picasso, den er 1937 zu seinem Guernica-Bild geschrieben hat, mit in meinen Brief kopieren, in dem es heißt, dass Künstler mit ihren »geistigen Werten« zu gewissen Zeiten die Pflicht hätten, für »die höchsten Werte der Humanität« zu kämpfen, anstatt zu quatschen.

Martin Walser und Alexander Kluge sowie Gerhard Baum und Herta Müller und die anderen etwas älteren Unterzeichner des ersten und zweiten Briefes müssten nicht in den Bus einsteigen. Aber mit Kaminer und Kehlmann, Sascha Lobo, Dieter Nuhr, Lars Eidinger oder Deniz Yücel würde ich schon rechnen. Die rüpelhaften, sich gegenseitig die Köpfe einschlagenden Schriftsteller der PEN-Mitgliederversammlung in Gotha, die aus der Versammlung offenbar ein Rumble in the Jungle im Thüringer Wald gemacht hatten, müssen auch in den Bus.

Oh, und was ist eigentlich die Realität, die Praxis, neben dieser medialen Wucht der Briefe? – würde ich noch in einem Postskriptum meines Briefes fragen. Wir reden momentan über ausgemusterte Gepard-Panzer, die gerade im Südharz zerlegt oder erst noch instand gesetzt werden sollen. Kein Mensch weiß, wann die in der Ukraine ankommen werden, ob es überhaupt Munition gibt oder der sogenannte Ringtausch funktioniert.

Es könnte durchaus sein, dass es am Ende nur diese Briefdebatte gegeben haben wird. Einen kleinen, immer größer aufgeblasenen Krieg deutscher Intellektueller, Prominenter und Politiker, abgekoppelt von allem – ohne dass je etwas wirklich Hilfreiches in der Ukraine angekommen wäre.

7.

Die immer stillere Sehnsucht

08. Juli 2022

Die Verteidigungsministerin befand sich gerade auf dem NATO-Gipfel in Madrid, als sie von der *heute-journal*-Moderatorin interviewt wurde. Ob denn die Bundesregierung dem Antrag Spaniens zustimmen werde, den Kampfpanzer Leopard nach Kiew zu schicken, fragte Marietta Slomka, was ja ohne deutsche Genehmigung nicht geschehen könne, weil die Panzer aus Bundeswehr-Beständen stammten.

Ihr liege noch kein Antrag Spaniens vor, sagte Christine Lambrecht. »Aber wir schicken noch mal zusätzliche Panzerhaubitzen.«

»Eine Haubitze ist aber kein Kampfpanzer«, antwortete Slomka, und an Kampfpanzern mangele es den Ukrainern bei den Schlachten im Donbass.

»Was die Ukraine jetzt braucht, ist Artillerie«, entgegnete Lambrecht, »und deshalb schicken wir Mehrfachraketenwerfer. Und Panzerhaubitzen und Gepard-Panzer.«

»Wenn man Gepard-Panzer liefert, warum denn nicht auch die hundert Marder- oder die achtundachtzig Leopard-Panzer, die bei Rheinmetall herumstehen?«, fragte Slomka so vorwurfsvoll, als ob sie die Leopard-Panzer am liebsten selbst aus den Rheinmetall-Lagern fahren würde. Ich fand das Interview so atemberaubend, dass ich es mir noch mehrmals in der Mediathek ansah und Sätze daraus abtippte.

»Also, der Gepard ist ein Flugabwehrkanonenpanzer«, konterte Lambrecht, in »Flugabwehrkanonenpanzer« stecke ja das Wort »Abwehr« drin, »deshalb werden die Geparde geliefert.«

»Aber der Gepard hat ja zwei Maschinenkanonen an Bord«, schoss es aus der Moderatorin heraus, »der kann auch Bodenziele beschießen mit einer gewaltigen Feuerkraft. Wenn man davor keine Bedenken hat, warum dann nicht auch andere Panzer? Geht's darum, zu Putin zu sagen: ›Wir schießen ja nur in die Luft‹? Denn faktisch kann der Gepard ja auch ganz anderes!«

»Da haben Sie natürlich recht«, räumte Lambrecht ein, »der Gepard kann richtig große Löcher schießen …«

Es gab Zeiten, da hätte man sich so ein Gespräch in Deutschland nicht vorstellen können. Als 2010 die Leichen von Bundeswehrsoldaten aus Afghanistan zurückkehrten, sagte Verteidigungsminister zu Guttenberg, man könne »umgangssprachlich von Krieg« sprechen, und beging damit einen Tabubruch. »Krieg« durfte man nicht sagen.

Wie viele Waffen der Westen auch schicke, gegen den brutalen Block des russischen Militärs könne die Ukraine nicht gewinnen, sagten einige Kultur-Prominente, die in einem Appell in der *Zeit* Verhandlungen forderten (und die sich schon zuvor in einem offenen Brief an den Bundeskanzler gegen Waffenlieferungen ausgesprochen hatten). *Wie viele Menschenleben und Städte*, heißt es in dem Appell, *sollen denn noch zerstört werden? Und was passiert, wenn Putin auf die westlichen Waffen irgendwann mit ganz anderen, mit nuklearen Waffen antwortet?*

Kaum hatte ich dem Appell im Grunde genommen irgendwie innerlich zugestimmt, da ärgerte ich mich auch schon über ihn! Putin überfällt wie Hitler sein Nachbarland, und wir raten der Ukraine, die Krim lieber endgültig aufzugeben? In Zukunft einfach neutral zu bleiben und nicht der NATO beizutreten? (Stand auch in dem Appell.)

Serhij Zhadan, der ukrainische Autor, antwortete den Verfassern des Appells so: »Wir können unseren Widerstand nicht aufgeben, weil wir sonst vernichtet werden. Wir müssen vom Westen Waffen fordern, weil wir sonst vernichtet werden. Wir müssen die Welt zum Kampf gegen das Putin-Regime aufrufen, weil wir sonst vernichtet werden.«

Das ganze Dilemma fand sich, wie ich las, auch in der Regierungserklärung von Olaf Scholz zur »Zeitenwende« wieder, die er drei Tage nach Beginn des Krieges abgegeben hatte. »Es geht um die Frage, ob Macht Recht brechen darf. Oder ob wir die Kraft aufbringen, Kriegstreibern wie Putin Grenzen zu setzen. Das setzt eigene Stärke voraus.« Doch im fünften Punkt seiner Erklärung sagte er: »Wir werden uns nie abfinden mit Gewalt als Mittel der Politik.«

Da stehen wir nun. Mit unserer Zeitenwende, in der Sprache hochgerüstet wie diese beiden Frauen in dem Interview – und mit der immer stilleren Sehnsucht, dass es endlich wieder Frieden gäbe.

8.

Rede auf die pazifistischen Frauen
im Teufelsmoor

15. Juli 2022

Es gab Zeiten, da löste eine Rede zur Nachrüstungsdebatte Tumulte aus. Bevor Helmut Kohl die Zustimmung zum NATO-Doppelbeschluss durchsetzte und auch in Deutschland Pershing-II-Raketen stationiert werden sollten, sagte Heiner Geißler im Juni 1983 im Bundestag: »Der Pazifismus der 30er-Jahre, der sich in seiner gesinnungsethischen Begründung nur wenig von dem unterscheidet, was wir in der Begründung des heutigen Pazifismus zur Kenntnis zu nehmen haben, dieser Pazifismus der 30er-Jahre hat Auschwitz erst möglich gemacht.«

Otto Schily und Joschka Fischer sprangen auf und protestierten, die FDP-Abgeordnete Hildegard Hamm-Brücher hatte Tränen in den Augen, Willy Brandt nannte Geißler, der ja erst im Alter weise und milde wurde, den »schlimmsten Hetzer seit Goebbels« und die Grünen-Politikerin Antje Vollmer warf ihm auf dem Kirchentag »Ich hasse Sie, ich hasse Sie« an den Kopf. Und ich erinnere mich noch an das entsetzte Gesicht von Herrn Blumenthal, meines Werte- und Normen-Lehrers, als er am nächsten Tag im Unterricht von der Geißler-Rede berichtete.

Ich bin mir gar nicht mehr sicher, was passieren würde, wenn heute so eine Rede gehalten werden würde. Würden die

Abgeordneten plötzlich klatschen und sich die infame Verknüpfung Pazifismus – Auschwitz irgendwie auf Putin zurechtrücken? Im Sinne von: Die friedens- und wirtschaftsorientierte Ostpolitik hat den Angriffskrieg und die Verbrechen in Mariupol oder Butscha erst möglich gemacht? Und interpretieren wir die »Zeitenwende« mittlerweile so, dass Zeitungen wie *Die Welt* nun schon damit anfangen, Geißlers Aussagen im Nachhinein als »vollkommen richtig« zu erklären, weil – so argumentiert die Zeitung – seit der Machtübernahme Hitlers die beiden Führungsmächte Frankreich und vor allem England in ihrer pazifistischen Gesinnung jeden Tabubruch hingenommen hätten? (Also, wären laut Analyse der *Welt* jetzt etwa auch Frankreich und England schuld am Holocaust??)

Oft denke ich an meine Kindheit in Worpswede. An die Eltern meiner Spielgefährten, an die wunderbare Mutter von Gabriele und Britta (in Britta war ich unsterblich verliebt); an die Künstlereltern von Maurice und von Cornelius und Josephine Meckseper (mit denen ich zusammen gegen AKWs demonstrieren gehen musste); an die erste Frau meines Vaters, die mir Ghandi-Texte vorlas. Und an all die anderen Pazifismusfrauen, mit denen wir Sommer für Sommer – damals herrschten noch keine Extremtemperaturen – nackt an unseren Flüssen lagen. (Die Bundeswehr flog damals mit ihren Hubschraubern besonders tief, um die Worpsweder Pazifismusfrauen zu begutachten.)

Ach, wie sehr sehne ich mich heute nach all diesen linken, grünen und tollen Müttern im Teufelsmoor mit normalen Temperaturen und einem funktionierenden Pazifismus!

Aber was sie wohl nun denken? Ob sie sich fragen, was auf

einmal falsch daran sein soll, Pazifistin zu sein? Ich erinnere mich, dass einige bei den Grünen austraten, als Joschka Fischer (der noch gegen die Geißler-Rede gewettert hatte) plötzlich mit Kampfeinsatz »ein neues Auschwitz« im Kosovo verhindern wollte. Damals, als Fischer seinen Grünen den ersten deutschen Kriegseinsatz nach dem Zweiten Weltkrieg erklären musste, flogen noch Eier. Heute bezeichnet ein grüner Minister jene, die sich gegen Waffenlieferungen aussprechen, als »Vulgärpazifisten«. Und Joachim Gauck sagte vor zwei Tagen in der *Markus-Lanz*-Talkshow, dass der pazifistische Ansatz, so ehrenvoll er im persönlichen Leben sei, »nicht zum Guten«, sondern »zur Dominanz der Bösen, der Verbrecher und der Unmenschlichen« führe. Gauck sagte: »Der Gewissenlose befragt sich nicht, ob es recht ist, die Waffe zu nehmen, um seine Ansprüche durchzusetzen.« Das würden nur die Gewissenhaften tun. »Und wenn die Gewissenhaften aus Scheu vor dem Verteidigungshandeln, auch vor dem robusten Verteidigungshandeln, sagen: ›Nein, ich mache mir die Finger nicht schmutzig‹, dann verraten sie die Wertebasis, die ihnen eigentlich das Leben doch so ermöglicht hat, wie sie es gerade leben.«

Als ich diese Sendung sah, nickte ich, wie Markus Lanz (obwohl ich noch nie gleichzeitig mit Markus Lanz genickt habe). Gauck, der Pastor und Altbundespräsident, hatte mich überzeugt, das Böse sollte besiegt werden, dann eben ohne die christliche Botschaft.

Aber im Nachhinein bleiben dann doch Fragen (ich komme irgendwie nicht gegen sie an): Was, wenn die geistige Aufrüstung gegen das Böse immer stärker wird? Was, wenn der moralische Druck auf die Bundesregierung immer mehr zunimmt, obwohl sie ihre Militärhilfe offenbar so auszutarieren, zu kalibrieren versucht, dass eine russische Eskalation vermieden wird? Was aber, wenn also der Druck, immer mehr Waffen zu schicken, zunimmt, und damit auch der Druck auf Putin, irgendwann darauf zu antworten?

•

Ich wüsste mittlerweile gar nicht mehr, was ich heute in meine Kriegsdienstverweigerung schreiben würde, wenn ich sie noch einmal abgeben müsste. Und vermutlich würde ich sie heute gar nicht mehr abschicken, sondern mit Gauck in den Ohren gleich zur Bundeswehr gehen.

9.

Die Szenen der Wahnsinnigen

25. Juli 2022

In Istanbul haben die Ukraine und Russland auf Vermittlung der Türkei am Freitag ein Getreide-Abkommen mit Transitrouten über das Schwarze Meer und den Bosporus vereinbart. Der türkische Präsident ließ sich am Sonnabend in den türkischen Medien als Friedensvermittler, als Getreideretter und damit auch als Weltenretter feiern, während zeitgleich russische Kalibr-Raketen in Odessa einschlugen, im wichtigsten Getreidehafen der Ukraine, keine zwanzig Stunden nach Unterzeichnung des Abkommens.

Nach Meinung von Experten, lese ich heute in der Zeitung, habe sich Putin über den türkischen Präsidenten Erdoğan geärgert, weil dieser ihn bei einem Gipfeltreffen ein paar Tage zuvor in Teheran in einem Konferenzzimmer fünfzig Sekunden warten ließ.

Ein Präsident feuert also Raketen auf einen Getreidehafen, von dem ganze Regionen dieser Welt abhängig sind, weil er fünfzig Sekunden auf Erdoğan warten musste?

Schon als ich Putin in Teheran bei diesem Pressetermin stehen sah – von einem auf das andere Bein tretend, zur Tür starrend, die Hände verschränkt vor dem Bauch –, da dachte ich, den lässt doch der Erdoğan extra vor laufenden Kameras zappeln!

Erdoğan hat nämlich einmal selbst auf Putin warten müssen. Im Kreml, in einem Vorzimmer, einhundertzwanzig Sekunden! Das ist eine Ewigkeit auf diplomatischem Parkett. Damals stand seine ganze Entourage (er hat immer die allergrößte) in diesem Vorzimmer mit russischen Zarenbildern, und versteinerte mehr und mehr, in der Türkei waren die Regierungsmedien außer sich. Man titelte: »Demütigung«, und versendete das Video mit einer digitalen Zeitanzeige.

Ich denke an die Szene in dem Film *Der große Diktator*, in der Hitler, also Charlie Chaplin, auf Mussolini, den Verbündeten, am Bahnhof wartet, aber Mussolinis Zug immer wieder ein Stück weiterfährt, sodass sich Chaplins Hitler ständig mit seinem Gefolge woanders zur Begrüßung aufstellen muss – und dabei immer wütender wird. Was für eine Szene würde wohl Chaplin heute einem gedemütigten Erdoğan schreiben, nachdem Putin seine Demütigung damit beantwortete, dass er Erdoğans gefeiertes Getreideabkommen bombardierte? Und was passiert, wenn wir das jetzt noch zwei Demütigungen, oder zwei Bombardierungen, weiterdrehen? (Ruft dann die Türkei als NATO-Partner irgendwann in Brüssel nach dem Bündnisfall??)

Das klingt wahnsinnig, auch unrealistisch, (weil die Türkei ja auch russisches Gas braucht, in Nordsyrien das Einverständnis Russlands für Militäraktionen gegen die kurdische YPG und in der Türkei viele, viele russische Touristen) – aber was ist in diesen neuen Zeiten noch unrealistisch? Was passiert, wenn der China-Taiwan-Konflikt eskaliert, mit der USA als Taiwans garantierter Schutzmacht?

Ich muss auch an die wahnsinnigen Kettenreaktionen bei Ausbruch des Ersten Weltkriegs denken, die man heute als »Juli-Krise« bezeichnet: Attentat eines 19-jährigen Serben in

Sarajevo auf den österreichisch-ungarischen Thronfolger, um die Forderung nach einem unabhängigen serbischen Nationalstaat deutlich zu machen. Wien drängt auf Vergeltung gegen Serbien, das Deutsche Reich sichert Österreich-Ungarn Bündnistreue zu, und Russland stellt sich an die Seite Serbiens. Österreich-Ungarn erklärt Serbien, und Russland Österreich-Ungarn den Krieg, das Deutsche Reich erklärt Russland und Frankreich den Krieg. Und weil das Deutsche Reich die Neutralität Belgiens verletzt, erklärt auch Belgien dem Deutschen Reich den Krieg, und als Schutzmacht Belgiens erklärt schließlich auch England dem Deutschen Reich den Krieg.

Und jetzt frage ich mich schon, ob es eine Juli-Krise der Gegenwart geben könnte, bei all den Wahnsinnigen, die mittlerweile Regierungen bilden.

Oder wie nah diese Juli-Krise im Grunde genommen schon ist, wenn wir uns umschauen und sehen, dass wir plötzlich wieder in Gesellschaften leben, die sich stärker und stärker – und wie lange nicht mehr – verhärten, spalten und sich dem Geist des Militärischen verschreiben.

10.

Vom Reden und vom Fühlen

01. August 2022

Kürzlich verfolgte ich eine Clausewitzschlacht unter Gelehrten. »Der Krieg ist eine bloße Fortsetzung der Politik mit anderen Mitteln«, zitierte Wolfgang Merkel, Professor an der Berliner Humboldt-Universität, den berühmtesten Satz aus Carl von Clausewitz' *Vom Kriege.* Der Professor legte außerdem dem ukrainischen Präsidenten nahe, den Krieg zu beenden und stattdessen in Verhandlungen zu treten, denn sonst hätte er Clausewitz, die Logik von Politik und die Verselbstständigung eines Krieges nicht verstanden.

Darauf antwortete ein anderer Professor, Herfried Münkler *(Der Große Krieg. Die Welt 2014 bis 2018)*, und attestierte dem Humboldt-Professor, dass er selbst es sei, der Clausewitz nicht verstanden habe. Feder und Schwert, Diplomatie und Militär – beides seien nach Clausewitz Instrumente, um den eigenen politischen Willen zur Geltung zu bringen, und auch der Widerstand gehöre zum Krieg als ein wahres politisches Instrument.

Der Humboldt-Professor zitierte noch Sartres *Schmutzige Hände*; der andere Professor irgendeine Clausewitz'sche »Trias«, und mir fiel bei den Gelehrten sofort Goethe ein, der ein Schlachtfeld bei Jena 1807 aus großer Distanz beobachtet und zu Protokoll gegeben hatte: »Ich habe gar nicht zu klagen. Etwa wie ein Mann, der von einem festen Felsen hinab in das tobende Meer schauet und den Schiffbrüchigen zwar keine Hilfe zu bringen vermag, aber auch von der Brandung nicht erreicht werden kann, und nach irgendeinem Alten soll das sogar ein behagliches Gefühl sein.«

Was wohl die ukrainischen Soldaten, die gerade in der Region Donezk ihre Stellung halten, zu Clausewitz und der Deutungsschlacht der Professoren sagen würden?

Nun ist es ja bestimmt schon immer das Wesen des Expertentums gewesen, aus der Distanz zu kommentieren, aber wenn ich die deutschen Debatten über den Krieg und das Leid anderer verfolge – in den ständigen Talkshows oder in offenen Briefen an den Bundeskanzler –, dann denke ich an diese Behaglichkeit Goethes, der von der Brandung nicht erreicht werden kann. Und dann wünsche ich mir insgeheim, dass plötzlich irgendwas Kräftiges die Studios von *Markus Lanz*, *Hart aber fair* oder die festen Schreibtische der Gelehrten oder Bundeskanzlerbriefeschreiber erschüttern würde.

Ich war geneigt, hier das Goethezitat wieder zu streichen, weil es mich ja in die Nähe dieser Gelehrten bringt, dabei weiß ich bis heute nicht, was richtig ist (und weigere mich auch, es zu wissen): Schwere Waffenlieferungen abzulehnen, um Menschenleben zu retten? Oder schwere Waffen zu liefern, um das Land, die Freiheit, die Demokratie zu retten?

Aber offensichtlich haben wir überhaupt keine oder kaum schwere Waffen, obwohl wir ständig sagen, dass wir welche liefern, aber sie kommen in der Ukraine irgendwie gar nicht an (zumindest nicht jene, die die Ukraine haben will), was ja im Nachhinein auch diese wochenlange Debatte ad absurdum führt: Keine Waffen, aber eine deutsche Waffendebatte, wie zum Selbstzweck!

Beim Reden über den Krieg denke ich auch immer an Tatiana und ihren Mann, der in der Heimat geblieben ist, um sein Land zu verteidigen – ob als »bloße Fortsetzung der Politik mit anderen Mitteln« oder in völliger Unkenntnis von Clausewitz – ich glaube, es wäre ihm scheißegal.

Sergiy schrieb mir bei Facebook, dass sein Haus in Charkiw von einer Rakete getroffen worden sei. Die Menschen zwei Stockwerke über ihm seien gestorben, er selbst beschreibt die Erschütterung als etwas, das sein Körper nie wieder werde loslassen und vergessen können. Dieses Gefühl, gleich sterben zu müssen, würde nun für immer bleiben.

»Ich möchte, dass wir eines Tages wieder zusammen Fußball spielen«, schrieb ich ihm hilflos.

»Wenn wir diesen fucking Krieg überleben, wäre ich froh, dein Team hier bei uns zu begrüßen«, antwortete er mir.

11.

Der Fluch des nächsten Tooooooors

In Berlin beim Hautarzt, in der »Akutpraxis«. »Ist es akut?«, fragte die Arzthelferin. »Nein, nicht wirklich«, antwortete ich. »Dann dauert's«, sagte sie.

Ich las im Wartezimmer etwas über Angela Merkel in einer Illustrierten. Hat sie uns das nicht alles eingebrockt?, wurde gefragt. Habe sie Putin durch ihre »Appeasement-Politik« nicht ermuntert, die Ukraine zu überfallen? Ich tippte *Appeasement – Merkel* in mein Handy und fand einiges, sogar ein US-Republikaner hatte ihr diese Appeasement-Politik gegenüber Russland vorgeworfen, er verglich sie sogar mit der Appeasement-Politik, die Frankreich und vor allem England gegenüber Nazi-Deutschland vorgeworfen worden war.

Ich hörte die Arzthelferin, die zum fünfzigsten Mal ihre Frage stellte, ob es akut sei, und ich dachte plötzlich, ich müsste Merkel so eine Art Akutsalbe gegen Appeasement-Vorwürfe verschreiben. Überhaupt schien mir »akut« das Wort der Stunde zu sein, wenn nun sogar schon Illustrierte, die sich ja normalerweise im Sommer mit Merkels Garderobe bei den Bayreuther Festspielen beschäftigten, solche Diagnosen erstellten. Ja, unser ganzes Verhältnis zur Gegenwart, unsere Haltungen zu neuesten Ereignissen, erschienen mir jetzt aus einer akuten Situation heraus gesehen, aus einer »Akuthaltung«.

Aus so einer Akuthaltung heraus hält man eine Handels-
politik mit Russland natürlich für verwerflich (obwohl man
sich vor dem 24. Februar kaum daran gestört hat); man diskutiert die Laufzeitverlängerung der Atomkraftwerke, den
Ausschluss Gerhard Schröders aus der SPD, man ignoriert für
neues Gas aus Katar und Saudi-Arabien die Missachtung von
Menschenrechten oder verlangt »schwere Waffen«, nachdem
man zum Beispiel in Afghanistan alles holterdiepolter abgezogen und die Menschen dort im Terror zurückgelassen hat. Aus
so einer Akuthaltung erklärt man die vergangene Russlandpolitik für falsch, das Minsker Friedensabkommen, die Gespräche mit Russland, der Ukraine, Frankreich und Deutschland
im Normandie-Format – alles falsch.

War es ja vielleicht auch, aber wer hat denn früher die Si-
cherheits- und Energiepolitik so stark und nachhaltig kritisiert? Erschienen die Sanktionen gegen Russland nach der
Annexion der Krim vielen damals nicht als zu harsch? Oder
hat Merkel es in den letzten Jahren versäumt, den Kalten Krieg
weiterzuführen und zu vertiefen (den sie im Übrigen niemals
persönlich wirklich für beendet hielt, denn für sie war der Zu-
sammenbruch der Sowjetunion das größte Glück, für Putin
die größte Katastrophe)? Oder war es nicht eher gesellschaft-
licher Konsens, dass sie es nicht tat, auf keine Konfrontation
mit Russland setzte? Ich erinnere an Robert Habeck, als er im
Wahlkampf »Defensivwaffen« für die Ukraine gefordert und
welche Empörung er dadurch ausgelöst hatte, auch bei den eigenen Grünen – wie lange ist das her?

Gestern hat endlich wieder die Bundesliga begonnen, und
ich schaute die Konferenzschaltung, ich wollte nichts verpassen.
Und plötzlich fand ich ein noch viel besseres Bild für unsere

»Akuthaltungen«. Ständig wechselt das Bild, immer, wenn ich mich gerade in die Struktur eines Spiels eingefunden habe, wird ins nächste Stadion geschaltet, zum nächsten »Tooooooor!«, zum nächsten Höhepunkt. Ein Spiel zu »lesen«, zu analysieren: unmöglich. Die Entwicklung: eher zerhackt, ohne »Geschichte«.

Dabei ist es bestimmt ganz hilfreich, sich Spiele in voller Länge anzuschauen. Aber dafür bräuchten wir Medien, die ihre Scheinwerfer nicht nur immer auf die allerneuesten Toooooore richten. Politiker, die nicht immer alle sofort in die dafür bereitstehenden Mikrofone zur Stellungnahme laufen. Und wir müssten unsere Aufmerksamkeit vielleicht anders verteilen, sie auch mal jenen Schauplätzen widmen, wo die Vergangenheit (und ihre Aufarbeitung!) gerade wegen des neuesten Toooooors zu verschwinden droht.

Wohin haben wir nach der Annexion der Krim geschaltet? Nach den Angriffskriegen der russischen Armee in Syrien? (Die Russen, Türken und das Regime in Damaskus bomben auch jetzt weiter auf Zivilisten in Nordsyrien, man kriegt es nur nicht mehr mit.) Gab es nicht vor genau einem Jahr Dauersendungen über Afghanistan? (Wie ausgeblendet, weggeschaltet!) Und in welchen Stadien saßen wir, als wir in letzten Jahren munter diese Pipeline bauen und uns in aller Seelenruhe von Gazprom regieren ließen?

Ich persönlich habe übrigens, nach anfänglichem Unbehagen, die Fußball-WM 2018 in Russland vom ersten Spiel bis zum Finale höchst angeregt verfolgt.

12.

Von der Angst der Kinder

09. August 2022

Vor den Ferien mailte mir die Grundschullehrerin, mein Sohn habe in der Spielecke mit einem Klassenkameraden »Bombenabwürfe« gespielt. Sie habe sogar gehört, dass er »Atombombenabwürfe« gesagt hätte, das dürfe er nicht, er sei Klassensprecher und als solcher müsse er Vorbild sein. Ich stand sofort auf und lief ins Kinderzimmer. Mein Sohn sortierte auf dem Boden seine Fußballsammelbilder, um zu sehen, wie viele Nationalspieler er schon gesammelt hat, deren Teams an der WM in Katar teilnehmen (anderes schwieriges Thema!).

Meine Argumente hatte ich mir schon auf dem Weg zurechtgelegt: »Pass mal auf, mein Sohn, ich habe von deiner von mir sehr geschätzten Lehrerin gehört, dass du in der Schule Atombombenabwürfe spielst. Das geht natürlich nicht, was sollen die anderen Kinder denken? Du bist Klassensprecher, du musst Vorbild sein und voranschreiten. Wie Manuel Neuer in der Nationalmannschaft, der wirft im Spiel den Ball ab, aber keine Atombomben!«

»Papa, unsere Armee ist doch stärker als der fürchterliche Putin, oder?«, fragte er, als ich gerade mit meiner kleinen vorbereiteten Rede beginnen wollte.

»Wie kommst du denn jetzt darauf?«, fragte ich stattdessen erschrocken.

»Weil wir in der Schule *Logo-Kindernachrichten* geschaut

haben und da wurde gesagt, dass Putin seine Armee jetzt noch größer macht. Ganz viele neue Soldaten.« Er sortierte gerade den englischen Kapitän Harry Kane zum Team von England. »Haben wir denn im Winter noch genug Strom, um die WM zu gucken?«

»Sortiere erst einmal in Ruhe deine Teams zusammen, wir sprechen später darüber«, sagte ich.

Ich setzte mich sofort hin und mailte der Lehrerin, dass es mir leidtäte mit den Atombomben-Abwürfen in der Spielecke, aber dass das Thema wohl doch zu komplex sei, um einfach nur zu sagen, das dürfe er nicht.

Als ich selbst zur Schule ging, gab es keine *Logo-Kindernachrichten,* die wir in meiner Waldorfschule ohnehin gar nicht hätten schauen dürfen, man hielt die Welt von uns fern. Als ich so alt war wie mein Sohn und in die zweite Klasse ging, wusste ich nicht, wer Helmut Schmidt war, Jimmy Carter oder Mao Zedong, ich kannte als Kind der verträumten Künstlerkolonie in Worpswede nicht einmal den Unterschied zwischen Touristen und Terroristen.

Mein Sohn aber weiß, wer die Twin Towers in New York zerstört hat und so ungefähr, was heute in Afghanistan los ist, ohne dass ich es ihm jemals erklärt hätte. Er weiß, wer Olaf Scholz ist oder Wolodymyr Selenskyj, er korrigiert mich sogar, wenn ich Selenskyjs Vornamen falsch ausspreche. Besonders interessiert er sich für Autokraten und Diktatoren.

Aus allen Richtungen prasseln heute die Nachrichten auf die Kinder ein: aus den Smartphones der Eltern oder Mitschüler; aus schicken Flachbildschirmen, die überall wie Deko herumhängen; aus Autoradios, Radioweckern, *Logo*-Sendungen.

Geht das also? Den Kindern verbieten, in Spielen zu verarbeiten, was sie doch überall zu sehen bekommen? Erst hat die Pandemie ihre Kindheit überfallen, jetzt ist es dieser Krieg und die Folgen. Und spüren die Kinder nicht, dass die Erwachsenen selbst den Atem anhalten, in Anbetracht dieser Welt? – »Haben wir im Winter noch genug Strom« ... »Sind wir stärker als Putin?« ...

Der Lehrerin mailte ich tatsächlich ein paar Sätze von Aristoteles über seine Theorie der griechischen Tragödie. Der gespielte Schrecken sollte die Furcht bannen und unsere Gefühle durch die Erregungszustände sogar reinigen. Ich könnte mir also vorstellen, schrieb ich, dass unsere Kinder es genauso machen wie die Griechen, um mit ihrer Angst umzugehen.

13.

Der Frieden in Kinderhänden

16. August 2022

In den Ferien geht mein Sohn auf die Torwartakademie von Antalya, seiner Geburtsstadt. Der Blick vom Trainingsgelände des türkischen Fußballvereins Antalyaspor ist eigentlich für Götter gemacht: in der Ferne die mächtigen Berge der Teke-Halbinsel, der antiken Landschaft Lykiens, dazu blaues Meer. Manchmal sehen wir Nuri Şahin vorbeilaufen, kein antiker Römer, aber früher bei Real Madrid und Borussia Dortmund und nun Trainer des türkischen Süper-Ligisten Antalyaspor, und der Trainer meines Sohns war immerhin Torwart bei Greuther Fürth.

Es gibt auch einen russischen Jungen in der Akademie, er heißt Marik und kommt meist mit einem grünen Manuel-Neuer-Trikot zum Training. Mit seiner Mutter unterhalte ich mich, während wir eine Stunde lang durch einen Gitterzaun unseren Kindern bei den Übungen zuschauen. Olga ist Rechtsanwältin aus Moskau, sie konnte das Leben dort nicht mehr ertragen, wie sie gleich bei der ersten Begegnung erzählte, die Kriegslügen, die Propaganda, die Sanktionen, der Rückzug der westlichen Konzerne. Es sei das Sowjetreich, das einen wieder aus den leeren Schaufenstern anstarre.

Viele Russen sind deshalb nach Antalya gekommen. In Liman-Konyaaltı, im Westen der Stadt, wo die Großeltern meines Sohnes leben, sind schon dreißig Prozent der Anwohner Russen – und es werden immer mehr. 70.000 Russen und 10.000 Ukrainer sind in den letzten Monaten dazugekommen. Die einen flüchten vor dem Krieg, um ihr Leben zu retten; die anderen verlassen ihre Heimat, um ihr Geld und ihr schönes Leben zu behalten. Sie reisen ohne Visum ein, wechseln ihre starken russischen Rubel in schwache, taumelnde türkische Lira, um problemlos Immobilien zu kaufen, da die Türkei als einziges NATO-Mitglied keine Sanktionen gegen Russland verhängt hat. (In der verwirrenden On-off-Beziehung zwischen dem türkischen und russischen Präsidenten schaltet der türkische immer auf *On*, wenn er etwas braucht: momentan Touristen und freie Hand für einen Krieg in Nordsyrien). *Kremlin-Residence* heißt jetzt ein Komplex mit Bungalows und Pool direkt gegenüber unserer Wohnung auf dem Atatürk Bulvari.

Vor dem Szene-Restaurant *Riviera* parken die großen russischen Autos neben den ukrainischen, die türkischen sehen daneben plötzlich ganz klein aus.

Ein Immobilienmakler auf dem Atatürk Bulvari erzählte mir, dass Russen und Ukrainer sogar in Liman-Konyaaltı in denselben Bungalows zusammenleben würden, auch in den besseren Gegenden Istanbuls und Izmirs. In Antalya gebe es sogar eine russisch-ukrainische WG. »Vielleicht ist ein Land mit einem Präsidenten, der einerseits Kampfdrohnen an die Ukraine liefert und andererseits alle Sanktionen gegen Russland ignoriert, auch wie geschaffen für ein Zusammenleben von Ukrainern und Russen in der Türkei«, sagte er lächelnd.

Olga sehe ich dreimal die Woche. Vor den Trainingseinheiten öffnet sie bei der Begrüßung immer als Erstes ihre Handtasche und gibt meinem Sohn russische Schokolade, überhaupt gibt sie allen, mit denen sie ins Gespräch kommt, zuerst russische Schokolade.

Einmal erzählt sie die Geschichte des russischen Fallschirmjägers Pawel Filatjew, der bei der »Spezialoperation« vor Hunger und Durst ein Gebäude in Cherson aufgesucht und in einer Wohnung von geflohenen Ukrainern die ukrainischen Nachrichten im Fernsehen gesehen habe: die Verwüstung, mit toten Frauen und Kindern, er habe plötzlich den Krieg gesehen. Und nachdem er verwundet und abgezogen worden sei, habe er Russland mithilfe einer Menschenrechtsorganisation verlassen und einen Bericht über diesen Krieg verfasst.

Der Hauptfeind aller Russen und Ukrainer sei die Propaganda, sagt Olga.

Wenn wir nicht über den Krieg sprechen, schauen wir schweigend unseren Jungen zu, die mittlerweile Trainingspartner geworden sind. Ob sie sich für ihr Land schäme, wollte ich sie einmal fragen, aber dann fand ich so eine Frage, von einem Deutschen gestellt, unpassend.

In der letzten Trainingswoche kommt ein ukrainischer Junge dazu. Olga holt sofort ihre Schokolade raus, während der Trainer den ukrainischen Jungen begrüßt. Ich flüstere meinem Sohn zu, dass er heute mal diesen Jungen mit Marik die Übungen machen lassen soll, er selbst könne sich ja einen anderen Partner suchen. »Ich weiß!«, sagt mein Sohn viel zu laut, »ich weiß schon, warum!«

Mir kommt eine Szene in den Sinn, die ich in Ost-Jerusalem erlebt habe. Über den Dächern der Stadt ließen zwei palästinensische Kinder Drachen steigen. Israelische Kinder liefen aus den Nachbarwohnungen herüber und schauten zu. Ein kleines jüdisches Mädchen verfolgte mit strahlenden

Augen die Flugbahn der Drachen, bis eines der Kinder die Hände des Mädchens nahm und sie vorsichtig um die Drachenschnur legte, jetzt durfte es den palästinensischen Drachen lenken.

Dann rennen die drei Jungs über den Fußballplatz zum Training.

Mein Leben mit Lauterbachs roter Fliege

»Ihr seid auf dem besten Weg,
eine ganze Nation
von Irren hervorzubringen.«

———————

– Walt Whitman –

1.

Erst ist man zu elft,
dann kommen immer mehr

*»Das Wuhan des Jahres 2020 war eine wohlhabende
Metropole mit vielen erst jüngst zugewanderten
Bewohnern. Die Hälfte der Bevölkerung wollte die Stadt
verlassen, um das chinesische Neujahrsfest zu feiern.
SARS-CoV2 brauchte nur wenige Wochen, um sich
von Wuhan aus in ganz China und in weiten
Teilen der übrigen Welt zu verbreiten.«*

– Adam Tooze: *Welt im Lockdown* –

11. März 2020

José Saramagos *Die Stadt der Blinden* gelesen: Ein Mann im
Auto an einer roten Ampel. Die Ampel schaltet auf Grün, aber
er bleibt stehen. Die anderen Autofahrer hupen, bis einer an
die Scheibe des Mannes klopft, der immer nur drei Worte
wiederholt: Ich bin blind. Ein Passant erklärt sich bereit, den
Mann nach Hause zu fahren, danach stiehlt er das Auto. Der
Erblindete wird von seiner Frau zum Augenarzt gebracht, der
eine neuartige Blindheit diagnostiziert: Dem Patienten erscheint nicht alles schwarz, sondern weiß. Dann ist auch der
Augenarzt blind.

Als der Autodieb das Fahrzeug startet, fragt er sich, ob ihm
dasselbe widerfahren könne, wenn er das Lenkrad anfasse. Er

sagt sich: Das ist keine Grippe, die man sich einfängt, beruhige dich, lauf einmal um den Block an der frischen Luft. Er steigt aus und ist noch keine dreißig Schritte gegangen, als er erblindet. Ein Callgirl, das am Vormittag wegen einer Bindehautentzündung beim Augenarzt war, klopft mit dunkler Sonnenbrille an eine Hoteltür und gerät beim folgenden Sex mit einem Mann außer sich vor Lust, danach sieht sie alles weiß. Sie wird von einem Zimmermädchen gefunden, das ebenfalls erblindet. Mittlerweile ist die Frau des bestohlenen Mannes erblindet, auch der Polizist, der den Dieb nach Hause geführt hat, ebenso alle, die danach mit dem Polizisten zu tun hatten.

Der Augenarzt sieht es nun als seine Pflicht an, die Gesundheitsbehörde über die unbekannte weiße Blindheit zu informieren, die offenbar hochansteckend ist. Eine solche Epidemie hat es noch nie gegeben, sagt man sich auf der Behörde und informiert das Ministerium, das sofort die Namen aller Menschen haben will, die beim Arzt in der Praxis waren. Solange keine Heilung gefunden werde, müssen alle, die beim Augenarzt waren, und alle, die mit ihnen Kontakt hatten, in Quarantäne.

Das Ministerium richtet in einer leer stehenden Irrenanstalt das Quarantänezentrum ein: die Erblindeten in den rechten Trakt, die Kontaktpersonen in den linken. Das Essen wird vorm Haupttor abgestellt, über ein Telefon kann man Hygieneartikel bestellen. Erst ist man zu elft, dann kommen mehr. Der Mann, der mit dem Callgirl Kontakt hatte, holt danach seine Familie am Flughafen ab und erblindet, als er sie in die Arme nimmt. Zwei Piloten erblinden und ein Flugzeug stürzt ab. Die Kinder des Mannes, der mit dem Callgirl Kontakt hatte, infizieren ihre Mitschüler, die Schüler ihre Eltern, die Eltern die Stadt, die Stadt die Welt.

Nun ist es eine Pandemie.

Die Infizierten und Kranken zwängen sich durch das Haupttor des Quarantänezentrums, als würden sie von draußen mit einem Bulldozer hineingeschoben. Sie verlangen nach Essen und Toilettenpapier. Vor dem Haupttor sieht man Erblindete, die versuchen, das Papier und die Nudelpackungen an sich zu reißen, und aufeinander einschlagen, wobei sie immer wieder Löcher in die Luft boxen. Manche schreien: Wo sind die Ärzte, die man uns versprochen hat? Soldaten in Schutzanzügen beginnen auf die Kranken zu schießen, wenn diese herauslaufen und nach Medikamenten verlangen. Und drinnen fallen irgendwann alle übereinander her.

2.

Lockdown

April 2020

Hans Castorp will eigentlich nur seinen lungenkranken Vetter im Sanatorium besuchen. Er plant drei Wochen für die Reise von Hamburg nach Davos ein, am Ende lebt er sieben Jahre im Lungensanatorium. Im *Zauberberg* von Thomas Mann heißt es, dass Castorp diese Zeit im Rückblick *zugleich unnatürlich kurz und unnatürlich lang erschien.*

Es ist erstaunlich, wie ähnlich das Erleben der Zeit im *Zauberberg* dem in dieser Pandemie erscheint, in der Tage und Monate miteinander verschmelzen und man schon gar nicht mehr weiß, wann Montag ist oder Mittwoch, vom Datum ganz zu schweigen.

»Schönes Wochenende« wünschte heute jemand Herrn Teicher aus dem ersten Stock. Wie seltsam mir plötzlich diese tausendmal gehörte und oft selbst verwendete Redensart vorkam. Für Eltern mit Kitakindern ist sowieso nur noch Wochenende: unendlich lange aneinandergereihte Sonntage. *Große Zeiträume schrumpfen bei ununterbrochener Gleichförmigkeit auf eine das Herz zu Tode erschreckende Weise zusammen; wenn ein Tag wie alle ist, so sind alle wie einer; und bei vollkommener Einförmigkeit würde das längste Leben als ganz kurz erlebt werden und unversehens werden und unversehens verflogen sein. Gewöhnung ist ein Einschlafen oder doch ein Mattwerden des Zeitsinnes ...* (Thomas Mann)

Meinen Sohn nimmt das auch sehr mit. Seine Freunde darf er nicht treffen, auf den Spielplatz darf er auch nicht, ebenfalls nicht zum Geburtstag seiner Großmutter. »Was passiert da draußen?«, hat er gefragt. Ich dachte an den Film *Das Leben ist schön* von Roberto Benigni, in dem der Kellner Guido seinem Sohn vorgaukelt, das Konzentrationslager wäre nur ein Spiel. Ich überlegte, die ganze Coronakrise als Spiel zu inszenieren. Wir gingen nach draußen und jagten die Coronageister wie bei den Ghostbusters mit dem Proton Pack, den gibt's von Playmobil, aber schon am nächsten Tag skypte er mit Maxi, seinem Freund aus der Kita, und der sagte ihm, es gebe keine Coronageister, so ein Quatsch, Covid-19 sei echt und gefährlich, er solle lieber im »Homeoffice« bleiben.

Den achtzigsten Geburtstag meiner Mutter habe ich mit ihr alleine gefeiert. Sie lehnte im Fenster, ich stand unten auf der kleinen Straße. Wir mussten sehr laut sprechen, eher schreien.

»Mir wird das jetzt zu doof, ich komme runter!«, sagte sie. »Als ich Kind war und Krieg herrschte, bin ich bei Fliegeralarm auch vor die Tür gegangen!«

»Nein!«, rief ich entsetzt, »du musst oben bleiben. Das hat sogar die Bundeskanzlerin gesagt!«

»Ich sehe doch, dass du nicht krank bist!«, entgegnete sie. »Ich habe dir's immer angesehen, wenn du krank warst!«

»Beim Fliegeralarm konnte man die Flugzeuge sehen, das Coronavirus sieht man aber nicht! Außerdem müssen wir beide auch die exponentielle Robert-Koch-Kurve abflachen!«

»Aber nicht an meinem achtzigsten Geburtstag! Komm mir da nicht mit so einer Kurve! Ich komme jetzt runter!«

Vor ein paar Tagen habe ich für die Eltern eines Freundes

aus Bremen Impfstoff gegen Pneumokokken besorgt, *Pneu-movax 23*, in der Charité, den gibt's ja in Apotheken gar nicht mehr. Ich bin dann mit dem gekühlten Impfstoff über die Autobahn gerast, Übergabe auf halber Strecke auf der Raststätte Helmstedt Süd. Ich stieg mit der Kühltasche aus dem Auto. Der Freund, Asthmatiker, stand schon da.

»Komm mir zehn Schritte entgegen, lege es auf den Boden, dann steige wieder in dein Auto«, sagte er.

»Wir haben uns aber verdammt lange nicht mehr gesehen«, sagte ich.

»Ja, stimmt, ich muss los. Ich weiß nicht, wie lange dein Kühlakku hält«, erwiderte er.

Das Leben hat seltsame Formen angenommen. Eine winzig kleine Virusmutation – etwa einen einhunderttausendstel Zentimeter groß – bedroht nun die ganze Welt. Wenn es ein Wort gibt, das all diese neuen Erfahrungen zusammenfasst, dann ist es: Unvorstellbarkeit.

3.

Verschwörer

Im Lockdown bekomme ich fast jeden dritten Tag Amazon-Pakete mit Waren aus China, die ich gar nicht bestellt habe. Zuerst kam ein *Lawn-Sprinkler* aus Shenzhen, ich habe aber gar keinen Garten. Dann kam eine Fahrradstange für ein Damenklapprad (habe ich auch nicht). Beim nächsten Paket hielt ich plötzlich einen *SHINEHUA-Dildo Real Dong* in der Hand, zwanzig Zentimeter lang (ist das viel??), mit Hoden. Dazu lagen noch *Snore Reduction Chin Straps* und ein *Nosehair Removal Wax Kit* in dem Karton, mir war gar nicht bewusst gewesen, was in diesem Shenzhen in China alles produziert wird.

Beim folgenden Paket hoffte ich, dass auch einmal eine Atemschutzmaske dabei wäre, aber dann kam eine *Magical Clitorial Pump* und ein USB-Kabel. Was man im Lockdown so alles braucht! Ich rief bei Amazon an und eine Dame erklärte mir, da könne sie auch nichts machen, wahrscheinlich ein Fehler im System des Logistikcenters im Zuge der Coronakrise.

Ein Freund aus Künstlerkreisen, ein Bildhauer, dem ich den *SHINEHUA-Real-Dong* mit plastischem Hoden anbieten wollte, erklärte mir, dass mein Fall deutlich mache, was hinter Corona eigentlich stecke: Erst käme das Virus, wahrscheinlich aus einem Forschungslabor im chinesischen Wuhan mit Absicht der

Machthaber Pekings entwichen, so eine Art gelenktes Tschernobyl in globalen Dimensionen; dann vernichte das Virus
den weltweiten Binnenhandel und den Einzelhandel und danach würde China schön den Markt überschwemmen, zuerst
mit Masken, dann mit dem ganzen Zeugs, was ich jetzt eben
kriegen würde. Was wir gerade erleben, sagte der Bildhauer, sei
nur der Anfang, vielleicht stehe auch Amazon selbst dahinter
oder Bill Gates.

Ich habe in dieser Coronakrise schon viele gute Bekannte
aus meinen Künstlerkreisen verloren, nicht infolge eines tödli-
chen Lungeninfekts, sondern aufgrund von Verschwörungsthe-
orien im Internet. Einige haben mir sogar mehrmals dieses Video von Dr. Wodarg geschickt, dem norddeutschen Lungenarzt,
der behauptete, Corona gäbe es nicht, eine Coronapandemie
schon gar nicht, nur eine Corona-Hysterie, um Bürgerrechte
einzuschränken. Wenn mir jemand Wodarg schickt, schicke
ich jetzt immer Drosten zurück, meist den Link zum NDR-
Podcast mit dem Charité-Virologen. Manchmal bekomme ich,
wenn ich auf Wodarg meinen Drosten verschickt habe, Videos von Prof. Bhakdi als Erwiderung, auch so ein Virusleug-
ner, der zum Beispiel behauptete, die hohe Sterberate in Nord-
italien müsse man auf die dortige schlechte Luft zurückführen.

Bestimmt findet bei vielen seit Wochen ein ähnlich erbit-
terter WhatsApp-Kampf um die Wahrheit statt, ein bisschen
wie früher beim Abendmahlstreit mit Luther und Zwingli. Nur
heißen sie heute Wodarg, Bhakdi und Drosten oder Kekulé.

●

Gestern unterhielt ich mich mit Frau Müller aus dem dritten. Stock über die Länge des Händewaschens (dreimal Happy Birthday singen!). Ich singe also wieder viel.

●

Einer Freundin, der ich den Lawn-Sprinkler anbieten wollte, fragte mich, ob ich Lust hätte, die neue Gartensauna einzuweihen, es kämen auch ein paar nette Leute. »Wie viele denn?«, wollte ich wissen, »mehr als zwei?«

»Ach Gottchen«, hat sie geantwortet, »bei achtundfünfzig Grad stirbt das Virus, weißt du das denn nicht?«

»Doch, aber nicht, wenn das Virus in deinen netten Leuten schon drin ist«, erwiderte ich, »dann müssten sie ja auch achtundfünfzig Grad heiß werden, und nicht nur die Luft in der Sauna! Den Lawn-Sprinkler kannst du dir übrigens abschminken!«

Solche Dialoge führe ich jetzt. Anstatt uns wie früher über Theateraufführungen oder neue Kinofilme zu unterhalten, sprechen wir nun über die Reproduktionszahl und die Maskenpflicht, über Social Distancing und Fledermäuse in Wuhan oder über Bill Gates. Und manche streiten sich so erbittert darüber, dass sie sich vermutlich nie wieder versöhnen werden.

●

Interessant, was jetzt Lenín Moreno, der Präsident von Ecuador, sagte: *Das ist der echte Erste Weltkrieg ... Die anderen Weltkriege fanden auf einigen Kontinenten mit sehr wenig Beteiligung von anderen Kontinenten statt ... aber das hier betrifft alle. Es ist nicht lokal begrenzt. Es ist ein Krieg, dem man nicht entkommen kann.*

4.

Die Virologen –
Skizze für ein Theaterstück
nach Dürrenmatt

10. April 2020

Wieder einmal *Die Physiker* von Friedrich Dürrenmatt gelesen. In dem Stück lassen sich drei Physiker in eine psychia-
trische Anstalt einweisen. Der Erste, Möbius, hat die Atombombe erfunden, denkt aber, die Menschheit sei nicht reif für
seine wissenschaftlichen Erkenntnisse, und täuscht Wahnsinn vor. Alec J. Kilton gibt vor, auch Physiker zu sein, ist aber
eigentlich vom westlichen Geheimdienst beauftragt, an das
Wissen von Möbius zu kommen. Der dritte, Ernesti, ist vermutlich von den Russen und will dasselbe. Es geht Dürrenmatt um den Kalten Krieg.

Ich selbst habe nun ein neues dramatisches Exposé entworfen, wir haben keinen Kalten Krieg, wir haben Corona, das
Stück heißt jetzt, frei nach Dürrenmatt, *Die Virologen*.

Bei Möbius habe ich sofort an Christian Drosten gedacht,
der sich besonders gut mit Coronaviren auskennt und das Ge-
nom des SARS-Virus entschlüsselt und sich irgendwann entschieden hat, nicht mehr in Talkshows zu gehen, weil es dort
unmöglich sei, komplexere Zusammenhänge zu erläutern. In
meiner dramatischen Skizze hat er sich sogar in die Anstalt
zurückgezogen, weil er eine Erkenntnis gewonnen hat, die unermessliche Folgen haben könnte. Da er aber sich und seine

Familie vor der Veröffentlichung dieser unglaublichen wissenschaftlichen Erkenntnis schützen muss (Morddrohungen, Social Media), gibt er lieber vor, wahnsinnig zu sein.

Bei Alec J. Kilton hatte ich sofort eine Vision: Alexander S. Kekulé, der Hallenser Virologe und Biochemiker, den wir alle aus dem Fernsehen kennen! In meinem Theaterstück wäre er Agent der *Bildzeitung*, Dürrenmatt nennt solche dramatischen Zuspitzungen *die schlimmstmögliche Wendung*. (Hintergrund ist natürlich diese fiese, unwissenschaftliche Kampagne der Bildzeitung gegen Drosten und dessen Studie über die Infektiosität von Kindern, die Kekulé ebenfalls scharf kritisierte. Drostens Forschung zeigte, ja, Kinder können Erwachsene infizieren; Kekulé bestritt dies, hat es aber selbst gar nicht erforscht.)

Bei der Recherche habe ich herausgefunden, dass Alexander S. Kekulé schon seit Ewigkeiten nicht mehr selbst geforscht hat und sich – so sagen die anderen Virologen – gewissermaßen nur als Virologe inszeniere, weil in den Medien ja nun jeder erhört werde, der Virologe sei. Kekulés Vater war Regisseur und hat *Peterchens Mondfahrt* verfilmt (die Abenteuer des Maikäfers Sumsemann), die Mutter schrieb Drehbücher (*Morgen in Alabama*, *Die furchtlosen Vier*, ein Film, bei dem Mario Adorf mitspielte), da fällt der Apfel nicht weit vom Stamm! Der Sohn ging auf eine Waldorfschule, da kommt man früh mit Märchen und Theater in Verbindung (ich war schließlich auch Waldorfschüler, und man glaubt gar nicht, was wir in der zwölften Klasse aufgeführt haben: *Die Physiker!*).

Also: In meiner neuen Komödie ist mittlerweile ein schlimmer Konkurrenzkampf unter den Virologen in der Anstalt ausgebrochen, den die Pfleger für schlimmer halten als das Virus selbst. Wer war öfter in den Talkshows? (Kekulé, in allen) Wer hat die meisten Views bei YouTube? (Drosten) Wer hat den beliebtesten Podcast? (Drosten) Wer influenct die Kanzlerin? (Drosten!) Wer führt insgesamt im Virologen-Presse-Ranking? (Drosten!) Mein kekuléhafter Scheinvirologe stürzt sich also hasserfüllt auf meine drostische Möbius-Figur, auch im Auftrag der *Bildzeitung!*

Jetzt kommt Ernesti noch dazu, der Dritte, da habe ich an den SPD-Epidemiologen Karl Lauterbach mit der roten Fliege gedacht, der auch in jeder Talkshow sitzt (»Karlchen überall« nenne ich ihn), in meinem Drama wäre er aber noch viel besessener.

Ich würde immer weitere Virologen einliefern lassen: ein junger Arzt aus Bonn, der aussieht wie der Typ aus *Shades of Grey*, der kommt aber im Auftrag von Armin Laschet, CDU. Dann stößt noch eine schöne Virologin aus Braunschweig hinzu, und sogar Verschwörungstheoretiker lassen sich einweisen: Typen wie dieser weißhaarige Internist Doktor Wodarg (»Das Virus gibt's nicht!«), der sich auf *Karlchen überall* stürzt und ihm die rote Fliege abreißt. Der Armin-Laschet-Entsandte, Hendrik Streeck heißt er, stürzt sich mit seiner sogenannten »Heinsberg-Studie« auch auf *Karlchen überall* und auf den drostischen Möbius, dem die Irrenärztin rettend beispringt, da habe ich, na klar, an eine Angela-Merkel-Figur gedacht, die wiederum von völlig zu Recht eingewiesenen Reichsbürgern und Impfgegnern attackiert wird, die permanent »Bill Gates, Bill Gates!« brüllen.

Es geht drunter und drüber. Niemand achtet mehr auf Abstände, man sieht noch die merkelhafte Irrenärztin mit einem

Zentimetermaß, das ihr aber von Doktor Wodarg (»Virus gibt's nicht!«) entrissen wird. Mittendrin mein kekuléhafter Scheinvirologe (kekulesk, Kafka?), der interviewt wird von ARD und ZDF – Anne Will und Markus Lanz sind auch in der Irrenanstalt. Plasberg drängelt sich noch rein, hart aber fair.

Das Schlimmste, sagt Dürrenmatt, kann nur in der Komödie dargestellt werden.

Am Ende lasse ich meine drostische Möbius-Figur eine wegweisende Entscheidung treffen. Er beschließt, nicht mehr den Wahnsinn vorzutäuschen, sondern diesen einzigartigen Planeten mithilfe der Wissenschaft zu retten. Zusammen mit der bundesrepublikanischen Irrenärztin verkündet er in der *Bildzeitung* seine Erkenntnis: Ein Lockdown der Gesellschaft für fünfundzwanzig Jahre sei unausweichlich! Die letzten Worte hat Dürrenmatt:

»Denn sonst werde die Menschheit in den Wüsten des Mondes im Staub versinken, in den Bleidämpfen des Merkurs verkrochen, sich in den Ölpfützen der Venus auflösen.«

Vorhang!

PS: Jetzt muss ich nur noch einen Regisseur finden, der das mit *Safer acting* (Social distance) inszeniert! Und ich brauche Publikum!!!

5.

Systemrelevanz

27. April 2020

Vor ein paar Tagen habe ich geträumt, ich stehe im Deutschen Theater in Berlin und baue mit dem Intendanten jeden zweiten Sitzplatz im Zuschauerraum aus und trage ihn auf den Vorplatz des Theaters. Als wir nach getaner Arbeit nach draußen treten, sitzen dort überall Menschen auf den Theaterstühlen und starren erwartungsvoll auf die Fassade des Theaters.

Vielleicht steht dieser Traum, dachte ich, für die Sehnsucht der Kultur, doch eigentlich so etwas wie *systemrelevant* zu sein. Dabei ist die traurige Wahrheit, dass wir Künstler seit Wochen entweder erstarrt sind in Schock und Existenzangst oder durchs Netz springen, streamen, podcasten, zoomen – und das vielleicht nicht nur, weil wir der Menschheit Trost, Kunst und etwas zum Nachdenken geben wollen, sondern auch, weil wir nachweisen möchten, dass wir doch gebraucht werden, dass es uns auch noch gibt, dass unsere Stimmen in dieser Zeit wichtig sind.

»Wer große Ereignisse erklären kann, ist in den Augen derer, die keine Erklärungen haben, selbst groß«, hat die Journalistin Friederike Haupt geschrieben, und man könnte damit nicht nur die Wodargs und Bhakdis meinen, sondern auch all die Intellektuellen, die bereits schon, während auf der ganzen Welt Hunderttausende gegen den Tod kämpfen, ihre Essays und literarischen Bearbeitungen vorlegen. (Slavoj Žižek hat sogar schon ein fertiges Buch: *Pandemic! Covid-19 shakes the world*, 146 Seiten.)

Kommen im nächsten Jahr überhaupt nur noch Corona-Novellen und Corona-Romane, weil sich Autoren gerade kaum vorstellen können, dass ihre eigentlich geplanten Romane gegen das nun übermächtige, alles durchdringende Corona-Thema ankommen können? Oder werden es, statt der eigenen Relevanzkrise, die Kritiker sein, die all die Corona-Romane herbeiraunen, wie auch viel zu früh nach dem Wende-Roman gerufen worden war?

Gibt es also bald eine Vor-Coronaliteratur und eine Art neue Stunde-null-Literatur? Zählt man dann die Coronaliteraten zu den Borcherts, Bölls, Grass', Rühmkorfs oder Carossas? Und die, die es wagen, ihre Geschichten ohne Corona zu veröffentlichen, zu den Theodor Fontanes, Ludwig Tiecks oder Johann Gottlieb Fichtes?

Und was, wenn ich mich irre und wir von Corona im nächsten Frühjahr, trotz hundertfach gefächerter Folgekrisen, nichts mehr wissen wollen? Unser Tempo, unsere Verarbeitung (oder mediale Verdauung) trotz der jetzigen Selbstreflexion letztlich doch schneller als gedacht ist? Oder noch etwas anderes Schlimmes passiert und dann Corona, wie jetzt die Klimakrise, der Syrien-Krieg oder das Flüchtlingsdrama, plötzlich verschwunden ist?

●

Schaue ich im Fernsehen Nachrichten, freue ich mich immer, wenn auch mal andere Themen kommen. Es ist absurd, aber

Berichte über den Diesel-Abgasskandal oder den Vorstoß der Bundesverteidigungsministerin zur Beschaffung von Kampf-jets in den USA, was die SPD unbedingt verhindern will – solche Berichte wirken mittlerweile schon belebend auf mich.

•

In seinem täglichen Corona-Briefing hat US-Präsident Donald Trump vorgeschlagen, Desinfektionsmittel gegen das Virus zu spritzen, um sie von innen zu reinigen. Er sagte im Weißen Haus vor Journalisten, es wäre »interessant«, das von Forschern prüfen zu lassen. Ich weiß gar nicht, was man da prüfen lassen soll??

6.

Unsere gelehrigen Körper

03. Mai 2020

Ich möchte vielleicht doch einen Band über diese Pandemie-Zeit herausbringen, dachte ich heute in der maskierten Brotschlange beim Biomarkt. Ja, ich möchte alles festhalten, was ich sehe und höre.

»Das ist ein Irrsinn, ein Irrsinn! ... Schlimmer als im Krieg!«, sagte ein alter Mann vor mir, er fluchte vor sich hin. »Diese Schlangen, diese Maßnahmen, niemand redet mehr über was anderes! ... Und wer soll das alles bezahlen am Ende?! ... Ein Landbrot bitte«, sagte er zu der Verkäuferin und musterte das riesige Infektionsschutzfenster über der Ladentheke. Er hatte Probleme, unter dem Stoff seiner Maske zu atmen.

Ich starrte die ganze Zeit auf seine Maske, die aussah wie die alten Büstenhalter meiner Großmutter, die über dem Schlafzimmerstuhl hingen, wenn ich als Kind bei den Großeltern übernachtete, ockerfarben, wie Körbe, ganz stabil.

»Werfen Sie mein Landbrot im hohen Bogen hier drüber wie bei der Luftbrücke? Die habe ich nämlich noch erlebt, junges Fräulein! Da wusste man wenigstens, mit wem man es zu tun hatte, die Berliner Blockade und Stalin, der Russe, die warn mir lieber als dieses chinesische Coronadings, es ist mir ein Rätsel, wie das bis hierher kommen konnte, bis nach Charlottenburg, in den Biomarkt, ich war das letzte Mal woanders, als meine Frau noch lebte, vor zwanzig Jahren, auf

Kreta ... Oder gibt's hier irgendwo einen Schlitz für das Landbrot?«

Der Mann war um die achtzig und seufzte, als die Verkäuferin den Nächsten aufrief. Er lief nach draußen und nahm vor der Tür einen tiefen Atemzug. Später sah ich ihn in einer Schlange vor dem Zeitungskiosk. Er stand viel zu nah an der Person vor ihm, so als glaubte er nicht an die Abstandsregeln. Es war so ein trauriges Bild: dieser Mann auf der Suche nach Gesprächen, mit der offenbar selbst gebastelten Schutzmaske, die auch ein Stück Stoff aus glücklicheren Zeiten gewesen sein könnte, sie hing mittlerweile am Gestänge seines Einkaufrollers.

•

Manchmal wache ich nachts auf und weiß, was ich geträumt habe. Ich lief durch Menschenmengen auf übervollen Empfängen. Ich schüttelte Hände von Menschen, ohne mir das Geringste dabei zu denken, und küsste sogar zur Begrüßung Frauen, die ich nicht einmal kannte. Und wenn ich dann aufwache, denke ich: Oh Gott, was habe ich getan?!

»Es ist ja nicht das erste Mal, dass der Körper zum Gegenstand so gebieterischer und eindringlicher Besetzungen wird«, schreibt Michel Foucault in *Überwachen und Strafen*. Das Kapitel heißt *Die gelehrigen Körper* und beschreibt, dass der menschliche Körper zu allen Zeiten von außen durchdrungen, zergliedert, wieder neu zusammengesetzt und für die jeweilige Zeit »tauglich« gemacht worden sei. Foucault nennt es »die politische Anatomie« oder »die Körpermechanik der Macht«.

Vielleicht ahnen wir noch gar nicht, wie sich all diese Regeln nach und nach in unsere Körper und Wahrnehmungen einschreiben.

Wenn ich im Lockdown Netflix-Serien schaue, mache ich mir neuerdings bei jeder Liebesszene so meine Gedanken. Oder ich fange innerlich an zu zählen: Stopp, Moooooment, wie viele treffen sich da gerade?? Treffen sich da zwei oder doch eher drei Haushalte?! (Bestimmt wird es bald Untersuchungen geben über ein bisher unbekanntes Phänomen: Die neue Normalität der Monogamie! Liebe nur noch in einem Hausstand!) Bei der Hochzeit von Elizabeth II. und Prinz Philipp in *The Crown* singt plötzlich ein Chor in der Westminster-Abbey-Kirche, frontal und mitten in die Kamera. Ich denke dann nicht, oh, die singen aber schön, nein, ich denke automatisch an AEROSOLE!

•

Vor ein paar Tagen sah ich einen ganz dünnen Mann an der Fußgängerampel im Westend. Seine Aktentasche hatte er auf ein Skateboard gestellt, dass er mühsam vor sich herschob, dann versuchte er, mit seinem behinderten Körper hinterherzukommen, die Fußgängerampel war schon längst wieder rot. Einige Autos fuhren um ihn herum, andere Fußgänger beobachteten die Szene vom Gehweg aus. Es war nicht die Zeit, dem Mann über die Straße zu helfen.

7.

Abstand, Masken,
Einsamkeit & Geisterspiele

16. Mai 2020

Heute hat mir ein Regisseur erzählt, man habe ihn gebeten, seine derzeit am Theater laufenden Inszenierungen auf die Abstände zwischen den Spielenden zu überprüfen. Der Schauspieler Ulrich Matthes berichtete mir bei einem Spaziergang durch den Tiergarten, man plane, mit ihm den *Menschenfeind* von Molière fürs Fernsehen aufzuzeichnen. Die Regisseurin überlege, die Schauspieler vorher in Quarantäne zu schicken, vierzehn Tage. Eine Filmemacherin sagte mir, manche Produktionen würden die Abstände schon als Infektionsschutzmaßnahme von den Autoren in die Drehbücher schreiben lassen.

Ich stelle mir mein Bücheregal vor mit all den gelben Reclamheften. Ich blättere in Stücken, um die Szenen daraufhin zu überprüfen, wie groß die Abstände zwischen den Figuren sind. Penthesilea und Achilles. Othello und Desdemona.

●

Ich erinnere mich noch, wie peinlich es mir war, im März im Supermarkt eine Maske zu tragen. Es war vor zwei Monaten ja nur eine Empfehlung der Regierung, kein Gesetz. Und ich riss mir die Maske auch wieder aus dem Gesicht, wenn ich niemand anderen sah, der eine trug. Ich kam mir entstellt vor, ängstlich, hypochondrisch, die Lage überhaupt allzu dramatisierend. Aber mittlerweile greift man ja schon panisch in seine Jackentasche nach der FFP2, wie nach dem Smartphone.

●

Meine kleine Tochter hat schon ihr halbes Leben in der Öffentlichkeit keinen lachenden Menschen mehr gesehen, sie sieht nur Augen.

●

Genau unter meinem Schreibzimmer wohnt Herr Teicher, ich höre oft seinen Fernseher, viel öfter nun als früher. Herr Teicher war, als er noch gesünder schien, ein rüstiger Rentner, der jeden Morgen gekrümmt sein Klapprad die Treppen heruntertrug, um dann zum Kiosk zu fahren und sich eine Zeitung zu kaufen. Mich hat das immer gerührt, diese Mühe und Anstrengung für eine gedruckte Zeitung. Nun kann er sein Klapprad nicht mehr tragen. Ich glaube, er sieht manchmal wochenlang keinen Menschen.

●

Ich kann mir ja kaum noch vorstellen, dass das einmal möglich war: Freunde treffen in einer Bar, heitere, sich begrüßende Menschen in den Foyers, die anschließend in die Kino- oder Theatervorstellung gehen. Geöffnete Restaurants, Klubs, Schwimmbäder und Spielplätze und gefüllte Cafés, in denen wir wie selbstverständlich Milchcafé bestellen, Zeitung lesen, andere Menschen sehen, vielleicht etwas schreiben, befreit vom einsamen Druck des eigenen Schriftstellerschreibtischs.

•

Bei den ersten Fußball-Geisterspielen, die ich im Fernsehen sah, war ich geradezu erschrocken, wie laut es war. Die Fangesänge, das Pfeifen, die aufbrausende Menge, daran hatte ich mich ja über die vielen Jahre hinweg gewöhnt, es war eigentlich ein angenehmes, atmosphärisches Hintergrundrauschen, aber jetzt hörte ich plötzlich jeden einzelnen Schrei, den die Trainer, Betreuer, die Spieler ausstießen. Nicht, dass mir das durch die eigene Biografie als Jugendfußballer verborgen geblieben wäre, klar, beim Fußball schreit man. Aber ganz oben in der Bundesliga, in der Champions League? Irgendwie dachte ich, die Spieler passten sich wundersam lautlos die Bälle zu, fast erhaben, vertieft in das Spiel. Doch wie laut und durchdringend, fast penetrant jetzt plötzlich geschrien wurde! Wie dumpf nun das Treten des Balles wirkte. Und wie banal die Anweisungen der großen Coaches, wo vorher doch nur magische Blicke und charismatische Gesten waren.

8.

Ich war noch nie
so lange an einem Ort

Juli 2020

Am 23. März habe ich noch einmal die Landesgrenze Berlins überquert, um an der Raststätte Helmstedt Süd die Kühltasche mit dem Impfstoff, Pneumovax 23, dem Freund zu übergeben. Ansonsten habe ich Berlin seit dem 13. Februar nicht mehr verlassen. Ich habe ganz erstaunt im Terminkalender zurückgeblättert, vorbei an all den durchgestrichenen Einträgen, den abgesagten Terminen und Reisen, bis ich im Februar ankam, wie in einer anderen Zeit.

Ungläubig starrte ich auf die Einträge: 01. 02. Wien, 11:00, Abflug Tegel (Premiere meiner *Fidelo*-Bearbeitung in der Staatsoper, 2300 Zuschauer!). Oder: 12. 02. Köln. Abflug Tegel, 12:05 (Verlagsbesuch bei Kiepenheuer & Witsch). Veranstaltungen wie der Empfang auf der Berlinale am 20. 02. im Kulturforum oder am 27. 02. in der knallengen ZDF-Lounge am Potsdamer Platz erschienen mir im Rückblick grotesk und unendlich weit weg.

Es muss auch am 27. 02. gewesen sein, als ich das letzte Mal jemandem die Hand schüttelte.

Überhaupt die Vorstellung, wie vielen Menschen ich im Januar und Februar die Hand schüttelte! Ich bin überhaupt kein ängstlicher Mensch, aber wenn mir jetzt jemand die Hand hinstreckte, schaute ich sie an wie ein Fossil, wie etwas

Vorzeitiges. Ich sagte dann: »Na, hallo, begrüßen wir uns doch heute mal mit der Faust, hahaha« – oder ich drehte mich weg und dachte: Idiot, Verschwörungstheoretiker, mit dem rede ich sowieso nicht.

Bekannte, die schon im Mai wieder mit der Bahn gefahren waren, löcherte ich mit Fragen. »War noch jemand anderes im Zug? Kam ein Schaffner? Hast du einen Lokführer gesehen, wie war das mit dem Atmen?«

Ein Freund, der im Juni nach Malaga geflogen war, betrachtete ich nach seiner Rückkehr wie ein Wunder. Schon die Vorstellung, diese kleinen aggressiven Klimadüsen über mir voll aufzudrehen, um vertikale Luftströme zu erzeugen, statt penibel alles zuzudrehen, wie ich es sonst immer gemacht hatte! Ich habe sogar früher heimlich die Düsen des Sitznachbarn zugedreht, wenn er eingenickt oder auf die Bordtoilette gegangen war. (Unvorstellbar, eine Bordtoilette!)

Seit sechs Monaten sitze ich also in Charlottenburg. Und jetzt, wo eigentlich fast alles wieder normal erscheint (oder wir uns an das Unnormale gewöhnt haben), komme ich aus Charlottenburg irgendwie nicht mehr raus. Eine Zeitung hat mich gefragt, wo ich dieses Jahr Urlaub mache, und ich habe gesagt, vielleicht in Brandenburg oder im Harz, aber ich bin nicht mal nach Brandenburg gekommen. Manchmal bin ich in Kreuzberg oder Neukölln und schaue mich ungläubig um, dann fahre ich wieder nach Charlottenburg und setze mich in den riesigen Schlosspark. An den zwei Orten auf der Welt, an denen ich am liebsten bin, haben mir Freunde eine Kamera installiert, sodass ich sie mir auf meinem Smartphone anschauen kann.

Habe ich mich geändert? Hat sich die Welt in mir in ein

Dorf verwandelt? Es ist, als hätte mich eine Art Shakespeare-Zauberer (Sommernachtsraum) im Park so verzaubert, dass ich nur Augen für Charlottenburg habe. Aber Elfen habe ich noch nicht gesehen.

9.

»Negativ« –
Ich will Weihnachten
unbedingt weg!

Winter 2020

Mein Gott, wie sich das Leben plötzlich verkompliziert hat!
Private Zusammenkünfte auf fünf Personen aus zwei Haus-
halten beschränkt, Kinder unter vierzehn Jahren nicht mitge-
rechnet. Vom 24.–26. Dezember Treffen mit bis zu vier Personen außerhalb des eigenen Hausstands möglich, aber nur
»Verwandte in gerader Linie«. Kein Präsenzunterricht bis
zum 10. Januar, Kita-Notbetreuung, Gottesdienste ohne Singen. (Was ganz gewöhnliche Politiker plötzlich für radikale
Dinge entscheiden!) Wohnung nur aus »triftigen Gründen«
verlassen, Lebensmittel: ja. Einzelhandel: nein, muss geschlossen werden, aber in Buchhandlungen kann man noch gehen,
die sind offen.

Ich stelle mir plötzlich ein ganzes Volk vor, das aus triftigen
Gründen in die Buchhandlungen strömt, wie wunderbar. Man
müsste noch verordnen, dass nur ein »triftiger« Grund gegeben ist, wenn man mit einem Buch wieder herauskommt, also
am besten pro Person jeweils ein Buch für alle Verwandten in
gerader Linie. Danach Quarantäne und lesen!

•

Ich entscheide mich, doch noch schnell zu verreisen. Sonntag, BER, morgens um fünf: An verschiedenen Check-in-Schaltern werden die Coronatests gleich überprüft, bei manchen Fluggesellschaften beim Boarding noch einmal. Vor mir steht eine fünfköpfige Familie, die nicht einsteigen darf:

»Ihr PCR-Testzertifikat muss für die spanischen Behörden auf Englisch sein«, sagt der easyJet-Mitarbeiter.

»Aber da steht doch bei allen *negativ*, das versteht man doch«, sagt der Familienvater.

»Da muss *negative* stehen, englisch«, sagt easyJet.

»Das ist nicht Ihr Ernst? Da fehlt doch nur ein *e?!*«, sagt der Mann, die Tests waren vermutlich teurer als die Flugtickets. »Reden wir hier über fünf kleine e's??«, fragt er verzweifelt.

Seine Familie darf wirklich nicht mit, die Koffer müssen wieder ausgeladen werden, wegen der fehlenden e's.

Zwei Tage vor der Abreise hatte die spanische Regierung mitgeteilt, dass Kinder unter sechs Jahren außer dem Einreise-QR-Code im digitalen Format keinen PCR-Test bräuchten. Am Abend wird die Entscheidung rückgängig gemacht, sogar Babys brauchen nun einen Schnelltest, dafür dürfen auch Erwachsene mit Schnelltest einreisen, allerdings muss die Spezifität (mind. 97 %) und Sensitivität (mind. 80 %) auf dem Zertifikat angegeben sein. Und als ich über das Ticketsystem noch einen Slot für einen Corona-Schnelltest am Moritzplatz bekomme, heißt es dort, dass Kinder unter fünf Jahren nicht getestet werden.

Ich werde zu mindestens 97 % wahnsinnig, weil der Schnelltest-Rezeptionist am Moritzplatz dann zwar doch noch einen Test für meine zweijährige Tochter ermöglicht (eine Tortur!), den die spanischen Behörden am nächsten Tag jedoch wieder nicht für nötig erachten, dafür aber keine Schnelltests mehr bei Erwachsenen akzeptieren wollen, sondern ordentliche PCR-Tests verlangen, mit *e* bei *negative* am Ende, allerdings nicht auf den Kanaren, da hatte sich die kanarische Regierung gegen die spanische durchgesetzt, womit eigentlich die fünf-köpfige Familie mit easyJet irgendwie hätte einreisen können, denn ein PCR-Test (ob negativ oder negative mit e am Ende) ist doch auf jeden Fall sicherer als ein bloßer Schnelltest, auch wenn er mind. 80 % sensitiv ist???

Das Leben ist wirklich mehr als kompliziert, es hat sich ver-komplizi-ti-tiert. Im Flugzeug, mit einer von Dekra geprüften FFP2-Maske, noch ein kurzer Check der RKI-Fallzahlen, der Sieben-Tage-Inzidenz und des Infobriefes der Steuerkanzlei: Überbrückungshilfe I, Überbrückungshilfe II, Novemberhil-fen. Dezemberhilfen. Überbrückungshilfe III, Fixkostenpau-schale.

Durchsage von einer der Pilotinnen oder Pilot_innen, Ka-pitän-innen und Kapitäne (Gendern ist gegen alles andere wirklich easy). »Please keep social distance when you leave the aircraft!«

Die Maschine ist voll besetzt, offenbar wollen alle weg.

10.

Donald Trump ohne Maske und Friedrich Dürrenmatt mit seiner Gesamtausgabe auf dem Weg zum Kapitol

Das neue Jahr beginnt mit einem Schock. Am 06. Januar stürmen Hunderte von Anhängern und Aufrührern des amtierenden, aber abgewählten Präsidenten Donald Trump das Kapitol in Washington und damit den Kongress der Vereinigten Staaten. Ihr Ziel: den Senat und das Repräsentantenhaus an der offiziellen Bestätigung des Sieges von Joe Biden zu hindern. Offenbar aufgewiegelt vom Präsidenten selbst, dringen einige bewaffnet ins Kapitol ein. Sie sind martialisch aufgerüstet und bemalt, manche tragen Hörner und schlagen Türen und Fenster ein. Sieben Menschen sterben, zahlreiche werden verletzt.

An Weihnachten habe ich noch Henry Millers Aufsätze *Von der Unmoral der Moral* gelesen und darin den Satz von Walt Whitman gefunden: »Ihr seid auf dem besten Weg, eine ganze Nation von Irren hervorzubringen.«

07. Januar 2021

Die letzten Tage habe ich mir Friedrich Dürrenmatt und Donald Trump bei einem Spaziergang vorgestellt, so eine Art Osterspaziergang wie bei Goethe, aber nicht in Deutschland, sie laufen genau auf das Kapitol der Vereinigten Staaten zu.

Dürrenmatt, der gerade hundert Jahre alt geworden ist, trägt eine Atemschutzmaske und die Gesamtausgabe seiner Werke unterm Arm, darin steht irgendwo einer seiner berühmtesten Sätze: *Eine Geschichte ist dann zu Ende gedacht, wenn sie ihre schlimmstmögliche Wendung genommen hat.*

Trump trägt natürlich keine Atemschutzmaske, sondern nur ein Smartphone in der einen Hand und in der anderen einen Golfschläger. Sein Gesicht und sein Haar sind rot. Er muss an diesem Tag als Präsident abdanken und läuft schnaubend neben Dürrenmatt her. Anstatt dessen Gesamtwerk eines Blickes zu würdigen, starrt er wütend auf seinen gesperrten Twitteraccount.

Irgendwann sagt Dürrenmatt, im Schweizer Dialekt: »Lustschig, du besch würklig Präsident gewäese?? Grotesk! Besch du eine Figur von mir, von Dürrenmatt?«

Trump starrt Dürrenmatt an, Gott sei Dank kommt ihnen gerade Ex-Gouverneur Arnold Schwarzenegger entgegenspaziert und übersetzt, etwas freier: »He thinks you're not real! You must be one of his crazy characters!«

Ja, das hätte ich mir zum Jubiläum von Dürrenmatt gewünscht. Dass er noch einmal auftritt und erklärt, Donald Trump sei einfach nur eine Theaterfigur von ihm, die er erfunden habe. Alles fake sozusagen, nur eine groteske Figur, die die Geschichte in die schlimmstmögliche Wendung treibt. Danach würde der Vorhang fallen und alle würden klatschen. Und alles, was in der schlimmen Geschichte passiert ist, wäre gar nicht wirklich geschehen: der unverhohlene Rassismus, die Hetze und Gewalt gegen Schwarze, der Austritt aus dem Pariser Klimaschutzabkommen, die Spaltung der Gesellschaft, die bürgerkriegsähnlichen Zustände, die Missachtung von

Gesetzen und Gewaltenteilung und Grundwerten, am Ende sogar die Stürmung des Kapitols.

Der Dramatiker Dürrenmatt hätte uns nur gezeigt, wohin uns so ein zerstörerischer Charakter im höchsten Amt führen kann. In dem Stück *Die Physiker* verbergen die Wissenschaftler das Wissen um die Atombombe in einer psychiatrischen Anstalt, damit es niemand anwenden kann. Mit Trump hätte man ähnlich verfahren müssen, er ähnelt einer Atombombe. Bei Dürrenmatt wäre einer wie Trump freiwillig ins Irrenhaus gegangen und hätte dort die Welt nur in der Komödie zerstört. Und uns vielleicht einen Spiegel vorgehalten: Wie viel Trump könnte in uns selbst stecken? Wie verrückt und zerstörerisch ist unsere Gesellschaft, wenn sie so etwas vier Jahre mitgemacht hat? Und warum fällt es Menschen wie Trump in unserer Welt überhaupt so leicht, Erfolg zu haben und sogar Präsident zu werden?

Beim Kapitol-Spaziergang fragt Dürrenmatt irgendwann Schwarzenegger noch, ob dieser Trump vielleicht nicht doch eher der Schauspieler Gerd Fröbe sei. Diese frappierende Ähnlichkeit: das weiß-rote, voluminöse Gesicht, die starke Neigung, ständig Grimassen zu ziehen. Und der Fröbe habe immer die Schurken gespielt, sogar den *Räuber Hotzenplotz* habe er gegeben.

»What?? I am not Räuber Hotzenplotz! I am the President!«, sagt Trump und fordert Dürrenmatt auf: »Give me 11.780 votes!!!« (Echt krass grotesk.)

Dann läuft Trump mit dem Golfschläger auf das Kapitol zu, mitten in die Vereidigungszeremonie für den neuen Präsidenten, ohne Maske. Schwarzenegger will noch wie in alten Filmen heldenhaft Schlimmeres verhindern, doch er kommt zu spät. Dürrenmatt schließt die Augen.

11.

Das traurige
Zoomen der Kinder

10. Januar 2021

Ob dem eigenen Kind ein Platz in der Kita-Notbetreuung zusteht, entnimmt man einer sogenannten KRITIS-Liste, in der die systemrelevanten Berufe und Branchen aufgeführt sind: Strom- und Gasversorger, medizinische Versorgung, Lebensmittel, Banken und Finanzdienstleister, Steuerberater, Börsen, Luftfahrt, Friseure, Profifußballer usw., Schriftsteller und überhaupt Kulturleute gehören allerdings nicht dazu.

Menschheitsgeschichtlich möchte man protestieren und sagen: Moment, was wäre gewesen, wenn in Zeiten von Goethe, Hegel oder Johann Sebastian Bach so ein Lockdown ausgerufen worden wäre? Bach hatte zwanzig Kinder, und ich finde seine *Matthäus-Passion* sehr wohl systemrelevant. Oder Hegel (drei Kinder), die *Phänomenologie des Geistes*, seine berühmte Dialektik, hallo? Was wäre aus unseren Gymnasien und den ganzen Deutschlehrern geworden, wenn Friedrich Schiller oder Theodor Storm nicht in Ruhe hätten arbeiten können?

•

Neuerdings veranstalten wir freitags einen Kita-Zoom für die Kinder nicht systemrelevanter Eltern. Beim ersten Termin leistete ich technischen Support und hörte ein bisschen zu, wie die

Kinder, die seit Wochen keine anderen Kinder mehr gesehen hatten, alle gleichzeitig drauflosredeten. Diese Freude, ein bekanntes Gesicht zu sehen oder auch nur ein halbes, verwackeltes. Um eine gewisse Ordnung in das Meeting zu bekommen, hatten die Eltern einer Mutter die Gesprächsleitung übertragen. Was denn jeder zu Weihnachten bekommen hätte, sollten die Kinder erzählen, und dann wurden Puppen und Playmobilfiguren, Schwerter und Dinosaurier in die Kamera gehalten. Ein Aquarium mit drei Fischen tauchte auf und ein kleines Trampolin. Ein Kind fuhr mit einem Fahrrad durch das Zimmer. Im Hintergrund waren manchmal Erwachsene mit Kopfhörern zu erkennen, vermutlich im Homeoffice, und mein Sohn schoss einen Fußball durch die Wohnung in der Hoffnung, alle würden es sehen.

Überhaupt spürte man, dass die Kinder sofort ihre ganze Welt zeigen wollten, als bliebe ihnen nur dieser eine Moment. Am Anfang versuchte ich noch, das Mikrofon an- und auszuschalten, da es jedoch bei den meisten Kindern ständig angeschaltet war, ließ ich es schließlich auch einfach an. Der Lockdown dauerte schon so lange, da sollte wenigstens jetzt die Sprechfunktion offen sein.

»Wer ist denn das Mädchen mit den drei Fischen?«, fragte ich meinen Sohn leise.

»Ich weiß nicht mehr, wie die heißt«, antwortete er viel zu laut.

»Pst, du musst leiser sprechen, das hört sie doch«, sagte ich.

»Ich weiß auch nicht mehr, wie du heißt«, sagte das Mädchen und saß etwas hilflos vor ihrem Aquarium. »Meine Fische heißen Luzi, Timmi und Bizzi«, sagte das Mädchen, fast trotzig.

Mein Sohn betrachtete noch eine Weile das Durcheinander von Dinosauriern, Playmobilfiguren, quietschenden Trampolinen und Luzi, Timmi und Bizzi, dann sah er mich überfordert an.

»Willst du noch mal deinen Ball ganz kräftig schießen, damit alle es hören?« fragte ich und starrte auf den Bildschirm.

Für einen kurzen Moment dachte ich an Johann Sebastian Bach, stellte mir vor, wie er vor dem Bildschirm sitzt, monatelang seine Kinder bespielt und sich die *Matthäus-Passion* aus seinem Geiste immer weiter entfernt. Vermutlich wissen wir noch gar nicht, wie viel Kultur wir in der Pandemie verloren haben.

●

Die Künstlerin Rebecca Raue, mit der ich gerade an einem Bühnenbild zu einem Beethovenstück arbeite, hat heute angeregt, ob man der Regierung nicht vorschlagen sollte, round tables zu bilden, um mit Abstand zu überlegen, was die Kunst in dieser Situation machen könnte. Kunstunterricht in leer stehenden Museen, Begegnungen mit Schauspielern, Sängerinnen, Artisten in leer stehenden Theater- und Opernhäusern. Busse organisieren, die sie dort hinbringen, keine öffentlichen. Warum nicht all den jungen Menschen in dieser schwierigen Zeit etwas ermöglichen, das Farbe in diesen dunklen Winter bringt? Zu tun und zu gestalten gäbe es genug. Man könnte es auch bezahlen.

12.

Homeoffice

»Wenn Sie die Möglichkeit haben und es bisher noch
nicht tun, arbeiten Sie im Homeoffice. Gehen Sie nicht
ins Büro, wenn Sie nicht zwingend müssen.«

– Der Bundespräsident am 15. Januar 2021 –

»Geh auf dein Zimmer.«

– Befehl aus der Kindheit, Stubenarrest –

18. Januar 2021

Schriftsteller sind ja seit circa zweitausendfünfhundert Jahren im Homeoffice, wir sind gewissermaßen die Gründungsväter des Homeoffice. Man solle das Homeoffice verantwortungsvoll nutzen, hat sogar der Bundespräsident gesagt. Tolstoi konnte das, der hatte sogar dreizehn Kinder und hat dabei noch im Homeoffice *Krieg und Frieden* geschrieben.

Normalerweise geht mein Sohn zur Kita, meine Tochter noch nicht. Meine Frau ist Tänzerin, auch sie ist jetzt im Homeoffice und studiert in meinem Arbeitszimmer eine Performance ein, während ich in der Küche versuche, meinen Roman zu schreiben.

Mein Sohn schaut sich seit dem Lockdown am liebsten Schlachten der Römer an, nachgestellt mit Playmobilfiguren auf YouTube. Die Kleine schaut mit, was ich nicht so gut finde, weil dazu richtige Schreie eingespielt werden, gerade schreien die Westgoten. Ich springe auf, weil ich vergessen habe, den Kindern Vitamin D zu geben. Und ich müsste meinen Sohn mit irgendwas eincremen, er hat seit zwei Wochen so einen leichten Ausschlag in den Kniekehlen, bei der Ärztin war ich schon, sie sagt, es sei eine Kontaktallergie, aber mit was? Ich vermute, dass es irgendwas mit diesem dauernden Gerede über Corona zu tun hat, die Kinder hören ja auch nichts anderes mehr. Sie hören oder schauen Kinder-Podcasts oder -Sendungen über Coronaviren, sie malen Bilder mit Coronaviren, vielleicht träumen sie auch von Coronaviren, mein Sohn spielt immerhin Ghostbusters bei der Verfolgung von Coronaviren. Ich googele *Corona-Psyche-Kinder*, dann googele ich homöopathische Globuli, sogar Prinz Charles soll ja jetzt mit Globuli gegen Covid-19 behandelt worden sein.

Das Telefon klingelt. Der Regisseur möchte über meine bereits dreimal verschobene Beethoven-Theater-Premiere sprechen, weil der Beethoven-Darsteller Corona hat.

»Einen Augenblick«, sage ich, die Westgoten schreien im Hintergrund, ich spule also vor bis dahin, wo die Westgoten tot sind, aber der Junge will unbedingt die Westgoten schreien hören, also spule ich wieder dahin, wo sie noch leben, und nehme die Kleine auf den Arm und laufe ins Schlafzimmer.

»Okay, da bin ich wieder«, sage ich zum Regisseur, »Beethoven hat Corona, noch was?«

»Ja, könntest du das Stück umschreiben, ohne Beethoven?«, fragt er.

»Hä? Das ist ein Stück über Beethoven zu seinem zweihundertfünfzigsten Geburtstag, da sollte er auch vorkommen«, antworte ich. »Außerdem schreibe ich gerade an meinem neuen Roman und passe gleichzeitig auf die Kinder auf.«

»Und was macht deine Partnerin? Kann die nicht aufpassen, dann könnten wir reden und uns was überlegen?«, fragt er.

»Nein, die tanzt!«, antworte ich und lege auf.

Die Kleine schreit, sie denkt, sie soll schlafen, weil wir im Schlafzimmer sind. »Ist ja gut«, sage ich, »du musst nicht schlafen, wir gehen wieder ins Wohnzimmer.« Ich setze sie neben ihren Bruder, er hat Hunger. Ich sage: »Während du mit deiner Schwester jetzt noch die Westgoten verhaust, setze ich schon mal Wasser für Spaghetti auf.« Parallel denke ich, eigentlich könnte ja meine Frau mal eine Tanzunterbrechung machen.

Ich schaue durchs Schüsselloch in mein Arbeitszimmer. Ja, sie tanzt immer noch. Macht sie etwa Ballett? Sie ist doch Modern-Dance-Tänzerin, aber ich glaube, sie hält sich an meinem Schreibtisch fest und steht auf Spitzen, en pointes, sagt man, glaube ich.

Die Kleine schreit, sie mag die Römer nicht, es klingelt an der Tür. Der Amazon-Bote gibt ein Paket ab, das nicht für uns ist, obwohl mein Sohn auf eine römische Galeere wartet.

»Es ist leider nicht deine Galeere«, sage ich, »es ist für Herrn Probst im Hinterhaus. Möchtest du stattdessen vielleicht die Spaghetti?«

Der Regisseur ruft wieder an. Es könnte doch auch ein Stück über den abwesenden Beethoven sein, hat er sich überlegt. Beethoven findet nicht mehr statt, das Ganze wäre als große Corona-Metapher angelegt! »Tanzt sie immer noch?«, fragt er.

»Ja, en pointes! Ich überleg's mir mit dem abwesenden Beethoven«, sage ich, »ich muss die Spaghetti abgießen, tschüss.« So lange wird meine Frau ja bestimmt nicht mehr Ballett machen, beruhige ich mich, ich frage mich auch, warum sie so selbstverständlich davon ausgeht, dass am 16. Februar die Performance stattfinden wird, wo doch ein Lockdown nach dem anderen erlassen wird. Zudem frage ich mich, ob sie plötzlich Ballett macht, um die Fesselung des Körpers im Korsett der Pandemie zu versinnbildlichen. Hat nicht Foucault darauf hingewiesen, dass der Körper im klassischen Ballett ein Gefangener ist?

Der Junge hat das Amazon-Paket für Herrn Probst aufgerissen. »Was ist das?«, fragt er, »ein Schwert?«

»Das glaube ich jetzt nicht«, sage ich, »schon wieder! Herr Probst kriegt das auch zugeschickt!« Mein Sohn hält diesen *SHINEHUA-Real-Dong* mit plastischem Hoden in der Hand.

»Gib das mal her«, sage ich. »Und mach die Römer gegen die Westgoten sofort aus, die Nudeln sind fertig.«

Wir essen.

13.

Die Pandemie in
deutschen Leitz-Ordnern

Mein Lieblingssatz in der Pandemie stammt immer noch von Mike Ryan, dem Iren, der das WHO-Programm für Gesundheitsnotfälle leitet und damit als der oberste Pandemie-Bekämpfer gilt: »If you need to be right before you move, you will never win. Perfection is the enemy of the good.« Wenn man also erst recht haben müsse, um den nächsten Schritt zu machen, dann werde man nie gewinnen. »Perfektion ist der Feind des Guten«, in einer Pandemie übertrumpfe die Geschwindigkeit den Perfektionismus.

Eine Pandemie stellt ja die Welt nicht nur auf den Kopf, sie schafft auch Paradoxien. Und eine davon ist, dass die Deutschen für eine Pandemie, wie es scheint, zu perfekt sind. Manche sagen auch zu blöd, aber ich konzentriere mich lieber auf den deutschen Perfektionismus, das ist schmeichelhafter.

Im Dezember beantragte das Robert-Koch-Institut achtundsechzig neue Stellen für ihre IT-Abteilung, um die Daten der Landesgesundheitsämter schneller zu verarbeiten, die Belegung der Intensivbetten zu erfassen und die Nachverfolgung der Infizierten besser zu bewältigen. Auch, um die Digitalisierung in den Gesundheitsämtern so weit voranzutreiben, dass man die Meldungen der positiv Getesteten nicht mehr per Fax übermitteln muss, was ja möglichweise für eine dritte Welle von Vorteil wäre. Aber um den Personalhaushalt des Robert-Koch-Instituts aufzustocken, musste der Haushaltsausschuss tagen, und als er das endlich tat, genehmigte man vier weitere Stellen. Vier!!

Als es dann Berichte darüber gab, dass vier neue Stellen in einer Jahrhundertpandemie vielleicht zu wenig wären, erfuhr man, wer sich mit so einer Genehmigung zur Aufstockung zu befassen habe: die Gesundheitsausschüsse der einzelnen Fraktionen, der Haushaltsausschuss, das Gesundheitsministerium und das Finanzministerium, offenbar auch der Parlamentsausschuss, dem – wenn ich das richtig verstanden habe – am Ende der erneute Aufstockungsentwurf der Ausschüsse in Absprache mit den Ministerien zur Verabschiedung vorgelegt wird. (Wie das auf europäischer Ebene bei der Bestellung des Impfstoffs gelaufen ist, mag man sich gar nicht vorstellen, gefühlt wurden am Ende ja auch nur vier Dosen bestellt.) Kate Bingham, die Leiterin der englischen Impf-Taskforce, hat erklärt: »Wenn man achtundfünfzig Menschen in Kopie einer Mail setzen muss, wird es nicht mehr möglich sein, Entscheidungen schnell zu treffen. Wir haben keine Zeit.«

Vielleicht ist das alles ein Reflex aus der tiefsten deutschen Seele: Erst mal abwarten, wie sich das alles entwickelt, aber auf jeden Fall Ausschüsse bilden. Es gibt auch Unterausschüsse, Gremien und Kommissionen und sehr viel Papier. Ja, vielleicht faxt dieses Land deshalb so gerne und bewilligt auch nur vier IT-Stellen für unsere oberste Bundesbehörde für Infektionskrankheiten, weil man am Papier festhalten möchte? Ein Papier kann man ablegen, abstempeln und abheften, in eine Akte. Und am Ende steht dann der große Pandemie-Vorgang in Abertausenden von deutschen Leitz-Ordnern, vielleicht jeder Ordner noch mal in achtundfünfzig Kopien.

14.

Die deutsche Impfkrise

Es geht ja gerade sehr viel um das Impfen und das Frisieren und Kolorieren. In Berlin arbeiten die Friseure heimlich im Keller und es kommen nicht nur Fußballer, sondern sogar Polizisten, die Zeitungen berichten darüber. In Bremen hatte die Friseur-Innung darüber informiert, dass Hausbesuche erlaubt seien, woraufhin viele Friseure verärgert waren, dass man sie nicht darauf hingewiesen habe. Viele aufgebrachte Friseure wurden interviewt. Dann prüfte der Senat seine Corona-Verordnungen und verbot die Hausbesuche, was die Friseur-Innung wiederum begrüßte. Also hätte man sich den ganzen Wirbel auch sparen können. Man nennt das einen Sturm im Haarwaschbecken.

Der Trend geht ohnehin zum Auswachsenlassen. Anderseits gibt es bei Zoom eine Funktion, mit der man sich für die Videokonferenzen im Homeoffice die Haare auch digital kolorieren kann. Sogar den Lippenstift kann man während einer Konferenz mehrmals ändern, erzählte mir eine zoom-erfahrene Geschäftsfrau, und sich insgesamt dünner machen (ich muss unbedingt nachprüfen, ob das stimmt), aber wir Menschen erfinden in der Not ja immer irgendwas.

Sorgen mache ich mir um das andere Thema, um das Impfen. Bis vor Kurzem hatten wir noch nicht einmal einen Impfstoff, jetzt haben wir schon eine Impfkrise.

Meines Erachtens liegt das am nationalen Impfplan. Wir Deutschen machen immer erst Pläne, verkünden sie ganz groß, und dann, wenn sie nicht gleich aufgehen, geraten wir in eine Krise. In der Türkei oder in Bahrain zum Beispiel, wo man mit dem Impfen zügig vorankommt, gab es nie so etwas wie einen nationalen Impfplan, man impft einfach. Um zu wissen, wann sie geimpft werden, schauen die Türken ins Internet, da steht dann einfach der Termin, ohne Suchmasken und Verifizierungscodes wie bei uns.

So langsam müssen wir Deutschen uns von dem Gedanken verabschieden, dass hier immer alles am besten funktioniere. Als mein Vater in Niedersachsen die »Terminhotline« anrief, um seinen Impftermin zu vereinbaren, war die Hotline tagelang besetzt, am Ende gab es sie gar nicht mehr.

Vor ein paar Tagen lief ein Bericht im Fernsehen. Zwei Mitarbeiterinnen eines Labors, in dem Corona-Abstriche untersucht werden, standen um einen Multifunktionsdrucker herum und legten die Formblätter mit Daten positiv Getesteter auf das Gerät, dann wählten sie die Nummer des zuständigen Gesundheitsamts und warteten auf das Piepsen, was ein bisschen dauerte (ich hatte schon ganz vergessen, wie dieses Piepsen klingt, wenn man faxt). Danach nahmen sie das nächste Blatt und drückten auf Wahlwiederholung, aber diesmal war das Fax vom zuständigen Gesundheitsamt besetzt. Schnitt. Nun sah man, wie im zuständigen Gesundheitsamt eine Mitarbeiterin das Formblatt vom Labor aus dem Fax nahm und für die Rückverfolgung und Anordnung von Quarantänemaßnahmen händisch in den Computer einarbeitete. Dann faxte sie es noch einmal an das LGL, das Landesamt für Gesundheit und Lebensmittelsicherheit, wo es dann dem RKI übermittelt wurde, wie, wurde nicht berichtet.

Ich musste an den Satz vom letzten deutschen Kaiser denken. »Das Auto ist eine vorübergehende Erscheinung. Ich glaube an das Pferd.«

Irgendwann in der jüngeren deutschen Geschichte muss auch einmal so ein Satz über das Fax gefallen sein, vielleicht sagte es Otto Graf Lambsdorff oder jemand aus dem Seeheimer Kreis: »Die E-Mail ist eine vorübergehende Erscheinung. Ich glaube an das Fax.«

Dabei sollten seit Anfang des Jahres alle Ämter an das System DEMIS (*Deutsches Elektronisches Melde- und Informationssystem für den Infektionsschutz*) angeschlossen sein, so steht es im *Dritten Gesetz zum Schutz der Bevölkerung bei einer epidemischen Lage von nationaler Tragweite*. Aber auch das ist in der Planungsphase stecken geblieben, DEMIS funktioniert nicht.

Wenn ich mir jetzt vorstellen müsste, dass ich das rasend schnelle Coronavirus wäre – ich würde einen Lachanfall bekommen. Bei jedem Piepsen eines Faxgeräts, bei jedem Besetztzeichen der Terminhotline würde ich wissen, dass ich in Deutschland nur gewinnen kann. Während die Labore versuchten, sich mit den Ämtern zu verbinden oder unsere Impfpläne mit Brüssel abzusprechen, eilte ich dahin auf meiner exponentiellen Welle. Und bei jeder Schalte der Kanzlerin mit den Ministerpräsidenten wäre ich schon eine Mutation weiter. Wahrscheinlich hätte ich sogar noch Zeit, mir die Haare zu kolorieren.

15.

Immer noch im Homeoffice

14. Februar 2021

Nichts hat sich geändert. Die Tanzpremiere ist durch die Verlängerung des Lockdowns nun auf den 09. April verlegt worden, was meiner Liebsten offenbar ganz recht ist, dann kann sie noch länger in meinem Arbeitszimmer proben. Die Kita ist immer noch nicht offen. Nur für systemrelevante Menschen. Feuerwehr. Polizei. Verwaltung. Ärzte. Anwälte. Romanautoren und Tänzerinnen gehören nicht dazu. Mein Sohn ist ein paar Schlachten weiter, mittlerweile haben sich die Römer mit den Westgoten verbündet und kämpfen in meinem Smartphone auf den Katalaunischen Feldern gegen die Hunnen. Die hunnischen Schreie sind fürchterlich, deshalb sitzt die Kleine lieber bei mir auf dem Schoß. Parallel zum Romanschreiben versuche ich im Internet einen Impftermin für unsere verzweifelte sechsundachtzigjährige Nachbarin zu bekommen.

»Das Ganze ist gar nicht so einfach«, sage ich zur Kleinen, die auf die Webseite starrt, auf der ich nun meine Handynummer eingebe. »Jetzt müssen wir deinen Bruder in der Schlacht stören, weil nämlich der Verifizierungscode als SMS auf dem Smartphone ankommt.«

Das Festnetztelefon klingelt. Der Regisseur ruft wieder wegen der verschobenen Beethoven-Premiere an.

»Warum drückst du mich auf dem Handy immer weg?«, fragt er.

»Das bin ich nicht«, antworte ich, »das ist bestimmt mein Sohn. Was gibt's?«

Mittlerweile sei der an Corona erkrankte Beethoven-Darsteller genesen, habe aber selbst eine Idee entwickelt, die er mit mir besprechen wolle. Beethoven solle nicht mehr an Taubheit leiden, sondern an Covid-19 oder noch aktueller: an B.1.1.7!

»B.1.1.7??«, frage ich.

»Das ist die englische Alpha-Variante«, sagt er. »Die Erfahrungen, die der Beethoven-Darsteller gemacht hat, waren so intensiv, dass er nicht mehr Beethovens Taubheit darstellen will, sondern B.1.1.7.«

»Beethoven war aber nun mal taub«, sage ich. »Er hatte nicht B.1.1.7! Außerdem habe ich wenig Zeit.«

»Wieso? Tanzt deine Frau immer noch?«, fragt der Regisseur.

»Ja«, sage ich. »Ich freue mich, dass der Beethoven-Darsteller wieder genesen ist, richte ihm das bitte aus, aber ich finde es Effekthascherei, Beethoven plötzlich statt an Taubheit an B.1.1.7 erkranken zu lassen. Diese ständige Aktualisiererei bei den Theaterleuten nervt, die kommen sich dann immer so bedeutend vor, wenn sie ihre hölzernen Brücken in die Gegenwart bauen. Und seit wann entscheiden Schauspieler, was in den Stücken steht? Beethoven bleibt taub, basta! Wir haben schon im wahren Leben genug von Corona, außerdem muss ich einen Impftermin für unser Nachbarin buchen, sie möchte ihre Enkel sehen. Ich lege nun auf. Tschüss.«

Über den Katalaunischen Feldern leuchtet plötzlich der Verifizierungscode auf. Nachdem ich ihn eingegeben habe, bekomme ich eine E-Mail mit der Aufforderung, auf einen Link zu klicken, um die E-Mail-Adresse zu bestätigen, und einen zweiten Impftermin zu buchen mit einem zweiten Verifizierungscode, sonst verfalle der erste Termin.

Ich schaffe das nicht alles gleichzeitig, denke ich und laufe zur Tür meines Arbeitszimmers. Wieder schaue ich durchs Schlüsselloch. Meine Arbeitsunterlagen sind zur Seite geräumt. Meine Liebste macht nicht mehr Ballett, sie wirbelt durch den Raum: dynamisch, ausdrucksstark, es sieht jetzt eher nach Mary Wigman aus als nach klassischem Repertoire. Sie rollt sich plötzlich auf meinen Schreibtisch ab, sodass alle Romannotizen zu Boden gehen.

Frau Reimer, meine Steuerberaterin, ruft an. Die Infos bei den FAQs (Frequently asked questions) für die Corona-Dezemberhilfe hätten sich geändert. Theatertantiemen von ausländischen Bühnen könne man nicht mehr als Einnahme im Vergleichszeitraum 2019 geltend machen.

»Häh??«, sage ich. »Aber ich hab's doch hier alles in Deutschland versteuert?!« Ich entferne mich von meinem umfunktionierten Mary-Wigman-Zimmer und laufe zurück ins Wohnzimmer zu den Kindern.

»Die neuen Infos in den FAQ's des Ministeriums sind aber nun mal so«, erklärt Frau Reimer, damit rutschen Sie leider aus der Dezemberhilfe. Als indirekt Betroffener haben Sie nur 79 % Umsätze mit direkt betroffenen Unternehmen erzielt. 80 % bräuchten Sie, Pech. Aber mit der Novemberhilfe hat's ja geklappt.«

»Geklappt?!«, schreie ich. »Ich warte immer noch auf das Geld! Das Einzige, was geklappt hat, war Ihre Abbuchung der Beratungskosten über 844,90 Euro, ein Wahnsinn, wie unverhältnismäßig! Wissen Sie, wer von der Pandemie profitiert? Sie und Amazon! Nicht Sie, Frau Reimer, Sie persönlich mag ich, was wäre ich ohne Sie?, aber Ihre Chefs, die profitieren von diesem ganzen katastrophalen Mist!«

Ich lege auf. Wann kommt endlich der zweite Verifizierungscode für den Impftermin an??

»Hast du irgendeine Nummer über deiner Schlacht aufblinken sehen?«, rufe ich dem Sohn zu.

»Nö«, sagt er.

»Weißt du was?«, sage ich zu der Kleinen. »Dieses Land, in dem du auf die Welt gekommen bist, ist leider viel zu kompliziert. Man wartet auf Novemberhilfen, die nicht kommen, man wartet auf Impftermine mit Verifizierungscodes, die nicht kommen. Und die Impfstoffe kommen wohl wahrscheinlich auch nicht. Da warten wir doch lieber auf Mama, die wahrscheinlich noch so lange tanzt, bis sich dieses Land wieder öffnet.«

16.

Warten auf Godot

07. März 2021

Eine typische Beschäftigung im Lockdown soll ja das Ordnen und Aufräumen geworden sein. Bei mir finde ich zum Beispiel überall in den Ecken Zeitungsstapel (ich glaube an das gedruckte Wort, denn wenn ich etwas in einer Cloud abspeichere, dann ist es für mich irgendwie nicht da). Meist war es so, dass ich einen Artikel oder eine Schlagzeile in der Zeitung las und mir sagte: Das hebst du auf, das ist ja ungeheuerlich, darüber musst du auch etwas schreiben!

Letzte Woche fand ich zum Beispiel einen Stapel, ganz oben lag ein Artikel über eine skandalöse UN-Klimakonferenz, auf der das Überleben der Welt schon wieder nicht gesichert worden war. Darunter entdeckte ich einen Bericht über den Lasagne-Skandal, man hatte in Lasagnen plötzlich Pferdefleisch und sogar ein Antirheumatikum gefunden, diesen Bericht hatte ich vor langer Zeit aufgehoben. Unter dem Lasagne-Skandal lag ein Artikel über den skandalösen Export deutscher Leopard-Kampfpanzer nach Saudi-Arabien. Ich erinnere mich, dass ich das ungeheuerlich fand und nur deshalb nichts darüber geschrieben habe, weil ich erst über den Lasagne-Skandal schreiben wollte.

Ich wühlte mich beim Aufräumen noch weiter durch den Stapel. Es gab noch Berichte über den Legehennen-Skandal mit falsch deklarierten Bio-Eiern, über die Finanzkrise, die

Homo-Ehe, über den Arabischen Frühling, den EURO-Rettungsschirm, über den neuen Papst, den Whistleblower, die Mondfinsternis und Uli Hoeneß, da kann man mal sehen, wie alt der Stapel schon war. Meine Fingerkuppen waren ganz dunkel von der Druckerschwärze.

Ach, dachte ich, was war die Welt doch einmal abwechslungsreich! Empörend, aber abwechslungsreich. Ich lief zu den neueren Zeitungsstapeln. Oben lag ein Artikel über die Verlängerung des Lockdowns, darunter Berichte über Schnelltests, über die fehlende Impfstrategie, über Virus-Mutanten, also die englische Mutante, die südafrikanische Mutante und andere Mutanten, über die verschiedenen Impfstoffe sowie über stagnierende Infektionszahlen. Weiter unten ein Bericht über die vorhergehende Verlängerung des Lockdowns und einen über die vorvorhergehende Verlängerung des Lockdowns: Corona, Corona, nichts als Corona.

Was sehnt man sich nach einem Legehennen-Skandal mit falsch deklarierten Bio-Eiern! Oder sogar nach einer skandalösen Klimakonferenz, dann würden wir wenigstens auch mal wieder darüber reden, woran die Welt noch zugrunde gehen könnte!

Dass ich damals nichts über den Export deutscher Leopard-Panzer nach Saudi-Arabien schrieb, lag ja nur daran, dass sofort danach der Lasagne-Skandal kam. Ich liebe Lasagne, klar, dass ich da außer mir war, tatsächlich schrieb ich dann aber über die Klimakonferenz. Wie kann man eine Lasagne in Ruhe essen, wenn es die Welt bald nicht mehr gibt? – Das erschien mir wichtiger.

Überhaupt lebten wir damals in einer Gesellschaft, die sich fast täglich über neue Themen und Ereignisse erregte. Das konnte, das musste man natürlich kritisch sehen: Der Zeit-raum, dem wir einem Thema gaben, wurde immer kleiner, weil gleich darauf schon das nächste Ereignis und Thema kam, somit schrumpfte also die Gegenwart. Und in der Schere von bereits gestrigen und morgigen Ereignissen wurde unsere Aufmerksamkeit für das Gegenwärtige (oder soeben Vergan-gene) natürlich immer flüchtiger. Aber daran hatten wir uns offenbar gewöhnt.

Die neuen CoronaCoronaCorona-Stapel in meiner Woh-nung sind aber jetzt eine neue Dimension. Statt der Gegen-wartsschrumpfung durch die rasante, beschleunigte Welt sitzen wir nun zwangsweise plötzlich alle in einem hundert-jährigen Lockdown mit ein und demselben nervigen und ewi-gen Ereignis, einem Monothema. Die Gegenwart schrumpft nicht wie sonst, sie dehnt sich unendlich aus. Vielleicht ist das auch eine neue historische Zeiterfahrung, die wir gerade alle machen. Ein bisschen wie *Warten auf Godot*.

17.

OOOH Deutschland –
Skizze für ein Theaterstück

28. März 2021

Die sogenannten *MPKs* entscheiden seit einem Jahr über unser Leben in der Pandemie. Wenn man ein Theaterstück über diese Ministerpräsidentenkonferenzen schreiben müsste, bekäme man schnell ein Gattungsproblem. Tragödie? Komödie? Klamotte? Dabei beginnt das Stück eigentlich ganz staatstragend, wie ein historisches Drama, denn die Ministerpräsidenten treffen sich auf Grundlage des im Grundgesetz festgeschriebenen Bundesstaatsprinzips schon seit 1954 zu den *MPKs*. So weit, so gut.

Das Stück spielt in Zeiten der Coronapandemie. Gerade ist die dritte, die schlimmste aller Ansteckungswellen mit der Delta-Variante über das Land hereingebrochen. Die Kanzlerin sitzt vor einem Zoom-Monitor mit den zugeschalteten Ministerpräsidentinnen und Ministerpräsidenten, nur der thüringische ist zu spät. Die Kanzlerin ergreift zuerst das Wort und sagt, dass man, epidemiologisch betrachtet, nun die sogenannte »Notbremse« ziehen müsse, sie schlägt für Ostern zwei »Ruhetage« vor. Aber der Osterurlaub müsse stattfinden, sagt die Ministerpräsidentin von Mecklenburg-Vorpommern, sie postet es auch sofort bei Facebook. Die Kanzlerin fragt den Gesundheitsminister, ob er den Osterurlaub bei einer aktuellen Inzidenz von über 100 für vertretbar hält, aber der Gesundheitsminister kann nicht richtig antworten, er sagt wörtlich: »Mmmhh, ich habe gerade ein Duplo im Mund.« (Der Satz ist überliefert.)

Der niedersächsische Ministerpräsident schlägt einen sogenannten »kontaktarmen Urlaub« vor. Dann wird die nächsten drei Stunden über »Wohnmobile und Dauercampingplätze an den Küsten« und über »Wanderwege in den Bergen« diskutiert. Danach wird eine sechsstündige Sitzungspause vereinbart. Man vergisst nur den thüringischen Ministerpräsidenten zu informieren, der die nächsten sechs Stunden auf einen schwarzen Bildschirm starrt. Um 23:51 Uhr twittert er: »ÄÄÄÄÄÄÄÄÄÄÄÄÄÄÄÄÄÄÄÄÄÄ«, danach schläft er mit dem Smartphone in der Hand ein. (Späteren Berichten zufolge soll dieser Tweet eine Anspielung auf den Ministerpräsidenten von Sachsen-Anhalt gewesen sein, der Tage zuvor ein singuläres »Ä« als Tweet abgesetzt hatte, vermutlich aus Versehen.)

Kurz nach Mitternacht wird die Sitzung fortgesetzt und der »kontaktarme Urlaub in Wohnmobilen und auf Dauercampingplätzen an den Küsten« bzw. auf »Wanderwegen in den Bergen« verworfen. Jemand fragt, was denn eigentlich mit den ganzen Mallorca-Reisenden sei. »Gute Frage«, sagt der Gesundheitsminister, er hat gerade kein Duplo im Mund und sich vermutlich sowieso schon gewundert, dass niemand, nicht mal der bayerische CSU-Ministerpräsident, das Impfdesaster oder das Schnelltest-Desaster zur Sprache bringt, vielleicht liegt das aber auch nur daran, dass die CSU selbst einen Maskenskandal hat.

»Vielleicht eine strenge Testpflicht für Mallorca-Rückkehrer? Wir bestrafen sie dafür, dass wir ihnen erlaubt haben, nach Malle zu fliegen!«, schlägt der NRW-Ministerpräsident vor.

Um 02:30 Uhr kommt die Kanzlerin noch mal auf die »Ruhetage« zu sprechen. Der thüringische Ministerpräsident erwacht und hört noch die Kanzlerin sagen: »Gründonnerstag und Karsamstag! Oder gehen dann alle etwa Mittwoch zu Edeka?«

»Nö«, sagt jemand.

»Dann haben wir's ja. Ist ja auch schon spät«, sagt ein anderer.

Die Sitzung ist beendet. Aber da wusste noch niemand, dass zwei Tage später alles umsonst gewesen sein und wieder rückgängig gemacht werden würde.

In dieser kleinen Drama-Skizze ist eigentlich nichts ausgedacht. Das Virus ist real, obwohl man es nicht sehen kann, die MPKs dagegen wirken irgendwie irreal und komisch im Verhältnis zur Wirklichkeit. Und so landen wir schließlich in einer Art Komödie, denn in einer Komödie kann es durchaus vorkommen, dass jemand in einer todernsten Lage »ÄÄÄÄ-ÄÄÄÄÄÄÄÄÄÄÄÄÄÄÄÄÄÄ« sagt. Oder ein Staatsmann, der nach einem illegalen Abendessen positiv getestet wird, sich obendrein noch ein Duplo in den Mund steckt (»Mmmhh«), anstatt eine überlebenswichtige Impfstrategie zu entwickeln.

Vielleicht nennen wir das Stück der Einfachheit halber »OOOH Deutschland«. Bis der Vorhang fällt.

18.

Maskenskandal, Bananenrepublik!

04. April 2021, Ostern

Dieser Tage habe ich nachgedacht, ob wir in einer Bananen-republik leben. Der Begriff geht ja eigentlich auf Staaten wie Guatemala, Honduras oder Panama zurück, deren Staatsge-schäfte von Südfruchtexporteuren wie *Chiquita* bestimmt wurden. Meist installierten solche Konzerne korrupte Regie-rungen, um die Bananenpflanzungen zu kontrollieren.

Der Bananenhandel ist hier zwar nicht so ausgeprägt, aber dafür offensichtlich der mit Schutzmasken. Georg Nüßlein zum Beispiel, der bis letzte Woche noch stellvertretender Vor-sitzender der CDU/CSU-Bundestagsfraktion war, soll über seine eigene Holding einen Masken-Hersteller an zwei Bun-desministerien und an die bayerische Staatsregierung vermit-telt haben, ein Millionen-Geschäft für die Hersteller, Honorar für Nüßlein: 660.000 Euro.

Das kommt einem natürlich recht viel vor und wenn man sich das durchrechnet, dann lohnt sich der Handel mit Schutz-masken in Deutschland vielleicht noch mehr als zum Beispiel der Bananenhandel in Panama. Eine einzige FFP2-Maske kos-tet in der Apotheke aktuell ungefähr sechs Euro, ein Kilo Ba-nanen im Supermarkt nur rund einen Euro. Viele Menschen essen überhaupt keine Bananen, bei Schutzmasken ist das an-ders, es geht nichts mehr ohne.

Nikolas Löbel, bis vor Kurzem noch CDU-Abgeordneter

im Bundestag, entdeckte das Geschäftsmodell ebenfalls für sich, er vermittelte einen chinesischen Hersteller. »Für jede Maske, die über mich bezogen wird«, schrieb er an eine Krankenhausgesellschaft, »erhalte ich vom Käufer 0,12 Euro zzgl. MwSt.« Insgesamt kamen dann für Löbel 250.000 Euro zusammen.

Im Unterschied zu den anderen Bananenrepubliken kommt bei uns noch etwas hinzu: Kein Diktator in Honduras oder Panama hat sein Volk gezwungen, Bananen zu essen, es gab meines Erachtens in keiner Bananenrepublik eine Bananenpflicht. Bei uns jedoch verordnen Politiker die Coronamaßnahmen (Maskenpflicht!) und hintenrum verkaufen sie die Dinger auch noch. Im Grunde ist das noch bananenrepublikanischer ist als die Gepflogenheiten in einer herkömmlichen Bananenrepublik.

19.

Und immer noch im Homeoffice

10. April 2021

Ich soll etwas für die Frauenzeitschrift *Emma* schreiben, Alice Schwarzer hat angefragt, da sagt man nicht einfach Nein. Thema: Paare in Zeiten der Coronakrise. Zur Vorbereitung soll ich Beiträge von Frauen über Partnerschaften in der Pandemie lesen. Den von Kristin zum Beispiel: Kristin wollte eigentlich Markus heiraten. Nun sitzen sie zusammen im Homeoffice, vielmehr sitzt er, sie kümmert sich um die Kinder und die Wohnung. Markus macht auch nicht mehr sein Bett, lässt alles liegen: Wäsche, Kaffeetassen usw., Kristin will nicht mehr heiraten. Bei Sarah und Martin ist es ähnlich, er besetzt das Festnetz und den Computer im Homeoffice, sie kommt sich vor wie eine Hausfrau in den 50er-Jahren mit den zwei Kindern. Abends geht er joggen, als Ausgleich.

Ich bin, glaube ich, das genaue Gegenteil von Martin und Markus. Die Performance meiner Frau ist wegen des anhaltenden Lockdowns nun auf den 20. Mai datiert worden. Sie probt also in meinem Arbeitszimmer weiter. Es ist eine sehr wichtige Performance, sagt sie, gewissermaßen ihr Comeback nach der Geburt der Tochter. Ich unterstütze das natürlich.

Ich denke wieder an Tolstoi, an seine dreizehn Kinder und dass er trotzdem noch *Krieg und Frieden* geschrieben hat, das schaffst du dann, denke ich, auch irgendwie. (Allerdings war Tolstoi kein Mann, der die Frauenbewegung mitgemacht hatte, wie ich. Ich habe sie auch nicht wirklich mitgemacht, dafür war ich noch zu klein, aber meine Mutter, eher eine sanfte Feministin, hat mich so erzogen. Ich bin, mit Verlaub, eigentlich eine männliche Idealbesetzung für *Emma!*)

Mein Sohn guckt heute auf meinem Laptop *Jim Knopf und die wilde 13*, YouTube, die Kleine schaut mit, was ich nicht so gut finde, weil Frau Mahlzahn, der Drache, ja sehr böse ist, zumindest am Anfang. Ich versuche, währenddessen noch immer meinen neuen Roman zu schreiben bzw. jetzt zwischendurch am Emma-Text, Abgabe übermorgen.

Das Telefon klingelt. Der Beethoven-Regisseur ruft an und will mit mir noch einmal über die Besetzung sprechen. Der Beethoven-Darsteller sei zwar genesen, aber nun diskutiere die Dramaturgie, ob es nicht besser wäre, einen Schwarzen Beethoven spielen zu lassen?

»Einen Augenblick«, sage ich, »Frau Mahlzahn faucht gerade ganz schlimm, das kann ich meiner Tochter nicht zumuten.« Ich spule vor, damit die Kleine sich nicht erschrickt, aber der Junge will unbedingt Frau Mahlzahn fauchen hören, also spule ich wieder zurück und nehme die Kleine und den Regisseur am Telefon mit ins Schlafzimmer.

»Wieso besser?«, frage ich.

»Es gibt ja diese These, dass Beethoven schwarz gewesen sei«, erklärt der Regisseur. »Zumindest behauptete der Bäckermeister der Beethovens in Bonn, dass Beethoven auffallend buschiges Haar gehabt habe. Dunkle Haut, dunkle Augen.«

»Ich bin auch eher der dunklere Typ, komme aber aus Norddeutschland«, sage ich.

»Man fordert jetzt eine Exhumierung Beethovens, um Aufschluss über seine möglichen afrikanischen Wurzeln zu erlangen«, erläutert der Regisseur, »weil Beethoven väterlicherseits aus dem multiethnisch geprägten Flandern stammte, seine Großmutter war vermutlich Äthiopierin.«

Die Kleine schreit, sie denkt immer, sie soll schlafen, wenn wir im Schlafzimmer sind. »Ist ja gut«, sage ich, »du musst wirklich nicht schlafen, wir gehen wieder ins Wohnzimmer.« Ich setze die Kleine neben ihren Bruder, aber der will nicht mehr gucken, er hat wieder Hunger. Ich sage: »Während du mit deiner Schwester jetzt die Lokomotivfahrt durchs Tal der Dämmerung anschaust, bespreche ich eben noch kurz was mit dem Regisseur, ja? – Da bin ich wieder. Glaubst du wirklich, Beethoven war schwarz?«, frage ich den Regisseur.

»Die Dramaturgie sagt Ja. Sogar Roberto Blanco fordert die Exhumierung Beethovens!«

»Roberto Blanco?? Das ist ja interessant, dass sich eine Dramaturgie heutzutage den Forderungen des Schlagersängers Roberto Blanco anschließt! Dann malt doch den gerade genesenen Beethoven-Darsteller schwarz an, immerhin kann er schon den Text!«

»Das geht wegen der Blackfacing-Debatte nicht, das wäre rassistisch«, erklärt der Regisseur.

»Das war ja auch nur ein Scherz«, entgegne ich. »Aber Beethoven jetzt auszugraben, um zu schauen, ob er schwarz war, halte ich für wahnsinnig. Angenommen, man gräbt ihn aus und ist danach enttäuscht, weil er doch weiß war – das wäre ja dann rassistisch gegenüber Beethoven? Ich finde, die Welt ist schon kompliziert genug, macht sie bitte nicht noch komplizierter!«

»Das habe ich der Dramaturgie auch gesagt. Darum erwäge ich nun eine Frau«, sagt der Regisseur.

»Eine Frau als was?«, frage ich ängstlich.

»Also, als Beethoven«, antwortet er. »Eine weiße Frau! Keine schwarze, keine lesbische, einfach nur eine weiße Frau. Wie findest du Corinna Ruba?«

Ich denke, eigentlich könnte meine Frau ja mal eine Tanz-unterbrechung machen, damit ich dieses, wie mir scheint, wirklich wichtige, grundsätzliche Telefonat in Ruhe zu Ende führen kann. Ich will schon in mein Arbeitszimmer gehen, bleibe aber dann vor der Tür stehen: So eine Tanz-Performance muss ja gut vorbereitet sein, der 20. Mai ist bald, weit vor der Abgabe meines Romans, außerdem sind wir keine Corona-Opfer wie dieser Markus und diese Kristin oder Martin und Sarah, deren Beziehungen Corona vermutlich nicht überstehen werden.

»Weißt du«, antworte ich dem Regisseur, »ich habe Beethoven immer für einen Mann gehalten. Warum soll er jetzt eine Frau gewesen sein? Vor einem Monat sollte er noch B.1.1.7 haben, diese englische Alpha-Variante, statt einfach nur taub zu sein. Und danach wolltest du ihn gar nicht mehr haben, ich sollte alles zu einem Stück über den abwesenden Beethoven umschreiben, als große Corona-Metapher, weil Kultur ja nicht mehr stattfindet, erinnerst du dich? Und nun soll Beethoven plötzlich eine Frau sein??«

»Viele Männerrollen werden jetzt von Frauen gespielt. Hamlet! Macbeth! König Lear!«, erklärt der Regisseur.

»Ja, aber das sind Figuren, Beethoven war echt!«, erwidere ich. »Ich habe ihn mir immer als Mann vorgestellt, ich habe das Recht dazu! Ich schreibe gerade, wenn ich je dazu kommen sollte, einen Text für die Frauenzeitschrift *Emma*, das ist das Schlachtschiff des guten alten Feminismus, ich kann mir

Beethoven sehr wohl als Mann vorstellen, ohne mir irgendetwas vorwerfen lassen zu müssen, sag das der Dramaturgie! Manchmal habt ihr sie nicht mehr alle beim Theater!«

Ich lege auf.

Die Lokomotive ist jetzt durchs Tal der Dämmerung gefahren. »Papa!«, schreit der Sohn. »Sind die Spaghetti fertig?«

»Ich habe ja noch gar angefangen, welche zu machen!«, rufe ich und lasse Wasser in den Kochtopf laufen, während ich die Sopranistin Corinna Ruba googele. Die Kleine schreit, YouTube hat eine Werbung dazwischengehauen, mit irgendwelchen fiesen Ungeheuern, ich kann gerade noch zum Laptop hechten, bevor irgendjemandem der Kopf abgerissen wird.

Ich setze mich hin und höre auf meinem Telefon die Hammerklaviersonate von Beethoven.

Nach dem Spaghetti-Essen räume ich, im Gegensatz zu diesem Markus, das Geschirr in die Spülmaschine und höre noch einmal die Hammerklaviersonate, die hat eindeutig ein Mann geschrieben! Es klingelt in die Sonate hinein, meine Frau ruft an, außer Atem.

»Häh, warum rufst du an? Ich bin doch nebenan in der Küche«, sage ich.

»Wenn ich jetzt rüberkomme, will mich die Kleine«, sagt sie.

»Aha«, sage ich.

»Was machen die Kinder?«, fragt sie.

»Jim Knopf«, antworte ich.

»Schön, ich mach weiter«, sagt sie.

»Sag mal, hast du mal zwischendurch Nachrichten gehört?«, frage ich. »Am 20. werden vermutlich noch nicht mal die Restaurants offen haben! Glaubst du denn, deine Performance findet statt, mitten in dieser endlosen Corinna-Pandemie?«

»Corinna??«, fragt sie.

»Corona!«, sage ich, »Corinna ist Sopranistin!«

»Das liegt an der R-Zahl vom Robert-Koch-Institut«, sagt sie. »Komisch, dass du von dieser Corinna sprichst, wenn du Corona meinst. Also, wenn die R-Zahl in Ordnung ist, findet sie statt, die Performance!«

»Gut!«, sage ich, »dann verlange bitte, falls die R-Zahl in Ordnung ist, fünftausend Euro für deine Performance! Ob ich den Roman jemals schaffe, wenn du jetzt weiter tanzt, weiß ich nicht!«

Da ich mir eigentlich vorgenommen habe, in Corona-Zeiten nicht zu streiten (weil es einfach zu viele Gelegenheiten gibt!), sage ich: »Ach, weißt du was? Ich schaffe das hier, tanz bitte weiter!«

Ich lege auf und leite meine Wut um auf die Bundesregierung. Wieso retten die eigentlich alles, außer Künstler?! Lufthansa, Autokonzerne, Angestellte mit dem Kurzarbeitergeld, Milliarden, Billionen, aber die Künstler? Sogar die freien Künstler, die eigentlich immer arbeiten und in den letzten Jahren vielleicht sogar gut Steuern gezahlt haben, die sollen plötzlich ganz ohne Kurzarbeit ihre Altersvorsorge opfern und am Ende womöglich noch Jahre Steuern für die Billionen-Rettung der Schlüsselindustrien zahlen! Unfassbar! Ich gründe eine Freie-Künstler-Gewerkschaft! Ganz abgesehen davon, dass ich auch noch persönlich die Kita ersetze! Ich bin stinksauer und knalle mit den letzten Anschlägen des Hammerklaviers die Nudelteller in die Spülmaschine.

Am Ende des Tages jogge ich nicht wie Martin, sondern

laufe mit der Kleinen und dem Laptop durch den Park. Ich setze sie im Gras ab und zeige ihr, wie man Pusteblumen pustet. Dann setze ich mich selbst davor auf eine Bank und schreibe für die *Emma*, es ist der erste ruhige Moment des Tages. Wenn ich aufstehe, sage ich mir, ist der Text fertig.

Danach rufe ich meine Frau an. »Tanzt du noch?«, frage ich.

»Nein, aber ich danke dir sehr für den heutigen Tag«, antwortet sie.

»Ach, sehr gern«, sage ich. Dafür schreibe ich morgen so was Ähnliches wie *Krieg und Frieden.*

20.

Manchmal sehe ich, umschwirrt von Aerosolen, die rote Fliege von Karl Lauterbach durch meine Träume fliegen

Mitte April 2021

Offen gestanden bin ich von der letzten Ministerpräsidentenkonferenz noch so erschrocken, dass ich drei aufeinanderfolgende Nächte von der nächsten träumte, obwohl sie ja erst einmal gar nicht mehr stattfinden soll. Stattdessen soll der Bundestag und der Bundesrat über die von der Bundesregierung beschlossene Gesetzesvorlage bundeseinheitlicher Coronaregeln in einem Gesetzgebungsverfahren entscheiden, nachdem die Vorlage als sogenannte Formulierungshilfe den Fraktionen zur Verfügung gestellt worden ist.

In der Länge und Kompliziertheit dieses Satzes steckt eigentlich schon das ganze deutsche Drama.

Im Bundestag braucht die Gesetzesvorlage eine Zweidrittelmehrheit, es ist also überhaupt noch nicht ausgemacht, ob sie diese überhaupt erreicht. Falls sie sie erreicht, kommt sie in den Bundesrat. Dort sitzen dann wieder – oh, Murmeltier – die Länder, der Bundesrat ist ja Ausdruck des Föderalismus, gewissermaßen eine Länderkammer mit 69 Stimmberechtigten. Eine vom Bundestag verabschiedete Gesetzesvorlage braucht im Bundesrat 39 Stimmen. Dort wird also, eventuell, die geplante *Bundesnotbremse* für Regionen mit einer Sieben-Tage-Inzidenz über 100 Neuinfektionen je 100 000 Einwohner verabschiedet. Der nächste Termin der Bundesratssitzung ist im Mai.

Im Mai?? Wann zieht man eigentlich eine Notbremse? Wenn man die Gefahr erkannt hat, gleich danach? Oder doch erst nach Vorlage, Formulierungshilfe, Bundestag, Länderkammer? Oder muss vorher noch die K-Frage gelöst werden?

Früher habe ich nie von Zahlen geträumt, jetzt fliegen lauter Inzidenzwerte durch meine Träume. Manchmal höre ich die Stimme von Armin Laschet, er ruft »Brückenlockdown«, und ich sehe mich zu Peter-Maffay-Musik über sieben Brücken gehen, ja, denke ich im Traum, unser Leben ist eine Brücke von Seufzern über einem Strom von Tränen geworden, aber dann höre ich wieder dieses ganz unpoetische »ÄÄÄÄÄÄÄÄÄÄÄÄÄÄÄÄÄÄÄÄÄÄÄÄÄÄÄÄÄ«, schrecklich, dass man schon von Tweets des thüringischen Ministerpräsidenten träumt.

Manchmal frage ich mich im Traum, ob ich ein Querdenker bin, weil ich Ausgangssperren für fast sinnlos halte. Oder ob ich ein Hardliner bin, weil ich die Schulen niemals vor und nach Ostern geöffnet hätte.

In meinen Nächten öffnet Söder bayerische Baumärkte, eine Traumsequenz später schließt er sie wieder. Auf, zu, auf, zu, ich sehe immer Söder, wie er lächelnd die Tür vom Baumarkt aufreißt und gleich danach wieder mit staatstragendem Ingrimm zuschließt. Ebenso Jens Spahn. Ein Duplo im Mund, eine Immobilienseite für Villen in der Hand, begrüßt er abwechselnd die Zurücknahme der beschlossenen »Osterruhe« und gleichzeitig fordert einen harten, kurzen Lockdown. Söder: Tür auf, Tür zu; Spahn: Osterruhe nein, harter Lockdown ja. Träume, sage ich mir, sind ja nie logisch …

Manchmal sehe ich, umschwirrt von Aerosolen, die rote Fliege von Karl Lauterbach wie ein Warnsignal vorbeifliegen.

Oder das grinsende Gesicht von Olaf Scholz. Und dann fällt mir ein, dass wir Künstler ja die Coronahilfen zurückzahlen sollen, wenn wir keine riesigen Büros und Verwaltungsapparate haben oder Autos leasen.

Am Ende, kurz vorm Aufwachen, winkt meist Angela Merkel. Sie sieht in meinen Träumen unendlich müde aus.

21.
Zurück zur Normalität

15. Juni 2021

Nach einer Ewigkeit stand ich wieder in einem Raum zwischen Theatermenschen nach einer Premiere. Zuerst erschrak ich, als ich plötzlich die Menschenmenge vor mir sah, und stellte mich in gewohntem Abstand an der Bar an. Mich vorsichtig umschauend, fiel mir eine Szene aus meiner Kindheit ein: Ich saß zum ersten Mal im großen Schulbus, um mich herum all die Kinder, die herumschrien und auf ihren Sitzen tobten.

Der Barmann reichte mir ein riesiges Bierglas, das ich kaum halten konnte mit meinem frisch geimpften Arm.

»Hey, wie geht's, gutes Regiekonzept, oder? Schlüssig, stringent. Wie fandst du's?«, fragte mich jemand, er stand direkt vor mir. Ich wusste nicht, ob ich nicht lieber den Atem anhalten sollte, außerdem wusste ich nicht, was ich überhaupt antworten sollte.

»Ganz gut«, sagte ich knapp, der Rest des Theatervokabulars fehlte mir.

Einige redeten sehr laut. Es kam mir vor, als würden sie noch lauter reden als früher. Einige der Schauspielerinnen und Schauspieler erschienen mir noch extrovertierter als vor der Pandemie. Vielleicht freuten sie sich aber auch nur, dass der Theaterbetrieb endlich wieder begonnen hatte, sagte ich mir. Vielleicht sollte ich mich einfach mitfreuen, ermunterte ich mich.

Jemand schob sich an mir vorbei. Diese ganz typische Sich-vorbeischieben-Bewegung von früher. Der Typ ging einfach auf mich zu und schob mich mit den Fingerspitzen an der Schulter leicht zur Seite, damit er durchkam, sein Getränk hielt er dabei hoch, damit er nichts verschüttet. Wie oft man sich früher freiwillig auf Premieren und Empfängen von anderen hatte herumschieben lassen, dachte ich. Wie oft einem Hände zum Schütteln entgegengestreckt worden waren, wie oft sich einem Lippen zum Bussi genähert hatten! (Wenn später einmal Ethnobiologen über Menschen nach Corona schreiben, dann werden sie wahrscheinlich feststellen, dass eine Vielzahl von Menschen aufgehört hatte, Hände zu schütteln und Bussis entgegenzunehmen.)

»Ich fand es zu textlastig«, sagte jemand. Ich spürte sofort, wie ich mich erregte. Na ja, es ist halt eine Shakespeare-Aufführung gewesen, du Depp, da gibt's dann eben Text, dachte ich. Dieses ganze Premieren-Gequatsche mit »Gutes-Regie-konzept-wie-fandst-du's?« oder »Ich fand's zu textlastig«. Vor Corona fand ich es schon schwierig, da mitzumachen, nach Corona geht es gar nicht mehr.

Misch dich nicht ein in diese Sache mit der Textlastigkeit, sagte ich mir, halte lieber dein Bier mit dem anderen Arm, der ist ungeimpft.

Aber hatte ich mich nicht eigentlich gesehnt nach diesem Moment? Danach, endlich wieder unter vielen Menschen zu sein? Mit Interaktion, mit Resonanz? Hunde beschnuppern sich, Menschen führen Small Talk, das sagen die Sozialpsychologen. Im Small Talk vergewissere sich der Mensch seiner Resonanz. Es gehe gar nicht darum, was man sage, sondern darum, dass man etwas sage. Und dann sage der andere etwas, egal was, Hauptsache er sage was, weil ich ja etwas gesagt habe – das ist ein Menschheitsprinzip.

Doch ist das nach all der stillen Zeit noch so einfach auszuhalten? Ich mochte eigentlich meine Dialoge mit mir selbst. Ich fand es intelligent, was ich nach einer Netflix-Serie zu mir sagte. Viel klüger, als zum Beispiel einer Shakespeare-Aufführung Textlastigkeit vorzuwerfen. Ich empfand meine Aussagen als angenehm …

Vielleicht kommt jetzt wirklich viel Arbeit auf Sozialpsychologen zu. Vielleicht empfinden Menschen die »neue Normalität« als etwas Bedrohliches – wie entflohene Geiseln, die sich plötzlich wieder in die Gefangenschaft ihrer Entführer zurücksehnen.

22.

Man leugnet die laufende Nase des eigenen Kindes, glaubt aber an die Weltherrschaft von Bill Gates oder Angela Merkel

Ende Juni 2021

Kleine Studien zur Stimmung in der Gesellschaft kann man überall machen. Zum Beispiel im Eingangsbereich unserer Kita, wenn die Eltern auf ihre Kinder warten. Man nennt das im pädagogischen Jargon die »Abholsituation«. Früher hat man in der »Abholsituation« vor der Kita seine Schuhe ausgezogen und ist dann in den Gruppenraum gelaufen, um das Kind abzuholen. Heute versammeln sich die Eltern vor der Kita und repräsentieren die gereizte Gesellschaft. Manche halten dabei Abstand, andere nicht. Manche tragen wie vorgeschrieben Masken, andere nicht.

»Haben Sie denn keine FFP2-Maske?«, hat eine Mutter zu einem wartenden Vater gesagt.

»Na, auch so ein Corona-Häschen, das an alles glaubt?«, antwortete der maskenlose Vater. »Das ist doch alles von vorne bis hinten gesteuert, die verdienen alle Billionen damit!«

»Wenn mich nicht alles täuscht, haben Sie gestern Ihr Kind mit laufender Nase in die Kita geschickt?«, hakte eine weitere Mutter nach.

»Ja, ich habe es auch bemerkt, die Nase Ihres Kindes lief,

man hat es eindeutig gesehen!«, unterstützte sie die Mutter, die zuvor als »Corona-Häschen« bezeichnet worden war.

Am nächsten Tag fing ich auch schon an, in der sogenannten »Bringsituation« auf die Nasen der Kinder zu achten. Später, in der »Abholsituation«, unterhielten sich die Mütter darüber, was wirklich in Wuhan geschah. Dieser eine Vater war auch wieder dabei. Diesmal trug er eine einfache Maske, die Nase war aber unbedeckt, er sah ein bisschen aus wie Armin Laschet am Anfang der Coronazeit.

Ob das Virus vom Seafood-Market mit dem Wildtierbereich gekommen sei oder doch aus dem Wuhaner Institut für Virologie, wie jetzt zu hören war? Natürlich absichtlich aus dem Institut, wie der Vater die wartenden Mütter belehrte, um nämlich China oder Bill Gates oder doch Angela Merkel die Vorherrschaft in der Welt zu sichern.

Und ich konnte nicht gehen, ich musste ja auf meinen Sohn warten. Wie mir dieser Vater auf die Nerven ging, dabei waren sein und mein Kind vielleicht sogar in derselben Betreuungsgruppe. Mein Kind mit einem Kind von einem solchen Vollpfosten! Er leugnete die laufende Nase seines Kindes, glaubte aber an die Weltherrschaft von Bill Gates oder Angela Merkel!

»Die Spaltung der Gesellschaft«, von der ich schon so oft gelesen habe – sie vollzieht sich also auch direkt vor unserer Kita.

Vielleicht haben die Menschen auch nach all diesen Lockdowns den guten alten Small-Talk wirklich verlernt und man kann sich, wenn man sich jetzt unterhält, nur spalten? Wie schwierig es dann sein wird, von den ideologischen Pfaden, auf denen sich viele schon festgetreten haben, herunterzukommen und sich wieder anderen Themen zu widmen.

Morgen hole ich meinen Sohn ab und werde gnadenlos über das schöne Wetter reden. Über den Sommer und die zwitschernden Vögel in den Bäumen vor der Kita. Und dann eine Coronasommerpause machen!

Coronasommerpause

23.

Es geht weiter –
vierte oder fünfte Welle

November 2021

Im Seitenflügel hustet die Liebste, Impfdurchbruch. Die Kinder und ich, die negativ Getesteten, wohnen im anderen Flügel, Schule und Kita sind gestrichen, Quarantäne, ich übernehme ab sofort alle Aufgaben. Unfassbar, wie lang die Tage ohne Kita und Schule sind! Mein Sohn steht ohne Schule sogar seltsamerweise noch eine Stunde früher auf, die Kleine wird dann auch wach und sagt: »Mama?«

»In Isolation!«, kann ich ja schlecht einer Dreijährigen sagen, ich sage: »Mama hat Schnupfen«, die Kleine springt aus dem Kinderbett und rennt schon Richtung Seitenflügel. »Es ist ein ganz schlimmer Schnupfen!«, rufe ich hinterher. Panik steigt in mir auf, als die Kleine das erste Mal die altbauknarrende Tür zum Seitenflügel öffnet, es kommt mir vor, als überquere sie die Grenze nach Nordkorea.

Durch den Spalt der Tür sehe ich, wie sie auf ihre Mutter zuläuft und diese immer weiter zurückweicht. Es ist herzzerreißend.

Ich frage meinen Sohn, ob wir es wie in der Schule machen und eine Maskenpflicht einführen sollen. Ihn nerven die Dinger, erklärt er. »Ich werde nicht positiv, das weißt du doch!«

Wir haben nach den Herbstferien, da war ich noch optimistisch, den Drachenkampf Siegfrieds aus den »Nibelungen« nachgespielt und uns vorgestellt, dass uns das Drachenblut, in dem wir gebadet haben, eine Schutzhaut gegen Corona verleiht. Ich habe sogar Rotbäckchensaft in die Wanne gekippt. Wir haben auch auf eventuell herunterfallende Lindenblätter geachtet.

Ich spiele mit meinem Sohn Fußball in der Wohnung, er will der Nachfolger von Manuel Neuer werden, ich soll schießen wie Erling Haaland. Herrn Habekast unter uns habe ich informiert, dass wir in Quarantäne sind und es die nächsten Tage (oder Wochen) laut werden könnte.

Mit der Kleinen spiele ich zwischendurch Ponyreiten, ich bin das Pony und krabbele durch die Wohnung, in der es immer kälter wird, ich habe alle Fenster aufgerissen. »Jetzt Pony zu Mama!«, sagt sie. »Nein«, sage ich, »das Pony kann nicht zu Mama.« Sie schreit, springt von meinem Rücken und läuft wieder auf die Tür des Seitenflügels zu, ich halte sie fest. Plötzlich steigt meine Wut auf diese Impfquote in Deutschland, auf die Impfgegner ins Unermessliche. »Diese Dummheit von Menschen«, schreie ich, »die für das Recht auf ihre eigene Meinung alles andere ignorieren!«

Die Tochter weint. Da helfen jetzt nur noch die *BabyBus*-Animationsfilme oder *Ein Fall für die Erdmännchen* auf KIKA. Mein Sohn protestiert, er will die *Manuel-Neuer-Challenge* auf YouTube sehen. Ich parke die beiden vor zwei Geräten und koche, putze, sauge, ich schiebe den Kindern Vitamin D, Zink und Kiwis in den Mund und das Teststäbchen in die Nase.

Nebenbei versuche ich das Gesundheitsamt anzurufen, immer besetzt. Ich googele »Quarantäne« und lese, dass sie nicht in der Maßnahmenverordnung des Landes geregelt wird, sondern von den Bezirken in »Allgemeinverordnungen«. In Charlottenburg-Wilmersdorf, wo wir wohnen, dauert sie wohl vierzehn Tage, in Kreuzberg nur zehn, in Reinickendorf sogar nur fünf, ein Wahnsinn, was für einen Sinn ergibt das?

Ich googele lieber, wie lang man eigentlich infektiös ist. Wie stark ist die Virenlast bei Geimpften? Kann man Viren-Aerosole wegsaugen? Je mehr ich googele, desto weniger weiß ich. Von all den Virologen-Talkshows ist mir keine einzige Erkenntnis geblieben. Ich rufe die Liebste hinter der Wand an.

»Wie geht's?«

»Eigentlich gut«, antwortet sie. »Ich mache Yoga.«

»Ah, schön«, sage ich. »Die Kinder sind noch negativ. Ich habe alle Fenster aufgemacht. Aber wie halten wir das vierzehn Tage lang durch? Oder wollen wir nach Reinickendorf umziehen, da sind's nur fünf?«

Abends liege ich erschöpft auf dem Sofa, mit Mütze, Schal und Maske. Im Fernsehen fragt Ingo Zamperoni den Ministerpräsidenten von Sachsen, wer schuld sei, dass es in Deutschland so weit gekommen sei. »Niemand ist schuld«, sagt er, »das Virus ist schuld.«

Ich schaue über den Fernseher hinweg auf die Wand. Genau hinter dieser Wand ist es jetzt, denke ich. Plötzlich ist es wirklich da.

•

Die erste Quarantänewoche endet mit der Testung des Sohnes: Beide Striche rot. Wir wiederholen den Test: Wieder zwei rote Striche. Ein drittes Mal: wieder positiv.

Ich erkläre ihm vorsichtig, dass es eventuell nun doch dieses winzige Virus sein könnte, von der Mama. Er sagt, er könne kein Corona haben, wir hätten doch extra in Drachenblut gebadet, er sei geschützt, dann beginnt er zu weinen. »Aber denk an das Lindenblatt, vielleicht ist doch eines heruntergefallen«, sage ich, »vielleicht haben wir eine kleine Stelle wie in der Heldensage nicht bedecken können.« Ich nehme ihn in den Arm, zögere etwas, dann drücke ich ihn ganz fest, stecke der kleinen Tochter danach einen Schnellteststab in die Nase und schlage dem Sohn vor, in ein richtiges Testzentrum zu fahren, das müsse Manuel Neuer auch jeden Tag.

Ich rufe meine Partnerin hinter der Wand im Seitenflügel an. »Es steht jetzt wahrscheinlich 2:2, zwei Positive, zwei Negative, die Kleine und ich sind noch okay. Was mache ich jetzt? Die Kleine mit zum Test nehmen? Oder passt du auf sie auf, vielleicht bist du ja schon etwas weniger infiziös als der Junge?«

»Dann fahre ich mit ihm zum Test«, sagt sie.

»Geht nicht, du bist in Quarantäne, das muss ich machen«, sage ich.

»Wir heben den ganzen Irrsinn jetzt auf, es hat sowieso keinen Sinn!«, erklärt sie. »Besser die Kleine bekommt es jetzt sofort, sonst sitzen wir hier noch Weihnachten in Quarantäne!« Sie öffnet schon die knarrende Tür und tritt aus ihrer Isolation.

Es kommt mir vor, als würde die Mauer fallen. Die Kleine stürzt auf ihre Mutter zu und strahlt; der Junge hört auf zu weinen und niest. Wiedervereinigung. Masken ab. Alle Regeln außer Kraft gesetzt. Wieder Niesen. Familiäre Durchseuchung, ein bisschen Derby wie in Nordrhein-Westfalen, Köln gegen Gladbach, wo fünfzigtausend Zuschauer ohne Masken jubelten. Der geöffnete Seitenflügel fühlt sich wie eine Befreiung an. Und wie sehr würde ich das diesem Land wünschen: so ein Öffnen aller Seitenflügel – wenn wir nicht schon jetzt auf den Intensivstationen offenbar kurz vor der Triage stünden.

Auf dem Weg zum PCR-Test denke ich über meine Wut nach, über die »Dummheit der Impfgegner«, die ich verfluchte, als die Kleine weinend vor der Tür zur Mutter gestanden hatte. Vielleicht müsste man stattdessen besser »Coronaleugner« schreiben, mittlerweile gibt es ja schon einen Feldzug gegen »die Ungeimpften«, bei denen aber noch nicht einmal klar ist, ob sie wirklich alle »Impfgegner« oder »Coronaleugner« sind. Vielleicht müssen wir jetzt mehr auf unsere Sprache achten, überlege ich, um die Gräben nicht noch weiter zu vertiefen. Ein Schlagwort wie »Die Ungeimpften«, das klingt nicht gut. Mein Sohn niest den Rest des Tages.

Vierundzwanzig Stunden später. Der PCR-Test ist plötzlich negativ. »Wir müssen alles sofort wieder rückgängig machen, zurück in die Isolation!«, ordne ich meiner Liebsten an und weise auf die Tür zum Seitenflügel.

Ich googele das Labor, das den Abstrich untersucht hat. Ich stoße auf eine GmbH, die Pflegegels gegen Parodontose herstellt. Der Mann, der den Test meines Sohnes unterschrieben hat, ist auf einem Bild zu sehen mit dem deutschen Finanzunternehmer Carsten Maschmeyer. Sie halten in der Vox-Sendung *Die Höhle der Löwen* zusammen ein Parodontose-Gel in die Kamera.

Ich mache mit meinem Sohn sofort wieder einen Schnelltest. Positiv ... Ich kann es nicht fassen. Ich rufe unsere Kinderärztin an und sage ihr, dass ich dem PCR-Test, den wir in einem großen Testzentrum am Kurfürstendamm gemacht haben, nicht so richtig vertraue. Vielleicht liegt es an dem Bild mit dem Labortest-Unterzeichner und diesem Maschmeyer, ich erinnere mich an irgendwelche dubiosen Finanzprodukte, getäuschte Kleinanleger und Millionen, die er für die Rechte von Gerhard Schröders Memoiren bezahlt haben soll. Warum dann plötzlich ein Parodontose-Gel? Mischt er jetzt mit in diesem Testlabor? Vielleicht wird man in dieser Coronazeit auch wahnsinnig und vermischt Dinge, die nicht zusammengehören. Wir fahren zur Kinderärztin, wo der Junge im Keller der Praxis erneut getestet wird, die Ärztin trägt dabei einen Schutzanzug und sieht aus, als ob sie zum Mond fliegen wolle. Als ich meinen Sohn sehe, zwischen dem Keller-Gerümpel mit dem dicken Teststab der Mondärztin im Rachen, tut er mir so unendlich leid.

Was muten wir unseren Kindern zu? Was ist das nur für eine Zeit?

Zu Hause angekommen, sage ich nicht einmal mehr »Hände waschen«. Ich erinnere mich noch, wie wir den Kindern am Anfang der Pandemie beigebracht haben, beim Händewaschen dreimal wie Frau Müller aus dem dritten Stock *Happy Birthday* zu singen. Ja, wir sangen alle mehrmals täglich *Happy Birthday*, bis es mir zu den Ohren rauskam und wir dann *Wenn ich ein Vöglein wär'* beim Händewaschen sangen. Am Anfang war alles irgendwie noch ein Kinderspiel.

Mein Sohn erklärt mir zwischen zunehmenden Niesanfällen, dass die Schnelltests ungenau seien, der richtige Test hätte es doch bewiesen, er habe kein Corona, morgen gehe er wieder zur Schule, Fußball-AG! Ich werde immer unruhiger und rufe in dem Parodontose-Gel-Labor an und erkundige mich nach dem negativen PCR-Test für meinen Sohn, ich frage, ob vielleicht die Probe verwechselt worden sei, seine Mutter sei schließlich auch positiv und es handele sich ja wohl um die Delta-Variante. Ein sehr freundlicher Mitarbeiter schreibt mir über WhatsApp, dass er den Test mit dem Abstrich noch einmal wiederhole.

Am nächsten Morgen steht mein Sohn auf, zieht sein Torwarttrikot an und schmiert sich die Schulbrote selbst.

»Wir können nicht in die Schule, wir sind offiziell noch in Quarantäne wegen Mama, außerdem könntest du gar nicht mit dem Trikot in die Schule, in der Zwischenzeit hat sich das Wetter verändert, es ist draußen Winter geworden!«, sage ich und nehme ihm die Schulbrote weg. Er weint wieder. Ich biete ihm stattdessen an, eine Manuel-Neuer-Challenge zu machen. Um halb sieben Uhr morgens stehe ich mit Maske und Schlafanzug da und schieße den Ball wie Erling Haaland durchs Wohnzimmer. Die Tochter schaut die *Erdmännchen.*

Am nächsten Tag kommt die Nachricht vom Covid-Test-Center, dass der PCR-Test, der erst negativ gewesen sei, nun doch positiv sei.

»Wie kann das sein?«, schreibe ich an den Mitarbeiter im Parodontose-Gel-Labor.

Es sei ein Fehler beim Ablesen der Parameter gemacht worden, diesmal habe er den Test aber selbst durchgeführt und er sei positiv. Ich überlege zu fragen, welches zusätzliche Chaos wohl über dieses Land hereinbrechen würde, wenn nicht nur ich, sondern alle ihre PCR-Tests nachrecherchieren würden.

Kurz danach kommt auch das Ergebnis des anderen Tests, den die Kinderärztin im Keller gemacht hat. Auch positiv.

Am nächsten Tag erreiche ich – oh Wunder – das Gesundheitsamt. Ich frage, ob man die Quarantäne für meinen Sohn vielleicht ab dem falsch-negativen PCR-Test rechnen könnte, da sei das Ergebnis ja schon vor Tagen gekommen und dann wäre seine Quarantäne etwas kürzer, er würde so gerne wieder in die Schule gehen, es sei ja eine lange Zeit, so eine Quarantäne als Kontaktperson und dann noch eine eigene Quarantäne.

Ab einem »falsch-negativen Test« könne ein Gesundheitsamt nicht rechnen, man rechne nach einem »positiv-richtigen«.

»Ja, aber der falsch-negative war ja eigentlich schon richtig positiv, es wurden nur Parameter falsch abgelesen«, protestiere ich.

Es nützt nichts. Die Quarantäne verlängert sich um vierzehn Tage. Zusammen mit der Quarantäne als Kontaktperson (sieben Tage), der ganzen negativ-positiven Testerei (verlorene vier Tage) und der erneuten Quarantäne (vierzehn Tage) kommt mein Sohn auf fünfundzwanzig Tage häusliche Isolation.

Nach dem Gespräch mit dem Gesundheitsamt fahre ich in fünf verschiedene Sportgeschäfte. Für diese Challenge in diesen irren Zeiten hat mein Sohn alle Torwarttrikots verdient, die ich finden kann.

Am nächsten Tag ruft das Gesundheitsamt an. Man fragt nach den Symptomen meines Sohns. »Schnupfen. Wirklich nur Schnupfen. Ach, ein sehr leichter Schnupfen!«, wiederhole ich.

»Gut«, sagt das Gesundheitsamt. »Dann verkürzt sich die Quarantäne jetzt um 4 Tage. Sie müssen am Ende nur einen Test machen.«

Halleluja!

24.

Ich bin geboostert!

13. Januar 2022

Manchmal treffe ich Freunde, die ich lange nicht mehr gesehen habe, und bevor sie mich umarmen, sagen sie: »Ich bin geboostert!« Zuerst ein Hallo, danach dieses Ausrichten des Kopfes nach der einen oder anderen Seite bei gleichzeitigem Ausbreiten der Arme und dann: »Ich bin geboostert!«, so als wollte man sagen, dass bei dieser Begrüßung alles vorschriftsmäßig vonstattengehe, dass ich nicht einfach fatalistisch den Falschen umarme, sondern den Richtigen, den Geboosterten.

Meist ist es auch eine etwas lasche Umarmung, so eine Art Abstandsumarmung. Dafür müssen die Köpfe der sich Begrüßenden weit in die entgegengesetzte Richtung gestreckt und noch genug Luft zwischen den Armen und den Oberkörpern gelassen werden. Die Arme der sich Begrüßenden bilden ein O. Von außen betrachtet sieht man also zwei Os, in jedem O einer der Freunde, mit weit zur Seite gestrecktem Kopf.

Schade, dass Loriot nicht mehr lebt, der hätte daraus was gemacht. Wenn ich Choreograf wäre, würde ich ein Ballett über Begrüßungen inszenieren. Früher und heute, weltweit. Altes Händeschütteln, Abklatschen, Bussis rechts, links, russische Bruderküsse, dann Ellenbogen, Fußinnenseiten, Faustgruß, asiatische Verbeugung und natürlich die Abstandsumarmung – so ein Ballett würde ich gerne sehen.

»Ich bin geboostert«, was heißt das überhaupt? »Booster«

wird in der Raumfahrttechnik eine Hilfsrakete genannt, die beim Start verwendet wird. In der Elektrotechnik nennt man einen Spannungsverstärker »Booster«. Es gibt auch eine Booster-Schweißtechnik und das Booster-Karussell, es wird von einer Bremer Firma vertrieben. Man kann bestimmt auf dem berühmten Bremer Freimarkt Booster-Karussell fahren, wenn man 2G-Plus ist. »Ich bin 2G-Plus, komm in meine Arme!«, könnte man auch vor der neuen Abstandsumarmung sagen. Nur 2G- oder gar 3G-Menschen sollte man aber laut Wissenschaft nicht umarmen. 2G-Plus geht, natürlich o-förmig.

Aber wie lange gilt man als geboostert und somit als 2G-Plus? Muss man bei einer Begrüßung den Booster-Termin nicht auch eigentlich gleich erwähnen? Und den Impfstoff? Einen Menschen mit einer einzigen Johnson-&-Johnson-Impfung plus einer weiteren Auffrischungsimpfung zu umarmen, das würden die Leute in Bayern vielleicht gar nicht machen, zumindest lassen sie ihn nirgendwo hinein. In Bremen und Niedersachsen geht das. Allerdings kann man einen genesenen Niedersachsen nicht einfach so umarmen, ohne doppelte Impfung gilt er nicht als geboostert. In Bremen schon, eine genesene Bremerin umarme ich, obwohl sie jetzt im Omikron-Hotspot lebt, auch ohne doppelte Impfung gern, sie gilt als geboostert, allerdings nur, wenn ihre Infektion nicht länger als drei Monate zurückliegt.

Würde ich eigentlich eine Ungeimpfte und Nichtgenesene umarmen, wenn sie meine Frau oder Freundin wäre? Ich glaube schon, die Liebe ist doch letztlich etwas stärker, aber es soll Menschen geben, die bei dem Thema große Probleme miteinander haben. Ich kenne so ein Paar. Er ist aus Überzeugung ungeimpft, sie ist doppelt geimpft und geboostert; er ist in bestimmten Foren unterwegs, sie schaut *Anne Will*. Sie wollen sich nun trennen.

•

Vor einem Jahr konnte Deutschland noch nicht einmal zügig impfen, jetzt diskutiert es die Impfpflicht. Und man ahnt schon, was in diesem Land passieren wird, wenn sie dann auch noch durchgesetzt werden soll. Gibt es ein *Impfregister*? Pflegen das die Krankenkassen? Die Einwohnermeldeämter? Ich schlage hiermit die Berliner Bußgeldstelle vor! Ein neuer Personalausweis, eine simple Anwohnerparkplakette oder eine Geburts- und Heiratsurkunde – das dauert Jahre in Berlin, nur das Knöllchen oder die Anhörung kommt nach drei Wochen, bei der Bußgeldbehörde sind sie von der ganz schnellen Truppe. Oder müssten das doch die Gesundheitsämter machen, man bekommt ja auch keinen Haftbefehl von der Rentenversicherung?

25.

Omikron und die
Berliner Falzmaschinen

30. Januar 2022

Vor ein paar Tagen lief in den Nachrichten ein Beitrag über die tägliche Arbeit in den Berliner Gesundheitsämtern. In den meisten funktionieren die Falzmaschinen nicht mehr. Am Anfang der Pandemie gab es Probleme mit den Faxgeräten, jetzt sind es die Falzmaschinen. Mit solchen Maschinen werden die Quarantänebescheinigungen gefalzt und dann per Hand in die Briefumschläge eingetütet. Ich weiß nicht genau, wie viele Tausende Quarantänebescheinigungen derzeit in Berlin verschickt werden müssen, aber auf jeden Fall werden sie vorher mit Falzmaschinen gefaltet, wenn es denn keinen Papierstau gibt.

Bei älteren Modellen (und in Berlin hat man immer die älteren Modelle) gibt es sehr schnell einen Papierstau. Das konnte man auch im Fernsehen erkennen. Die Quarantänebescheinigungen stauten sich, sie quollen völlig verschrumpelt aus der Maschine heraus, neben der sich schon Türme von weiteren Quarantänebescheinigungen bildeten, die auch alle noch gefalzt werden mussten.

Ich habe ja gar nichts gegen die Briefkultur, ich habe sogar einen Roman geschrieben, in dem ich klassische Briefe geradezu als die Überlebensstrategie unserer tieferen Kommunikation betrachte, aber ich frage mich natürlich, warum man in einer Pandemie nicht auf die E-Mail setzt.

Natürlich gibt es sehr moderne Falzmaschinen mit variablen Faltmöglichkeiten, Doppelparallelfaltungen, Turbofaltungen mit Einfachfalz, Außenfalz, Wickelfalz, Zickzackfalz usw. – ich habe mich extra damit beschäftigt, aber ich werde hier keine Empfehlungen aussprechen, ich möchte nicht in einen Falzmaschinenskandal verwickelt werden, wie Jens Spahn in den Maskenskandal. Auf jeden Fall stehen in Berlin eher die ganz alten, die preußischen Falzmaschinen, die eindeutig einer hochansteckenden Omikronwelle nicht gewachsen sind.

Neulich habe ich selbst Quarantänebescheinigungen benötigt, man braucht sie ja für die Ausstellung des Genesenenstatus. Meine trafen ein, als wir schon längst aus der Quarantäne raus waren, wir waren sogar schon wieder in der nächsten Quarantäne, als endlich die Bescheinigungen für die vorangegangene eintrafen. In Berlin, mit diesen Ämtern, bist du immer eine oder zwei Quarantänen hinterher. Und jetzt gibt es auch noch den verkürzten Genesenenstatus von drei Monaten! Die Probleme mit den Falzmaschinen und dem Papierstau führen am Ende dazu, dass dein Genesenenstatus abläuft, bevor du überhaupt das Zertifikat hast!

Das Leben ist echt kompliziert geworden.

Um die Gesundheitsämter zu entlasten, haben nun in Berlin die Amtsärzte aller Bezirke entschieden, dass Schüler und Kita-Kinder – wenn sie Kontakt mit einer infizierten Person hatten – nicht mehr in Quarantäne müssen. Ich will das epidemiologisch gar nicht bewerten, aber ich erinnere mich, dass es in Berlin eine Zeit gab, in der man bei einer Inzidenz von 40 nicht mal auf einer Parkbank sitzen durfte. Jetzt liegt die Inzidenz an Schulen in Berlin bei ungefähr viertausend. Das macht natürlich keine Berliner Falzmaschine mit.

26.

Abstand bei Putin

09. Februar 2022

Als ich das Bild von Wladimir Putin und Emmanuel Macron am Verhandlungstisch im Kreml das erste Mal in der Zeitung sah, dachte ich, ich wäre im Kultur-Teil und sähe Aufnahmen einer Theaterszenerie.

Dieser absurde Tisch, diese weite weiße, glatte Fläche, die so wirkte, als könnte man Schlittschuh auf ihr laufen. Es gab auch keine Tischbeine, sondern Säulen in der Breite von Interkontinentalraketen. An den Enden des Tischs: Stühle mit zwei Schauspielern, für Opernsänger schien mir der eine auf den ersten Blick zu schmal. Aber was wurde gespielt?

Wladimir Putin beugte sich breitschultrig nach vorne in einer eher plumpen Körperhaltung. Dagegen viel vornehmer: Emmanuel Macron, der französische Präsident, der vergangenen Montag in Moskau war, um den Ukraine-Konflikt zu entschärfen, allerdings verweigerte er den von Putin verlangten russischen PCR-Test, weil er seine DNA vor dem Kreml schützen wollte.

Schon an der Körperhaltung konnte man den Autokraten vom Demokraten unterscheiden. Links dieses Ellenbogenhafte: »Na, Emmanuel« (die beiden duzen sich), »wenn du dich nicht von uns testen lässt, dann kommst du eben an so einen Tisch, ich akzeptiere keine französischen PCR-Tests!« Und rechts der schlanke, aufrechtere, aber auch eingeschüch-

tert wirkende Macron. Man erkennt es an der leicht ver-
krampften Bein- und Fußhaltung, während Putins Füße breit
auf dem Kremlteppich stehen.

Aber wie führt man an so einem Tisch (sechs Meter lang!)
diplomatische Gespräche?

MACRON: Ich spreche im Namen der NATO.

PUTIN: Was?

MACRON: NATO!

PUTIN: Ach, NATO …

MACRON: Ukraine?

PUTIN: Was?

MACRON: Mon dieu, cette table … Ukraine!

PUTIN: Was ist damit?

MACRON: Krieg?!

PUTIN: Habt ihr überhaupt solche Tische in Europa? Ich mag
Großes. Hast du den Hund gesehen, den ich Angela Merkel
vorsetzte, als sie das erste Mal bei mir war? Der Hund war
fast größer als Helmut Kohl!

MACRON: Wie bitte?

PUTIN: Was? Hast du Bilder von Biden und Scholz im Oval Office gesehen? Ich lach mich tot!

Tatsächlich gab es Bilder von dem Gespräch des Bundeskanzlers und des US-Präsidenten, die als kompletter Gegenent-
wurf zum Kreml-Bild mit dem gigantischen Tisch wirkten.
Das Oval Office in Washington erschien gegen das Kreml-
Ambiente wie eine kleine, onkelhafte Bude mit Kaminfeuer
und ein paar verstaubten Gemälden mit Männern, die noch
älter aussahen als Biden.

PUTIN: Wie ihr alle hektisch herumreist, lächerlich, man verliert ja schon den Überblick! Ich bleib hier einfach sitzen, ihr müsst alle bei mir anwackeln! Wie du da schon sitzt, Emmanuel. Ha! Schau dir mal auf Bildern an, wie Napoleon sitzt, du Hemd! Entspann dich. Willst du Wodka? Oder lieber Café au Lait?

Nun wird am Dienstag Olaf Scholz auf Macrons Stuhl sitzen. Vielleicht wird das Ganze dann so verlaufen:

SCHOLZ: So, jetzt sage ich es endlich: Nord Stream 2 kommt nicht, wenn Sie in der Ukraine einmarschieren.

PUTIN: Was?? Du sprichst ja noch leiser als Macron! Und wenn ich nun doch, sagen wir, morgen einmarschiere? Und ihr euch dann in Deutschland den Arsch abfriert ohne mein Gas? Dann dreht ihr alle durch! Ich muss euch das gar nicht verkaufen, ich hab Geld ohne Ende. Ich bring euch SIBIRIEN in die eigenen vier Wände! *(Lacht)* Und irgendwann, Schlotter, wollt ihr wieder mein Gas haben. Und dann fangt ihr alle an, euch über eure Werte zu streiten, dann zersetz ich Europa wie in einer giftigen Säure. Das Gift, das ich euch diesmal schicke, ist ein ganz besonderes! ... Mensch, Olaf, setz dich mal richtig hin! Schau dir Bilder von Gerhard Schröder an, der saß hier bei mir immer richtig! Willst du Currywurst? Wir haben alles!

SCHOLZ: Nein, danke. Eine Tasse Friesentee bitte.

Europas kälteste Zeit

»Angenehm ist es, wenn
auf dem hohen Meer
Winde die Wasser aufwühlen,
vom Lande aus die große Mühsal
eines anderen zu betrachten.«

— Lukrez: *De rerum natura* —
Über die Natur der Dinge —

1.

Unterhaltung mit Flüchtlingen

Juni 2021

An der Küste der kanarischen Insel Lanzarote, am Strand von Orzola, standen Guardia-Civil-Polizisten neben großen, schwarzen Plastiksäcken, sie rauchten und telefonierten. Menschen, von Helfern in Decken gehüllt, saßen regungslos im Sand und starrten auf das Meer, in dem Seenotretter weitere Passagiere eines Bootes ans Land zu ziehen versuchten, welches sechshundert Meter vor der Küste mutmaßlich auf Steine aufgefahren und gekentert war.

Ich stand in einiger Entfernung, sah hinunter auf den Strand, nicht wissend, ob ich helfen sollte oder ob ich den spanischen Seerettungsdienst nur stören würde.

Ich dachte an einen Satz von Lukrez aus dem Prolog eines seiner Lehrgedichte: »Angenehm ist es, wenn auf dem hohen Meer Winde die Wasser aufwühlen, vom Lande aus die große Mühsal eines anderen zu betrachten.« Ich habe ihn in Hans Blumenbergs *Schiffbruch als Zuschauer* gelesen, darin gibt es ein Kapitel über die Zuschauerposition bei Ereignissen, Kriegen, Unglücken. Er weist darauf hin, dass Lukrez in seinem Prolog keinesfalls den Genuss des Zuschauers meinte, der das Unglück anderer betrachtet, sondern das Gefühl, in gesicherter Position zu sein, am ungefährdeten Standort, in »Distanz zur Wirklichkeit«.

Meine Position, von der aus ich auf die Unglücksszene

schauen konnte, neben einer kleinen Bar, gegenüber einer Kinderschaukel, schien mir plötzlich bezeichnend zu sein: bequem, distanziert, irgendwie europäisch. Mir fällt immer wieder diese Szene mit Goethe ein, der das Schlachtfeld bei Jena im Mai 1807 aus ebensolcher Distanz beobachtete und dem Historiker Luden zu Protokoll gab: »Ich habe gar nicht zu klagen. Etwa wie ein Mann, der von einem festen Felsen hinab (...) den Schiffbrüchigen zwar keine Hilfe zu bringen vermag, aber auch von der Brandung nicht erreicht werden kann, und nach irgendeinem Alten (Goethe meinte Lukrez) soll das sogar ein behagliches Gefühl sein.«

Auf dem Theatertreffen in Berlin sah ich einmal ein Jelinek-Stück, *Die Schutzbefohlenen*, das am Thalia-Theater mit Lampedusa-Flüchtlingen inszeniert wurde. Auf der Bühne in Berlin saßen also dann echte Flüchtlinge, die meiste Zeit stumm, während ein »Flüchtlingschor« von deutschen Schauspielern gesprochen wurde. Der Chortext war voller antiker Motive, recht dicht, komplex und mächtig – und so, wie die Flüchtlinge dasaßen, wirkte es, als schlage der große Text wie eine Welle über ihnen zusammen. Die Aufführung lief auf einen Satz hinaus, den Jelinek gar nicht geschrieben hat, sondern den die Inszenatoren dazuerfunden haben, einen Theaterspezialistensatz: »Wir können euch nicht helfen, wir müssen euch doch spielen.« (Hatte ich eine ähnliche Haltung, als ich auf den Strand von Orzola sah? Ich kann euch nicht helfen, aber ich werde über euch schreiben?)

Nach der Aufführung stand das Publikum im Festspielhaus und reflektierte – wie alle Jahre – über Ästhetik, diesmal auch über Moral und den Sinn des Repräsentationstheaters. Als das

Regieteam mit einer Urkunde ausgezeichnet wurde, kam mir ebendieser Lukrez-Satz in den Sinn, den ich bei Blumenberg gelesen hatte; ich dachte an Goethe und an den Felsen, der von der Brandung nicht erreicht werden kann. Und ich spürte jenes behagliche Gefühl, das sich eine Festspielgesellschaft, in sicherer »Distanz zur Wirklichkeit«, nur schwerlich nehmen lässt. Ich wandte mich dem Büfett zu, und manchmal sah ich noch einen Premierengast mit vollem Mund den Abend loben oder tadeln. Einer erklärte, man befinde sich nun in der Re-politisierung des Theaters, dabei spuckte er ein Stück Kartof-fellauchgratin aus, das auf meinem Hemdkragen landete.

Ein Kritiker merkte an, dass der Moment, in dem einmal nicht die Schauspieler, sondern die Flüchtlinge den Text gesprochen hätten, die beste immanente Jelinek-Kritik gewesen sei, die es je gegeben hätte. Es sei nämlich schwer auszuhalten gewesen, der dichte Text unzumutbar in der Sprechweise der Flücht-linge …

Sechstausend Kilometer durch die Wüste, ein Todeskampf auf hoher See dazu – alles für eine immanente Jelinek-Kritik, das ist bestimmt eine sehr spezielle Form der Unterhaltung mit Flüchtlingen.

●

Auch der Dokumentarfilm *Fuocoammare (Seefeuer)* von Gian-franco Rosi, den ich auf der Berlinale gesehen habe, scheint mir ein Porträt der Geistesverfassung Europas zu sein. Der Film wurde auf Lampedusa gedreht und erzählt von den Parallelwelten auf der Insel. Der Junge Samuele, der tagsüber

Krieg spielt oder seinen seekranken Magen auf einem wack-
ligen Bootssteg trainiert; der Radiomoderator, der Wunschlieder auflegt und nie sein Studio verlässt; die alte Dame, die
stundenlang ihr Bett macht und Madonnen küsst. Und draußen das Leid der Ankommenden, ihre halb verdursteten und
vom Diesel und Meerwasser zersetzten Körper. Danach folgt
ein harter Schnitt, die Kamera schwenkt wieder zum Studio,
man hört wieder die Wunschlieder, sieht die leicht wackeln-
den Stege …

Die alte Dame in dem Film streicht so lange ihre Bettdecke
zurecht, bis man fast aufspringen will, um mit ihr raus aufs tobende Meer zu fahren.

2.

Die Kriminalisierung
der Menschenliebe

November 2021

Ezzat Mardini, der heute in einer Flüchtlingsunterkunft in Berlin-Spandau lebt, war einer der besten Schwimmtrainer in Damaskus. Seinen Töchtern Yusra und Sarah brachte er früh das Schwimmen bei, bald wurden sie Leistungssportlerinnen und trainierten im syrischen Nationalteam. Dann kam der Bürgerkrieg.

Yusra und Sarah sind da gerade siebzehn und zwanzig Jahre alt. Als sie hören, dass einem Jungen aus der Nachbarschaft die Flucht nach Deutschland gelungen ist, wollen sie es auch versuchen.

Sie buchen im August 2015 einen Flug nach Beirut, reisen weiter nach Istanbul und finden sich plötzlich auf dem Taksim-Platz mit Tausenden von anderen Flüchtlingen wieder. Sie kontaktieren Schlepper, reisen weiter nach Izmir und werden dort auf ein Schlauchboot gebracht, 1200 Dollar pro Person. Ziel: die Nordküste der griechischen Insel Lesbos. Nach wenigen Metern springt einer der Schlepper, der sich als Kapitän ausgegeben hat, aus dem Boot und lässt die Besatzung allein, zwanzig Menschen, dreimal so viel, wie auf so einem Schlauchboot zugelassen sind.

Nach ein paar Kilometern fällt der Motor aus, das Boot füllt sich mit Wasser, die beiden Schwestern springen ins Meer und ziehen das Boot aus eigener Kraft, drei Stunden lang, bis sie frühmorgens in Skala Sikamineas, einem kleinen Dorf auf Lesbos, landen. Danach machen sie sich auf, über die Balkanroute, bis nach Berlin-Spandau.

2016 werden die beiden Frauen plötzlich als Heldinnen gefeiert, sogar von der *Bunten* mit einem *Bambi* geehrt, sie stehen zwischen Jogi Löw und Barbara Schöneberger. Sarah beginnt an einem College in Berlin Politik zu studieren, bricht aber das Studium ab, sie ist zu enttäuscht von der Politik. Sie kehrt immer wieder nach Lesbos zurück, als Rettungsschwimmerin, als ehrenamtliche Flüchtlingshelferin und Übersetzerin in einer Klinik im Camp Moria.

2018 wird sie auf Lesbos verhaftet. Der Vorwurf: Menschenschmuggel, Spionage, Mitgliedschaft in einer kriminellen Vereinigung. Eine junge, geflüchtete Syrerin, die gut schwimmen kann und Menschenleben retten will, wird 107 Tage lang in einem Athener Hochsicherheitsgefängnis eingesperrt und kommt schließlich nur auf Kaution frei.

•

In diesen Novembertagen beginnt nun der Prozess in Mytilene auf Lesbos gegen Sarah Mardini und gegen weitere dreiundzwanzig Angeklagte der Hilfsorganisation Emergency Response Center International. Es geht um Haftstrafen bis zu fünfundzwanzig Jahren. Sarah Mardini darf als »Sicherheitsrisiko« nicht einreisen, sie kann sich nicht persönlich verteidigen. *Amnesty International* erklärt, Griechenland und andere europäische Staaten würden mit solchen Anklagen versuchen, humanitäre Helfer abzuschrecken und einzuschüchtern.

Kann man sich das vorstellen? In Griechenland, im Mutter-
land der »Philanthropie«, der »Hilfsbereitschaft«, der »Menschenliebe«, werden Schauprozesse geführt, um genau diese
Werte abzuschaffen?

Es ist ein trauriges Bild der Europäischen Union im Winter 2021. An der polnisch-belarussischen Grenze wird Hilfsorganisationen der Zugang verwehrt, Flüchtlinge werden mit
»Pushbacks« von polnischen Grenzsoldaten zurückgedrängt
und von Belarus nicht wieder reingelassen. »Pushback« ist
der technische Begriff für Gewalt gegen Schutzsuchende, was
EU-Recht verletzt und gegen die Genfer Flüchtlingskonven-
tion verstößt, darin ist ein Zurückweisungsverbot festge-
schrieben und der völkerrechtliche Anspruch auf Asyl sowie
der effektive Zugang für Schutzsuchende zu einem Asylverfahren, einschließlich an den Grenzen. Aber offenbar haben
wir uns auch daran gewöhnt, dass diese Rechte ihre Gültig-
keit verlieren.

»Seit drei Jahren habe ich ein Trauma«, beschreibt Sarah
Mardini die Zeit, in der sie auf ihren Prozess gewartet hat. »Ich
wünschte, ich hätte es aus dem Krieg. Ich wünschte, ich hätte
es von der Überfahrt.«

3.

Die Welt hinter
dem Wort *Flüchtling*
(Der syrische Dichter
Kheder Alagha)

September 2017

Wenn an Wahlsonntagen der blaue Balken der AfD nach oben wächst, denke ich immer daran, wie ich mit dem syrischen Dichter Kheder Alagha auf der Hinterbühne des Internationales Literaturfestivals in Berlin gestanden habe. Im Rahmen des Projekts *Ankunft – literarische Reportagen von geflüchteten Autoren* beschrieb Kheder Alagha seine ersten Tage in Deutschland, ich sollte seine Lesung moderieren.

Kheder ist aufgeregt, es ist das erste Mal, dass er vor einem deutschen Publikum auftritt. Er nimmt meine Hand und fragt mich, ob er denn am Anfang wirklich auch auf Arabisch lesen solle.

»Natürlich«, sage ich, »es ist deine Sprache, wir fangen mit deiner Sprache an, danach lesen wir die Übersetzung.«

Kheder Alagha hat die meiste Zeit seines Lebens in Damaskus gelebt, ist Chefredakteur einer syrischen Kulturzeitschrift, arbeitete als Sprachwissenschaftler, Literaturkritiker, schreibt Lyrik.

Im März 2011 schließt er sich der friedlichen Protestbewegung gegen das Assad-Regime an, Freunde von ihm werden bei den ersten Freitagsdemonstrationen erschossen. Nachdem eine Rakete fast den Schulbus seines Sohnes trifft, flüchtet dieser mit seiner Mutter. »Als Aram sich ins Auto setzte, das ihn in den Libanon bringen sollte, setzte sich mein Herz neben ihn … Ich konnte während der gesamten gefährlichen Strecke die rasenden Schläge vernehmen, ich hörte sein Weinen, sah seinen Blick, seine Hand, die mir zum Abschied winkte.«

Kheder bleibt in Damaskus, er glaubt nicht, dass er als Schriftsteller gegen den Krieg anschreiben kann, aber er glaubt, dass er Teil der Kraft eines Volkes sein kann, das sich gegen die Unterdrückung auflehnt.

Der Zeitschriftenverlag kündigt ihm, Kollegen werden gefoltert, in seinem Viertel wimmelt es von Spitzeln, ihm droht Gefängnis. Er war schon vor den Demonstrationen ein Jahr inhaftiert und weiß, was ihn erwartet. 2013 bekommt er eine Einladung der Heinrich-Böll-Stiftung in Köln, zögert lange, will sein Land nicht im Stich lassen. Dann ruft sein Sohn aus Deutschland an. »Seine zitternde Stimme, seine Frage nach seinem Spielzeug, seinen Schildkröten, seinem Fahrrad, seine Worte: *Ich will dich hierhaben.*«

Kheder verlässt Syrien. Von der kranken Mutter kann er sich nicht mehr verabschieden, sie stirbt ohne ihn. Sie hat immer gesagt: »Ich sehe dich so gerne glücklich.«

Er kommt mit dem Geruch von Fassbomben in der Nase nach Köln, später als Flüchtling nach Lübeck.

»Ich hätte meinen Kopf gegen die Wand schlagen müssen«, schreibt er, »um ihn davon zu überzeugen, dass er jetzt hier ist und nicht dort.«

Er sieht sich, wie er noch in Syrien zwischen all seinen Büchern sitzt, und nun sitzt er ohne seine Bücher im Flüchtlingsheim, mit anderen Flüchtlingen aus Syrien und Afrika, mit

Menschen, die traumatisiert sind von der Folter in Damaskus, vom Überlebenskampf in der Sahara und auf dem Meer in seeuntüchtigen Booten, von der Gewalt und der Not in den Flüchtlingscamps.

»Im Alten Testament heißt es«, schreibt Kheder, »dass die Kraft des Riesen Samson in seinem Haar liege. Als sein Haar geschnitten wurde, verlor er seine Kraft.«

Für Kheder ist das Haar seine Sprache. »Ich habe immer die Haare gerühmt, die ich besitze, und in Deutschland wurde mir das Haar geschnitten, ich wurde ein totes Wesen. Alle Bücher, die ich je geschrieben hatte, hatten keine Bedeutung mehr.« Er zitiert einen der alten arabischen Dichter: »*Rede, denn der Mensch verbirgt sich in den Falten seiner Zunge.* Aber wie soll ich sprechen, wie soll ich mich darstellen, wo ich doch ohne Zunge bin?«

Das Wort »Flüchtling« wächst ihm über den Kopf, bis es zu einem Riesen wird und ihn verschlingt wie ein Monster. »Es verschlang mich so«, schreibt er, »dass ich mich selbst nicht mehr sah und die Deutschen mich nicht sahen.«

Einmal stellt ihn ein Journalist bei einem Interview als Lyriker und Schriftsteller vor, der ein syrischer Flüchtling sei! »Ich, ein Flüchtling?«, widerspricht Kheder: »Ich bin doch kein Flüchtling, ich habe eine Mutter in Syrien, Brüder und Schwestern und Freunde, ich habe ein Land, in dem habe ich ein Zuhause, ich besitze viele Bücher, sehr viele sogar, und ich habe eine Sprache dort … und ich werde zurückkehren.«

Immer, wenn an Wahlsonntagen der blaue Balken der AfD nach oben wächst, denke ich an Kheder und was für eine Welt sich hinter dem Wort »Flüchtling« verbirgt.

4.

Europas kalter Sommer

Juni / Juli 2019

Einen Tag lang war sogar Peter Altmaier von der CDU als EU-Kommissionspräsident im Gespräch. Altmaier, so hieß es, sei direkt aus dem Élysée-Palast vom französischen Staatspräsidenten ins Spiel gebracht worden. Beim G-20-Gipfel in Japan setzte sich die Bundeskanzlerin noch für Frans Timmermans ein, den sozialdemokratischen Spitzenkandidaten für die Europawahl, der aber von den vier Visegrád-Staaten und Italien abgelehnt wurde. Vorher war schon Manfred Weber, der Vorsitzende der Fraktion der EVP und ihr Spitzenkandidat für die Europawahl, vom französischen Staatspräsidenten und dem ungarischen Ministerpräsidenten abgelehnt worden, dabei hatte sich die Bundeskanzlerin noch in Japan gedacht, also, wenn's der Timmermans wird, dann wird aber der Weber wenigstens EU-Parlamentspräsident ...

Aha, dachte ich irgendwann, wenn jetzt also weder Weber noch Timmermans EU-Kommissionspräsident wird, dann wird's ja wohl die dritte Spitzenkandidatin, die liberale Margrethe Vestager aus Dänemark, die den mächtigen Konzernen den Kampf ansagte, aber sie wurde auch abgelehnt, angeblich könne niemand EU-Kommissionspräsident werden, der aus einem Land kommt, in dem man nicht mit dem Euro bezahlt.

Während in diesem Sommer in Brüssel, Japan, Paris, Straßburg und Berlin mit offenbar größter Energie, Leidenschaft und Länge darüber verhandelt wurde, wer denn nun um Gottes willen EU-Kommissionspräsident werden sollte, musste sich in Italien eine junge Frau vor Gericht verantworten. Carola Rackete, Kapitänin der Sea-Watch 3, war mit vierzig Flüchtlingen an Bord ohne Erlaubnis in den Hafen von Lampedusa gefahren, weil sich nach siebzehn Tagen kein europäischer Hafen bereit erklärt hatte, das Schiff einlaufen zu lassen.

Laut Bericht der jungen Kapitänin habe sie unter massivem Druck gestanden, die Flüchtlinge hätten sich lieber ins Wasser gestürzt, als noch länger auf dem Schiff auszuharren. Siebzehn Tage lang befand sie sich vorschriftsmäßig außerhalb der italienischen Hoheitsgewässer und verhandelte mit europäischen Ländern, unter anderen auch mit dem Auswärtigen Amt. Sogar der Europäische Gerichtshof für Menschenrechte lehnte den Eilantrag des Sea-Watch-Schiffes ab, in Italien anlegen zu dürfen.

Man muss sich das vorstellen: Diese fast unglaubliche Geschichte der Sea-Watch 3 findet parallel zu den umtriebigen und tagelangen Verhandlungen um EU-Posten statt. Verstoß gegen die Hafen- und Gewässersperrung nach erfolgter humanitärer Seenotrettung auf der einen Seite; Postenschlacht um den Kommissionspräsidenten, den Parlamentspräsidenten, den Ratspräsidenten und um die ganzen Vizepräsidenten vom Kommissions-, Parlaments- und Ratspräsidenten auf der anderen Seite.

Warum sei sie nicht mit ihrem Schiff nach Tripolis zurückgefahren, wurde die Kapitänin gefragt, als sie die Seenotleitstelle in Libyen dazu aufforderte? Weil Libyen kein sicheres Land sei, wie Sea Watch mitteilte. Aber warum twittert der deutsche Außenminister aufmunternde Worte für die Kapitänin, wenn seine Regierung, wie die anderen europäischen Regierungen, die Seenotrettung einstellt und mit der libyschen Küstenwache kooperiert, die die Menschen in Lager bringt, wo sie vergewaltigt und gefoltert werden?

Gestern habe ich drei Berichte hintereinander im Radio gehört. In dem einen ging es um die Empörung der SPD, dass nun plötzlich Ursula von der Leyen von der CDU die Kommissionspräsidentin werden soll. Man hörte Martin Schulz von der SPD schimpfen, »Untergang der Demokratie«, »Untergang Europas«, er wollte gar nicht mehr aufhören, schließlich hatte er selbst einmal dieses Amt angestrebt. »Warum nicht Timmermans?«, fragte Schulz. Warum drei Spitzenkandidaten, TV-Duelle, warum überhaupt die ganze Europawahl, wenn's jetzt plötzlich, wie der Hase aus dem Hut, Ursula von der Leyen wird? Als ob die EU einfacher zu führen sei als die Bundeswehr, die sie schon ruiniert habe?!, wetterte Schulz. Dann lieber Weber. Auf einmal warb Schulz sogar für Weber von der CDU, so absurd ist die SPD also schon.

Der nächste Bericht beschäftigte sich mit der Frage, wer nun Verteidigungsminister werden könnte. Vielleicht Jens Spahn? Vielleicht könnte dann Altmaier, der angeblich mit dem Ministerium für Wirtschaft nicht ganz so glücklich sei, ins Gesundheitsministerium wechseln, aber wer übernimmt dann das Wirtschaftsministerium? Vielleicht Weber?, dachte ich spontan. Oder Spahn wird Gesundheitsminister und Altmaier und Weber tauschen die Ämter?

Der dritte Bericht handelte von einem Arzt von *Ärzte ohne Grenzen*, der gerade aus einem Flüchtlingslager in Tripolis kam und berichtete, dass die Menschen, mit denen er gesprochen hatte, lieber wieder in ihre Länder zurückflüchten würden, wenn sie noch Pässe und Geld hätten, als in dem Lager zu bleiben.

Die Berichte liefen zwar alle hintereinander, aber im Prinzip gehörten sie alle zusammen. Je erhitzter Berlin über die Vergabe der EU-Posten debattierte, umso kälter und kleiner wurde die Idee von Europa. Sie war schon im Brüsseler Betrieb der Postenpolitik klein und kleiner geworden, aber als nun auch noch die SPD und die CSU und die Grünen zu schimpfen begannen und sich die europäische Postenpolitik auf die deutsche Kabinettsbesetzung wie ein Ascheregen legte – da blieb dann gar nichts mehr von der Idee von Europa übrig.

Leidenschaft beweist der politische Betrieb bei Fragen wie diesen: Darf jemand, der nicht Spitzenkandidat der Europawahl war, Kommissionspräsident werden? Müssen Europäischer Rat und Europäisches Parlament bei der Bestellung des Kommissionspräsidenten zusammenwirken? Kann der Rat dem Parlament vorschreiben, dass es seinem Vorschlag zustimmen muss? Kann umgekehrt das Europäische Parlament dem Rat vorschlagen, wen es vorzuschlagen hat? Und so weiter ...

Warum streitet man nicht auch mit genau dieser Leidenschaft und Energie über andere Fragen? Warum es zum Beispiel für Flüchtlinge, die nach Europa wollen, keine menschenwürdigen Auffanglager unter EU-Aufsicht gibt? Warum es keine verbindlichen Aufnahmequoten in Europa gibt? Keine legalen Wege für Arbeitsmigration, keine Rücknahmeabkommen mit Herkunftsstaaten und keine schnelleren Asylverfahren? Und warum wir in der EU mittlerweile gigantische Zäune mit NATO-Klingendraht an den Außengrenzen haben? Pakts mit gewalttätigen Milizen als Küstenwachen oder mit Autokraten in der Türkei? Und dabei mit dem Finger nur auf den rechtsnationalistischen Innenminister Italiens zeigen, dessen Land Italien wir aber viel zu lange mit der Rettung und Aufnahme von

Bootsflüchtlingen alleine gelassen haben? Und zuletzt: Warum man sich zwar laut Seerechtskonventionen der Vereinten Nationen für unterlassene Seenotrettung strafbar macht, aber dann siebzehn Tage lang keinen europäischen Hafen findet, den man anfahren darf, ohne sich strafbar zu machen?

Was für ein Irrsinn.

Das politische Gebaren, die Aufregung um Posten, das große Presseecho, das die Vergabe von Posten erzeugt, das unentwegte Gerede in den Talkshows – das alles steht in keinem Verhältnis mehr zu den Aufgaben dieser Zeit. Das spüren natürlich zuallererst die privaten Seennotrettungsorganisationen und unabhängige Hilfsorganisationen wie *Ärzte ohne Grenzen*, aber es spüren auch all die jungen Menschen, die freitags für den Klimaschutz auf die Straße gehen.

Über die neue EU-Kommissionspräsidentin hieß es in einem der unzähligen Kommentare der letzten Tage: »Ursula von der Leyen befriedigt den EVP-Anspruch an den Spitzenjob und den deutschen Anspruch an einen Ersatz für den düpierten Manfred Weber. Sie funktioniert im Paket mit der möglichen Präsidentin der Zentralbank, die von der Unterstützung des französischen Präsidenten lebt.«

In dieser Art des Sprechens zeigt sich das Denken und das Selbstverständnis unserer Politik. Aber wir bräuchten endlich einen anderen Geist. Und Taten wie jene von der Kapitänin – auch wenn man dafür die Hafen- und Gewässersperrung in den EU-Parlamenten von Straßburg und Brüssel außer Acht lassen muss.

•

Ich sitze gerade an einem neuen Roman, er spielt auf einer europäischen Insel, die genau 120 Kilometer vor Afrika liegt. In dem Roman gibt es einen Forscher, der über Europa forscht. Er sitzt in seinem Ferienhaus und beschäftigt sich mit dem Gleichgewicht der Kräfte in Europa, jeden Tag zeichnet er drei Kreise:

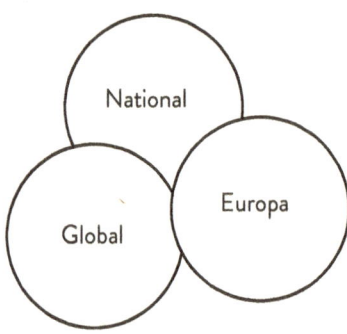

Mal ist der Kreis von Europa größer, mal ist er kleiner, manchmal ist von Europa kaum noch etwas zu sehen und der nationale Kreis wieder der größte.

Als die Kapitänin in Italien wegen der Verletzung der Hafen- und Gewässersperrung eines EU-Landes verhaftet wurde und die EU nicht aufhören konnte, weiter um Posten zu schachern, wollte ich den Europaforscher sterben lassen.

Auf der Insel gibt es einen Wind, der sich Calima nennt. Er trägt den Sand der Sahara herüber, sodass man manchmal kaum noch etwas sieht. Man könnte auch am afrikanischen Sand ersticken, überlege ich. Vor allem, wenn man aus seinem Ferienhaus an Afrika vorbei nur nach Europa schaut.

5.

Das Europa der Intellektuellen

Mai 2014

Vor dem Verwaltungsgebäude der Gemeinde Yaiza auf Lanzarote wartete ich mit zwei Afrikanern. Beide trugen weiße Hemden und saßen dort seit Stunden auf einer Bank. Wo sie denn herkämen, fragte ich.

»Senegal«, sagte der eine. Er sprach ein paar Worte Englisch, stand auf und stellte sich vor, er hieß Seydou.

»Salam alaikum«, sagte der andere, er schaute mich dabei mit müden Augen an.

Europe, erklärte Seydou, sei das einzige Wort, das sein Bruder Ibrahima auf Englisch verstehe, er spreche nur Wolof. Geflüchtet seien sie beide; erst zu Fuß und mit dem Bus durch Mauretanien und die Westsahara und von der marokkanischen Küste dann auf einem *cayuco*, einem kleinen Holzboot. »Von Afrika nach Europa sind es ungefähr hundert Kilometer!«

Bei dem Wort *Europe* sprang Ibrahima von der Bank auf und stellte sich auf eine der Stufen des Verwaltungsgebäudes.

•

Zwei Wochen später sitze ich auf der Europäischen Schriftstellerkonferenz, im Atrium der Alfred-Herrhausen-Gesellschaft. Viele Panels mit dreißig europäischen Autorinnen und Autoren, bewacht und umrahmt von Mitarbeitern der Deutschen Bank. Es geht um europäische Identitäten, europäische Differenzen, europäische Werte, europäische Visionen.

Was ist Europa?

Einmal fällt der Begriff »dezente Qualität« von einer Dänin; das »Streichquartett« wird von einem Schweden als besonders europäisch hervorgehoben; jemand spricht vom Louvre und von den Parkettfußböden in Europa; dann schwärmt ein Türke von Proust.

Ich gehe auf die Toilette. Am Pissoir unterhalten sich zwei Banker über das aktuelle Quartalsergebnis. Der eine sagt, »positive Nettomittelzuflüsse«, ohne vom Pissoir aufzuschauen; der andere nickt. (Ist eigentlich auch das Semikolon europäisch?)

Ich kehre in das imposante Deutsche-Bank-Atrium zur Schriftstellerkonferenz zurück, wo jetzt der Schwede sagt, Europa sei wie »eine Amsel«, die Amsel sei europäisch.

Hinter mir steht ein älterer Mann auf, der bestimmt schon auf der ersten großen Europäischen Schriftstellerkonferenz 1988 gewesen war. Er steht da wie ein Veteran und sagt, er finde »Amsel« zu wenig, für ihn sei Europa die »Aufklärung«, »Voltaire, Rousseau, John Locke«.

»Nein, es ist heute die Amsel«, sagt der Schwede.

»Nein, es ist immer noch die Aufklärung!«, erklärt der Veteran energisch. »John Locke!«

Das ist ja wie bei *Romeo und Julia* mit der Nachtigall und der Lerche, denke ich und laufe wieder schnell auf die Toilette. Ich denke an Ibrahima, wie er in Yaiza bei dem Wort *Europe* aufsprang und sich auf eine der Treppenstufen der Dorfverwaltung stellte. Was er und sein Bruder alles auf sich genommen haben, um Europa zu erreichen! Tausende von Kilometern zu Fuß, neun Tage auf einem seeuntüchtigen Boot. Strahlt Europa also am kräftigsten von außen? Und verliert sich diese Kraft, sobald man – wie wir – in der Festung Europa sitzt oder im Atrium der Deutschen Bank?

Am Pissoir standen wieder Männer in glänzenden Anzügen. »Fitschen!«*, sagte der eine zum anderen.

»Locke!«, entgegnete ich energisch.

Die beiden Banker sahen mich irritiert an, sogar ihr Strahl schien ins Stocken zu geraten.

---

* Jürgen Fitschen war von 2012 bis 2016 Co-Vorsitzender des Vorstands der Deutschen Bank AG.

6.

Die Spur des Unendlichen
im Antlitz des Anderen

Der polnische Reporter Ryszard Kapuściński reiste sein ganzes Leben und überall, ob in Asien oder Afrika, beschäftigte er sich mit dem Fremden, »dem Anderen«. Und irgendwann war er auf seinen Forschungsreisen nach »dem Anderen« auf sich selbst gestoßen, weil er natürlich in jedem Land selbst »der Andere« war. Schon bald sprach er von sich selbst als »mein Anderer«.

»Mein Anderer« – was für ein wundervoller Gedanke. Er bedeutet, dass ich mich nur ein paar Tausend Kilometer (oder vielleicht auch nur ein paar Häuserblocks) wegbewegen muss, um zu begreifen, dass jeder »der Andere« ist; dass man sich schon aus der Welt nehmen müsste, wenn man behaupten wollte, man würde niemals der Andere sein. Ja, welche globalisierte, moderne Welt würde man meinen, wenn man behaupten wollte, der Andere hätte hier nichts zu suchen?

»Der Baum«, so schrieb Kapuściński, »braucht Wurzeln, um zu wachsen, und zugleich muss er begreifen, dass er nicht das einzige Geschöpf im Wald ist.«

Kapuściński war ein Anhänger der Philosophie von Emmanuel Lévinas. Dem Entstehen der Massengesellschaft und der Gleichgültigkeit gegenüber dem Anderen setzte Lévinas seine Ethik der Achtung entgegen.

Der Mensch sei ein verrücktes Tier, schreibt Lévinas, er sei dennoch fähig, einem Anderen gegenüberzusitzen, ihn anzusehen und in dessen »Antlitz die unendliche Fremdheit zu betrachten«. Und dann würde ihn plötzlich die ganze Menschheit ansehen und sagen: »Du wirst keinen Mord begehen.« Die »Spur des Unendlichen« im Antlitz des Anderen mache diesen »unendlich kostbar«. Klingt ein wenig verrückt, auch etwas esoterisch, aber es funktioniert.

In Antalya gibt es einen Schlachter, direkt unter meiner Wohnung. Der Schlachter schlachtet wegen der Hitze vorwiegend nachts, quasi direkt unter meinem Bett, er zerhackt die Lämmer eineinhalb Meter unter meinem Kopf. Und wenn er mal gerade nichts zerhackt, flext der Nachbar an seinem Balkon herum.

»In eurer scheiß Türkei gibt es überhaupt keine bürgerliche, europäische Nachtruhe!«, habe ich vom Balkon runtergeschrien. Nicht gerade die Kapuściński-Schule, dachte ich, denn schließlich bin ich ja hier der Andere.

»Kes sesini, eniste!«, das heißt so viel wie »Halt's Maul, Verwandter«, antwortete der Schlachter, so werden alle Fremden genannt, die eine türkische Frau geheiratet haben. Ich wollte runterlaufen, Nazire, meine Schwiegermutter, hielt mich fest. Es sei nicht klug, mit einem türkischen Schlachter in seiner Schlachterei zu streiten.

Während er also unten weiter herumhackte, las ich eineinhalb Meter darüber den Philosophen Emmanuel Lévinas.

•

Ich träumte in dieser Nacht, ich sei in Deutschland so eine Art »Ethik- und Achtungsminister« oder »Bundesbeauftragter für die Anderen« und flöge mit dem Regierungshubschrauber über Deutschland hinweg und werfe über Bundesländern wie Sachsen und Sachsen-Anhalt Kapuściński- und Lévinas-Bücher ab. Man brauche auch etwas Bildung, telefoniere ich der etwas irritierten Bundeskanzlerin durch, die eigentlich mit ihrem Hubschrauber nach Bayreuth zu einer Richard-Wagner-Premiere wollte. Je weniger Bildung, umso anfälliger seien die Menschen für schlichte Erklärungen, mache ich der Kanzlerin deutlich.

»Mach, was du willst!«, sagt sie, und dann lande ich mit dem Hubschrauber im Ministerium für Bildung und Forschung und führe sofort eine Reform der bundesdeutschen Lehrpläne durch: Migrationskunde, Kolonialismuskunde, Kunde der US-Außenpolitik und der westlichen Verbündeten, dazu Kapuściński-Kunde, Praxis in Lévinasismus – und für Sachsen und Sachsen-Anhalt ein Pflichtauslandsjahr in Syrien.

Ich wachte auf, öffnete die Wohnungstür und ging nach unten. Dann trank ich mit meinem gestrigen Feind einen Tee und betrachtete das Antlitz des Schlachters.

7.

Pegidagesichter

»Patriotische Europäer gegen die Islamisierung des Abendlandes« (Pegida) – dieser Begriff entstand im Oktober 2014 im Zuge der Dresden-Demonstrationen gegen die deutsche und europäische Einwanderungspolitik. Seit 2015 radikalisiert sich die Bewegung und wird seit Mai 2021 durch den Verfassungsschutz in Sachsen als »erwiesen extremistische Bestrebung« eingestuft und beobachtet.

Februar 2015

In den letzten Wochen reise ich zwischen der Türkei und Spanien hin und her und lese viel über Sachsen in der Zeitung. Ein Spanier auf Lanzarote hat mich gefragt: »Qué pasa con Pegida alemán? … Pegida … Pegida?«

Er wiederholte das Wort mehrere Male und sagte, er habe zuerst gedacht, es handele sich um eine »Pérdida«, eine »Pérdida de agua«, einen Wasserschaden, eine »Pérdida de la memoria«, einen Gedächtnisschwund. Oder um eine »Pérdida de conocimiento«, eine Bewusstlosigkeit, einen Blackout.

Ich antwortete, dass ich seine spanischen Bezeichnungen für die deutsche Pegida im Grunde genommen sehr passend finde, weil man ja eigentlich schon einen Schaden haben oder bewusstlos sein muss, um Sachsen oder Deutschland für islamisiert zu halten.

»Sachsen hat null Komma zwei Prozent Muslime, hält sich aber für orientalisch«, fügte ich hinzu. »Vielleicht stimmt da wirklich irgendwas nicht mit dem Kopf?« (Pérdida de la memoria)

Der Spanier lachte. »Null Komma zwei Prozent!«, wiederholte er und zeigte auf die kanarische Promenade. »Da sind überall Deutsche, in unserem Ort leben fünfzig Prozent Deutsche!«

»Ist das schlimm?«, fragte ich. »So eine Germanisierung?«

»No, no«, antworte er und klopfte mir auf die Schulter, »du bist ja auch einer, ihr seid alle Flüchtlinge des Wetters!«

Mir fiel eine Szene ein, genau auf dieser Promenade, es ist schon etwas her. Eine Frau aus Deutschland, die in einem Restaurant am Nebentisch beim Kellner selbstverständlich auf Deutsch ihr Gericht bestellte, hatte vom Unglück ertrunkener Flüchtlinge auf Lanzarote gehört und sagte zu ihren Tischpartnern: »Selbst schuld. Wenn man nicht schwimmen kann, steigt man nicht in ein schlechtes Boot.«

An der Ostküste, nahe des Ortes Los Cocoteros, hatten einen Tag zuvor Rettungskräfte einundzwanzig Leichen aus dem Meer gezogen, darunter fünfzehn Kinder aus der Westsahara. Das Boot der Flüchtlinge, in Tanger gestartet, war zwanzig Meter vor dem Ziel gekentert.

Das Gesicht der Frau im Restaurant auf der Promenade, die das Schicksal der Flüchtlinge kommentiert hatte, ohne jede Kenntnis, warum sie in ein schlechtes Boot gestiegen waren, obwohl sie nicht schwimmen konnten – dieses Gesicht der Frau stelle ich mir nun immer vor, wenn ich über Pegida in Deutschland lese.

Ich sehe dieses Pegidagesicht immer noch vor mir, wie es

auf den eigenen Teller starrt und seine Ansichten kundtut. Vielleicht war es sogar Tage zuvor mit dem Tui-Flieger genau über diese Flüchtlinge in ihrem schlechten Boot hinweggeflogen.

Warum flüchten Menschen?, hätte ich das Pegidagesicht heute fragen wollen. Warum verlässt jemand seine Familie und läuft Tausende Kilometer durch die Wüste? Warum erträgt jemand die Sahara, die Schlepper, die Bürgerkriege, in den Ländern, die er hinter sich lassen muss, um am Ende in ein brüchiges Boot zu steigen?

8.

Über Schildkröten

März 2015

Im Februar schrieb ich aus Spanien über Pegida, weil man sich auch in Spanien über diese sächsische Bewegung ernsthafte Gedanken machte, nun wollte ich noch einen Nachtrag schreiben, aber der Chefredakteur der Zeitung erklärte mir: »Pegida ist passé, Pegida ist weg, schreiben Sie was anderes.«

»Aber die Leserinnen und Leser haben doch wochenlang nichts anderes gelesen!«, entgegnete ich, »da kann ich doch jetzt noch ein paar Aspekte nachtragen? War doch mal wichtig?«

»Dann müssen Sie die Kurve zu den islamistischen Anschlägen in Kopenhagen kriegen, obwohl es für Kopenhagen auch schon zu spät ist«, antwortete er.

»Die Kurve zu Kopenhagen will ich unbedingt vermeiden, mich interessiert einfach nur die Wahrnehmung der Menschen in Sachsen. Ist es für Sachsen wirklich schon zu spät? Ein Leser hat mir nämlich geschrieben, ich solle mal etwas über die Türckische Cammer im Dresdner Residenzschloss schreiben. In der Türckischen Cammer sammelten die Kurfürsten von Sachsen islamische Kunstwerke, stellen Sie sich das mal vor: Im Zuge der Türkenmode und des Orientalismus tätigten die Sachsen vorwiegend Einkäufe in Istanbul! Ist es denn nun wirklich zu spät für Sachsens Türckische Cammer?«

»Ja, absolut, vielleicht kommt das Thema ja noch mal, Griechenland hat ja auch ein Revival. Oder der Krieg in der Ost-Ukraine. Ich muss jetzt Schluss machen, ich schreibe aktuell über Pädophilie und Edathy von der SPD.«

Schildkröten, habe ich nachgelesen, sind zwar sehr langsame Tiere, sie besitzen aber ein viel besseres Sehvermögen als Menschen. Sie können sogar Farben besser differenzieren als Menschen, da ihre Augen verschiedene Farbrezeptoren aufweisen. Schildkröten können auch besser riechen als Menschen. (Ich schreibe stattdessen jetzt also einfach über Schildkröten.) Schildkröten haben kognitive Fähigkeiten, durch die sie mit uns Menschen locker mithalten können.

Bei uns Menschen nehmen die Fähigkeiten gegen Ende des Lebens eher ab, bei Schildkröten nehmen sie zu. Wir Menschen haben ja offenbar mangelhafte Rezeptoren und konzentrieren uns acht Wochen nur auf Pegida, danach auf Je-suis-Charlie, danach wieder auf Griechenland, den Euro oder auf Pädophilie.

Der Gleichgewichtssinn soll bei Schildkröten auch besser sein, offen gestanden wundert mich das gar nicht. Meist sind Schildkröten stumm. Wir nicht, wir sind das Gegenteil von stumm.

Schildkröten leben auch länger. Weder Naturkatastrophen, Klimawandel, Eiszeit, Pegida oder Shades of Grey konnten den Schildkröten etwas anhaben. 1927 lebte auf den Tonga-Inseln eine Schildkröte, die Kapitän James Cook 1774 dem Herrscher von Tonga geschenkt hatte. In einem australischen Zoo lebte bis vor Kurzem eine Schildkröte, die angeblich Charles Darwin 1835 von den Galapagosinseln mitgebracht hatte.

Am liebsten hätte ich noch einmal den Chefredakteur angerufen und gesagt: »Sind Sie mit Ihrem aktuellen Text zufrieden? Schildkröten bleiben übrigens stumm, sehen sich aber alles ganz genau an, denn sie besitzen differenziertere Rezeptoren. Man lebt länger mit so einer Gelassenheit. Auf jeden Fall überlebt die Schildkröte Ihren aktuellen Text. Das einzige Thema, mit dem sich die Schildkröte vielleicht in hundertfünfzig Jahren noch beschäftigen muss, ist der neue Flughafen in Berlin-Schönefeld.«

9.

»Hase, du bleibst hier«
(Deutschland als Farce)

In der Nacht zum 26. August 2018 kam es in Chemnitz zu einer Messerstecherei. Der Deutsch-Kubaner Daniel H. starb später im Krankenhaus an den Folgen der Messersti-che, die ihm zwei Asylsuchende zugefügt hatten. Daraufhin mobilisieren rechte Gruppen Proteste gegen »Ausländer-kriminalität«. Es kam zu rassistischen Ausschreitungen am Nachmittag. Danach tauchte ein Video auf, das zeigte, wie ein Migrant verfolgt wurde. Die Bundeskanzlerin verurteilte die Ausschreitungen, ihr Pressesprecher zitierte sie mit dem Wort »Hetzjagden«. Die Bildzeitung veröffentlichte ein Inter-view mit dem Präsidenten des Bundesverfassungsschutzes, Hans-Georg Maaßen. Darin widersprach er der Kanzlerin: Die Authentizität des Videos könne nicht bestätigt werden, es würde sich eventuell um eine gezielte Falschinformation handeln, um von der Tötung in Chemnitz abzulenken.

September 2018

Die Theaterleute diskutieren ja mit Vorliebe, mit welcher äs-thetischen Form der Wirklichkeit noch beizukommen sei. Das postdramatische Theater stand lange hoch im Kurs, das dokumentarische auch – aber wie um Gottes willen sollte man zum Beispiel die letzten Wochen dieser Republik erzählen?

Die Dramenform der Farce zeichnet sich ja vor allem durch die Darstellung von möglichen, aber eher unwahrscheinlichen und völlig überspitzten Szenen aus. Meist wirken die Figuren schablonenhaft und alles kreist um den Verfall der Sitten und um Lügen. Die Schauplätze wären auf jeden Fall eine Straße in Chemnitz, die Verfassungsschutzbehörde und das hohe Haus des Bundestages. Und natürlich kommen die deutsche Öffentlichkeit und sogar der Hambacher Forst vor.

Erste Szene: In Chemnitz auf der Straße passiert etwas, was die Theaterleute eigentlich nur von aufklärerischen, mahnenden Nachkriegsdramen kennen: Figuren, die die Hand zum Hitlergruß strecken und marschieren. Auf der Bühne als Kunst ist so etwas erlaubt, in Chemnitz auf der Straße aber ist es verfassungswidrig und eine Straftat.

Während also jetzt Menschen (keine Schauspieler!) mit echtem Hitlergruß durch Chemnitz laufen, sagt der Verfassungsschutzpräsident etwas später dem Bildzeitungs-Chefredakteur, dass ein ganz bestimmtes Video aus dem Internet über die Chemnitzer Ereignisse höchstwahrscheinlich unauthentisch sei. Na, wenn das der Verfassungsschutzpräsident, also der Inlandsgeheimdienstchef, sagt, dann muss es ja stimmen!

Das Video ist unterdessen von größter politischer Bedeutung. Es ist neunzehn Sekunden lang und zeigt mehrere Männer, dann kommen zwei weitere Männer mit schwarzen Haaren ins Bild. Auf einen der Schwarzhaarigen rennt von rechts ein Mann in schwarzer Hose und schwarzem Kapuzenshirt zu. Er versucht im Laufen, den Flüchtenden zu treten. Es sind Sätze zu hören: »Haut ab.« »Was ist denn, ihr Kanaken?« Eine weibliche Stimme sagt: »Hase, du bleibst hier.«

Wenn der Verfassungsschutzpräsident das Video am Wochenende prüft und analysiert und als unauthentisch entlarvt, dann müsste ja auch im Grunde genommen alles, was in Chemnitz passiert ist, unauthentisch sein! – So ist die Schlussfolgerung. Ein wahnsinniger Kurzschluss durchzuckt das Land. Ein unauthentisches Video heißt: Keine Jagdszene, demnach keine Chemnitzer Hetzjagden und vermutlich auch keine Hitlergrüße! Ein unauthentisches Video bedeute, es habe eigentlich nie etwas Verfassungswidriges in Chemnitz gegeben.

Solche Vereinfachungen sind typisch für eine Farce, denn in einem realistischen Drama würden die Mitarbeiter eines Verfassungsschutzes vermutlich erst einmal Zeugenaussagen oder Polizeiberichte prüfen: Dreißig Verfahren wegen Verwendung verfassungswidriger Kennzeichen (Hakenkreuze); dreißig Verfahren wegen Körperverletzung (ist alles aktenkundig).

Zweite Szene. Wochenende. Am Wochenende, heißt es, werde der Verfassungsschutzpräsident das Video nun also eingängig prüfen und analysieren. Sogar der Innenminister, sein Dienstherr, erwartet die Analyse des Videos, ja, der Innenminister, der zu seinem neunundsechzigsten Geburtstag, wie er betonte, neunundsechzig Afghanen abgeschoben habe, scheint sogar insgeheim zu hoffen, dass sein Verfassungsschutzpräsident das Video übers Wochenende als unauthentisch entlarvt, um den Fokus wieder auf die Messerstiche der Asylsuchenden zu lenken und damit auf die Kanzlerin, die Mutter aller Migrationsprobleme.

Statt also genuine Verfassungsschutzarbeit zu leisten, um vielleicht weitere Aufmärsche von fast zweitausendfünfhundert Hitlergruß-Menschen in Sachsen zu verhindern, sitzt der komplette Mitarbeiterstab des Verfassungsschutzpräsidenten ein ganzes Wochenende vor dem neunzehn Sekunden langen »Hase-Video«.

Derweil zeigen die Polizeikollegen in NRW ihren sächsischen Kollegen, wie man Demos auflöst. Im Hambacher Forst wird mit Hundertschaften gegen Naturschützer vorgegangen, sogar sogenannte »Höhleninterventionsteams« werden eingesetzt. Bei Umweltschützern und auch Globalisierungsgegnern kann man sich auf die Polizei verlassen, nur bei Hitlergrußdemonstrationen hält man sich in Deutschland offenbar zurück.

Dritte Szene: Als der Innenminister den Bericht des Verfassungsschutzpräsidenten bekommt, ist das Hase-Video nun plötzlich doch authentisch, aber der Verfassungsschutzpräsident erklärt, er sei vom Bild-Chefredakteur missverstanden worden, er habe nie gesagt, dass das Hase-Video nicht authentisch sei, sondern habe nur hinterfragt, ob das Video »authentisch« eine »Menschenjagd« darstelle, wenn eine Person von einer anderen Person über etwa fünf bis sieben Meter verfolgt werde.

Dass der Verfassungsschutzpräsident über die Authentizität des Hase-Videos vorab falsche oder irreführende Informationen verbreitet hat, stört aber den Innenminister nicht. Beide treten zusammen vor die Presse und der Innenminister sagt, dass der Verfassungsschutzpräsident im Amt bleibe. Und mehr Geld brauche, das Doppelte, um die Verfassung des Landes zu schützen.

Hier eignet sich die Farce besonders gut, um solch einen Auftritt darzustellen, weil sie nämlich gegenüber unmoralischen Verstößen sehr tolerant ist.

Mittlerweile diskutiert auch der Innenausschuss und das parlamentarische Kontrollgremium des Bundestags in Sondersitzungen das Hase-Video. Die Medien sowieso: Wie schnell muss man laufen, um wirklich gehetzt zu sein? Fünf bis sieben Meter? Oder mehr? Solche Fragen stellt man sich.

Typisch für eine Farce: Die Teilnehmer der Debatte stehen sich immer unversöhnlicher und stereotyper gegenüber. Hetzjagd ja oder nein? Wer ist links, wer rechts? Wer ist Gutmensch, wer Rechtspopulist? Und wenn's der Schablonenhaftigkeit nützt, stürzt man sich auf jedes Detail. Der Verfassungsschutzpräsident sagt zum Beispiel zum Tod von Daniel H. in Chemnitz statt des juristisch richtigen Begriffs »Totschlag« lieber gleich »Mord«; der Innenminister sagt im Bundeskabinett, Daniel H. sei mit »zwanzig Messerstichen abgeschlachtet« worden, tatsächlich waren es fünf. Der Tod eines Deutschen in Köthen, der nach einem Streit mit Afghanen tragischerweise an Herzversagen verstarb, wird vom Oppositionsführer der AfD als »Totschlag« bezeichnet.

Die andere Seite ist auch nicht besser: Ein Ex-SPD-Parteivorsitzender schreit im Bundestag, man müsse die AfD auf dem »Misthaufen der Geschichte entsorgen«; der Bürgermeister von Frankfurt/Oder wird von seiner Partei Die Linke verurteilt, weil er gewalttätige Flüchtlinge aus Syrien ausweisen will; der grüne Oberbürgermeister von Tübingen fotografiert Flüchtlinge beim Schwarzfahren und wird von seiner Partei verteufelt, dabei habe er nur für etwas mehr Realismus in der Migrationsdebatte werben wollen.

Realismus? Gibt es in der Farce nicht. In der Farce spricht man Knittelverse. In der Farce wird alles überspitzt, ohne fließende Übergänge, ohne ein abwägendes Dazwischen, wie zum Beispiel bei der Debatte um die Impfpflicht für Masern, die wäre auch etwas für die Farce. Impfen ist entweder Völkermord oder Segen, dazwischen gibt es nichts, die Migrationsdebatte wird eigentlich geführt wie die Impfdebatte.

Auch im Bundestag. Die Bundeskanzlerin liest in einer der nächsten Szenen Artikel 1 Absatz 1 des Grundgesetzes vor: »Die Würde des Menschen ist unantastbar. Sie zu achten und zu schützten ist Verpflichtung aller staatlichen Gewalt.« Alle klatschen, nur die Abgeordneten der AfD nicht.

Später, als herauskommt, dass der oberste Hüter der Verfassung nicht nur Unwahrheiten über das Hase-Video verbreitet hat, sondern auch noch einem AfD-Abgeordneten geheime Informationen aus einem Verfassungsschutzbericht weitergegeben hat, müsste die Kanzlerin dem Verfassungsschutzpräsidenten eigentlich Artikel 1 Absatz 1 um die Ohren hauen.

Macht sie aber nicht. Die Kanzlerin und ihre Partei halten am Verfassungsschutzpräsidenten fest. Der Innenminister hält natürlich auch am Verfassungsschutzpräsidenten fest. Die Kanzlerin am Innenminister. Beide überlegen, zusammen mit der SPD, ob der Verfassungsschutzpräsident befördert werden sollte, zum Staatssekretär im Bundesinnenministerium, mit höherer Gehaltsstufe.

Es ist Wahnsinn. So ist die Lage in Deutschland. Und die Außenpolitik? Syrien? Idlib? Giftgaseinsatz? Fluchtursachen? Fehlanzeige, kommt hier nicht vor, da gibt es keine einheitliche Haltung der Bundesregierung.

Das alles kann man nur noch kapieren, wenn man weiß, was gespielt wird. Nach Alan Ayckbourn zeigt die Komödie überspitzte Figuren in realen Situationen und die Farce reale Figuren in überspitzten Situationen.

Ich denke, *Hase, du bleibst hier* wäre wirklich ein guter Titel.

Der Verfassungsschutzpräsident sollte aufgrund massiven Drucks der Öffentlichkeit dann doch nicht Staatssekretär werden, sondern »Sonderberater für europäische und internationale Fragen«. Sechs Wochen später bat der Innenminister den Bundespräsidenten, den Verfassungsschutzpräsidenten nun doch mit sofortiger Wirkung in den einstweiligen Ruhestand zu versetzen. Hintergrund war die Abschiedsrede des Verfassungsschutzpräsidenten in Warschau vor europäischen Vertretern der Inlandsnachrichtendienste, genannt *Berner Club*. Dort verteidigte er seine Wortwahl zu den Ausschreitungen in Chemnitz erneut.

10.

Brexit beim Essen

Februar 2019

Ich habe einer Schlacht zwischen einem Iren und einer Britin beigewohnt.

Angefangen hat es mit meiner Gabel, die ich bei einem Dinner auf einer kanarischen Insel offenbar falsch gehalten habe. Meine Sitznachbarin, eine Britin, tippte auf meinen Arm und sagte, für die restlichen Teilnehmer am Tisch überaus deutlich zu verstehen: »Are you not educated?«

»Oh, he is a writer from Germany«, sagte die gegenübersitzende Deutsche.

»I know«, erwiderte die Britin, »but his fork is focused on me!«

Mittlerweile war es still am Tisch geworden und alle starrten auf meine Gabel, die ich vorsichtshalber schon fallen gelassen hatte. Um das Thema von meiner Gabel auf irgendwas anderes zu lenken, fragte ich in die Runde: »Are you for the Brexit or are you for remain? I think the public opinion in Great Britain is owerflowing to remain, isn't it?«

Jetzt wurde es noch schlimmer, dabei dachte ich, die Formulierung »owerflowing to remain« für den Stimmungswechsel in Great Britain würde als besonders educated bewertet werden und auf jeden Fall von der Gabel ablenken.

Meine Sitzpartnerin sah mich an, als hätte ich ein ganzes Königreich mit Gabeln gegen sie gerichtet. »Never ever we will stay in this fucking European Union!«

Mein Tischnachbar beugte sich seitlich über meinen Teller, um der Engländerin in die Augen zu sehen.

»Then leave Spain, right now und go back!«, sagte er scharf.

Der ganze Tisch hielt den Atem an. Die Engländerin war, was mich offen gestanden erfreute, so unter Druck geraten, dass sie errötete und sich ängstlich umschaute, immerhin war sie soeben aufgefordert worden, Spanien auf der Stelle zu verlassen.

»Why should she leave Spain?!«, erhob der Tischpartner zu ihrer rechten Seite seine Stimme, der sich als ihr Mann herausstellte und sich nun so weit vorgebeugt hatte, dass sein Kopf über dem Teller seiner Frau schwebte. Der Kopf war knallrot.

Man muss an dieser Stelle vielleicht erklären, dass auf den Kanaren sehr viele Engländer wohnen. Sie lieben Inseln, aber vor allem lieben sie gutes Wetter. Fast über fünfzig Prozent der Ausländer auf den Kanaren sind Briten, die hier ihren Lebensabend verbringen. Der Ehemann meiner Tischnachbarin, das wurde mir später erläutert, habe drei Häuser auf der Insel, besitze die spanische Staatsbürgerschaft, verachte aber die Spanier und die Regierung.

»Why should I leave Spain?!«, rief er also meinem Tischpartner zu, der daraufhin seine Gabel nahm, sie voller Wut in sein blutrotes Steak rammte und ohne Antwort die Tafel verließ.

Dann stand er leicht zitternd draußen und rauchte, ich stellte mich zu ihm. Er habe auch ein Häuschen auf der Insel, erzählte er. Er sei Offizier beim Naval Service gewesen, der irischen Marine, und pendele seit Jahren zwischen seiner geliebten Insel Irland und seiner geliebten kanarischen Insel, doch nun fürchte er, er würde für sein eigenes Haus bald ein Visum brauchen, und verkaufen könne er es auch nicht, weil der Brexit schon jetzt die Preise habe fallen lassen. Und es mache ihn wahnsinnig, wenn Engländer, die gar nicht mehr in England lebten, sogar noch für die Iren bestimmen wollen, wie und in was für einer Weltordnung sie zu leben hätten.

Die Sonne ging unter. Sie stand noch kurz brennend rot über dem Meer, dann versank sie, und mir war, als streiche sich der Ire Tränen aus den Augen. Er hat ein irisch-spanisches Herz, dachte ich. Am liebsten wäre ich wieder hinein zur Tafel gegangen und hätte die Brexit-Befürworter mit der Gabel zum Remain gezwungen.

11.

Somebody to love

Auf der Insel Lanzarote gab es in einem Kulturzentrum einen Vortrag über »Gastfreundschaft gegenüber Ausländern«, insbesondere gegenüber Engländern, die für gewöhnlich in Millionenscharen aus Birmingham, East Midlands oder Bradford über das Meer in die kanarische Wärme kamen. Wetterflüchtlinge, die überall und monatelang an den Stränden, in den Bars und Hotel-Anlagen nicht zu übersehen und zu überhören waren, oft in größeren Gruppen, meist betrunken, meist mehr oder weniger nackt, mit verbrannter weißer Haut.

Zu dem Vortrag – es war noch vor dem Brexit – kamen nur Deutsche, die auf der Insel lebten und sich wegen des englischen Dauertourismus um ihr Seelenheil sorgten, wobei es mir komisch vorkam, dass Deutsche, die im Ausland lebten, sich Vorträge darüber anhörten, wie sie mit anderen Ausländern umgehen sollten. Sie saßen gedankenvoll und bekümmert im Vortragsraum, und plötzlich wirkten die Deutschen, die ja auch nicht zu den leisesten, anmutigsten und unbetrunkensten Völkern gehören, hochsensibel.

Den Vortrag hielt lustigerweise eine Engländerin, deren deutsch-jüdischer Vater 1939 vor den Deutschen aus Prag nach London hatte fliehen müssen. Gastfreundschaft, sagte die Engländerin, die ebenfalls schon lange auf der Insel lebte, sei gar nicht hoch genug zu preisen, denn mit jedem Gast würden wir »ohne unser Wissen auch Engel beherbergen«. So heiße es in einem Brief des Apostels Johannes an die Hebräer: »Gastfrei zu sein, vergesset nicht; denn dadurch haben etliche ohne ihr Wissen Engel beherbergt.«

Ich fand, das war ein wundervoller Satz. Das Wort »gastfrei«, wie Luther hier übersetzte, war die schlichte Aufforderung, Bereitschaft zu zeigen, Gäste einzuladen und aufzunehmen, den Fremden zu lieben.

Mir fiel sofort Freddie Mercury ein, der Sänger von Queen, der tatsächlich einmal auf Lanzarote im Hard Rock Café gesessen hatte. Mercury war vielleicht kein Engel, aber er musste 1964 von der Insel Sansibar mit seinen Eltern fliehen und kam nach London, wo er dann, zum Stolz des Königreichs, eine Weltlegende wurde. (Der Barhocker, auf dem er im Hard Rock Café saß, hat mittlerweile ein Freddie-Mercury-Schild.)

Die Vortragende berichtete, dass ihr Vater zusammen mit einer Frau namens Marie Jana Korbelová, die ebenfalls aus Prag gestammt habe, nach London geflohen sei. Korbelová kehrte dann in die Tschechoslowakei zurück, musste aber 1948 nach dem Putsch der Kommunisten erneut fliehen und erhielt Asyl in den USA, wo sie dann später unter dem Namen Madeleine Albright die erste Außenministerin der Vereinigten Staaten wurde.

Damit wären wir nun bei Priti Patel angekommen, der englischen Innenministerin, deren Eltern einst aus Uganda nach England ausgewandert waren und eigentlich aus Indien stammten.

Patel hat ein Abkommen mit Ruanda geschlossen, wonach irregulär eingereiste Asylsuchende dorthin ausgeflogen werden sollen – noch bevor sie Zugang zum Asylverfahren in

England hatten. Das afrikanische Land erhält dafür Zahlungen der britischen Regierung. Dort können sie dann einen Antrag stellen – um in Ruanda Asyl zu erhalten, nicht in England. In einem Land, in dem unter Präsident Kagame Flüchtlinge unlängst versklavt wurden.

Und man stelle sich das vor: Freddie Mercury flüchtet erst quer durch die Sahara, weiter Richtung Europa, mit einem Schlauchboot über den Kanal nach England und dort warten schon Grenzbeamte, die ihn in den nächsten Flieger nach Ruanda setzen – aber wo wären dann heute die Weltsongs wie *Somebody to love*, *Bohemian Rhapsody* oder *We are the Champions?*

Irgendwie würde ich das gerne die britische Innenministerin fragen. Und ich würde ihr gerne den Satz über die Großzügigkeit, die Gastfreundschaft und die Engel sagen, den ich in dem Vortrag gehört habe. Danach könnten wir uns ja zusammen *Somebody to love* anhören.

Der erste geplante Abschiebeflug nach Ruanda mit Schutzsuchenden verschiedener Nationalitäten an Bord wurde Stunden vor dem Start durch den Europäischen Gerichtshof für Menschenrechte in Straßburg gestoppt. »Wir lassen uns nicht davon abschrecken, das Richtige zu tun und die Grenzen unserer Nation zu schützen«, sagte Innenministerin Priti Patel nach der Intervention des Europäischen Gerichtshofs. Man werde das Urteil anfechten.

Mein
anderes
Land

»*Affet, ama unutma.*«
»*Verzeih, aber vergiss nicht.*«

─────────────

– Türkisches Sprichwort –

1.

Die Autokratien
meiner Frauen

März 2017

Vor ein paar Tagen wachte ich in einem Hotel in Szombathely auf, einer kleinen westungarischen Stadt nahe der ös-
terreichischen Grenze. Am Vorabend hatte ich die Premiere
eines meiner Theaterstücke gesehen, aufgeführt von einem
Ensemble, das normalerweise am Nationaltheater in Budapest spielen müsste, doch von dort vor einigen Jahren von
der regierenden Fidesz-Partei vertrieben worden war. Der
Intendant, ein begnadeter Schauspieler, hatte sich auf der
Premierenfeier betrunken, weil es auch seine letzte Premiere
in Szombathely gewesen sein sollte, bald werde ihm der Bürgermeister, der nun auch der Fidesz-Partei angehöre, kündi-
gen. Sein Ensemble dürfe im nationalistischen Ungarn nicht
mehr spielen.

Ich saß danach im Parkhotel in Szombathely, in dem ich der
einzige Gast zu sein schien, und rief meine frühere ungarische
Freundin in Budapest an, traurig über die Heimatlosigkeit der
Theaterleute.

»Deine Beziehungen enden immer in der Autokratie«,
sagte sie.

Als wir uns trennten, änderte der ungarische Ministerpräsident Victor Orbán mit seiner Fidesz-Partei die Verfassung,
schränkte die Kompetenzen des Verfassungsgerichts ein, der

Medien, der Kultur, und erörterte die Wiedereinführung der Todesstrafe.

Als ich mich später in eine Türkin verliebte und wir in ihr Land fuhren, wähnte ich mich bei einem NATO-Verbündeten. In einer mal mehr, mal weniger aufstrebenden, wirtschaftsliberalen Gesellschaft, deren jüngere Generation in den Metropolen Istanbul, Ankara oder Izmir eindeutig nach Europa blickte. Als wir dann heirateten, schlug die türkische Polizei einen Sommer lang auf Studenten ein, es gab Tote. Kurze Zeit später hatte sich die Türkei in ein Land verwandelt, in dem Journalisten, Akademiker, Künstler, Schauspieler, Anwälte und sogar Oppositionspolitiker verhaftet wurden.

Ich stand in Szombathely im Badezimmer, schaute in den Spiegel und dachte: Wenn du dich jemals trennen und wieder heiraten solltest, was natürlich Allah verhüten möge, dann aber eine Schweizerin oder eine Schwedin oder vielleicht ausnahmsweise mal eine deutsche Staatsbürgerin. Meine Frau hat es mit mir, wie ich finde, gut getroffen, ihr Ex war Amerikaner, sie kann froh sein, sie hätte jetzt Trump und Erdoğan zusammen!

Natürlich frage ich mich manchmal, ob ich die Entwicklung der Türkei oder Ungarns im Temperament meiner Freundinnen hätte vorfühlen können. Die Antwort ist eindeutig, nein. Bei der Ungarin war nichts zu spüren, sie mochte nicht mal böhmische Knödel. Als eine ungarische Kamerafrau einem Flüchtling mit Kind auf dem Arm ein Bein stellte und diese Bilder um die Welt gingen, rief sie mich an und weinte. Sie bat mich, allen zu sagen, dass die Ungarn nicht so seien.

Meine türkische Frau kann bis heute nicht verstehen, woher all die Türken kommen, die diese unfreie Türkei wollen.

Sie kennt nicht einen einzigen Türken, der so etwas will, was ja für eine Spaltung der Gesellschaft spricht, in der es nichts mehr dazwischen gibt. Als ich sie fragte, was wir denn als deutsch-türkisches Paar beiden Regierungen raten würden, um ihr Verhältnis zu verbessern, sagte sie mit Blick auf den türkischen Präsidenten: »Wenn die Deutschen zürnen, sind sie in seiner Gewalt. Die türkische Wut ist immer größer.«

Ich hatte einmal eine kurze Affäre mit einer Chinesin und möchte der deutschen Außenpolitik noch ein chinesisches Sprichwort für den Umgang mit der Türkei auf den Weg geben.

»Das schnellste Pferd kann ein im Zorn gesprochenes Wort nicht einholen.«

Vielleicht kommt das auch anderen Paaren bekannt vor.

2.

Diese türkische Nacht

Am 15. Juli 2016 putschten Teile des türkischen Militärs mit dem Ziel, die Regierung zu stürzen. Mehr als zweihundertfünfzig Menschen starben, mindestens zweitausend wurden verletzt. Kampfflugzeuge bombardierten das Parlamentsgebäude in Ankara und rasten im Tiefflug über Istanbul. Vom Präsidenten zum Widerstand aufgerufen, stellten sich seine Anhänger und Islamisten den Soldaten auf der Bosporus-Brücke entgegen.

15. Juli 2016, später Abend

Das Gespräch kreist wieder um den IS und ob es klug sei, sich einen Tag nach dem Anschlag in Nizza mitten in die Altstadt von Antalya zu setzen und Bier zu trinken.

Ob der Amoklauf in Nizza die Tat eines Islamisten gewesen war, sei völlig unklar, sagt Eylem.

Ein alter Schulkamerad fragt, ob man vor lauter IS-Gerede die PKK vergessen habe, er denke nicht an den IS, wenn er in der Altstadt feiern ginge, sondern an die PKK.

Eylems Schwester reißt ihr Handy hoch: »Askeri Darbe – Militärputsch!«

Sekunden später sind alle an ihren Smartphones, die ganze Altstadt telefoniert.

Die Eltern der Schwestern rufen an, sie sollen sofort nach Hause kommen.

»ASKERI DARBE«, schreit der Vater durchs Telefon. Er hat den letzten Militärputsch erlebt, 1980, im Geburtsjahr seiner ältesten Tochter. Er wurde als Oppositioneller verhaftet, Eylem bekam ihren Namen, er bedeutet: Widerstand, Aktion.

Im Lokal wird die Übernahme des Staatssenders *TRT* übertragen. Eine blonde Moderatorin liest, offenbar wird sie dazu gezwungen, von einem Papier ab: Das Militär habe weite Teile des Landes unter Kontrolle, ein »Rat für den Frieden« die Macht übernommen, um die Rechtsstaatlichkeit und die laizistische Ordnung wiederherzustellen.

Eylems Schwester will in der Stadt bleiben, bestellt mehr Bier.

Aktan, ihr Mann, hält ihr sein Smartphone unter die Nase, auf dem zu sehen ist, wie Bomben auf ein Gebäude fallen.

»Was ist das?«, fragt die Schwester.

»Das Parlament«, sagt er. »Es steht fünfhundert Meter neben unserer Wohnung in Ankara.«

Die Eltern rufen wieder an. »ASKERI DARBE«, schreit nun die Mutter, man habe eine Ausgangssperre verhängt.

Die Mutter schildert Szenen der Machtübernahme von 1980, als General Kenan Evren das Kriegsrecht über das Land verhängte, Hunderttausende Festnahmen folgten, Folterungen und Todesstrafen.

Ich bestelle heimlich die Rechnung und versuche, die anderen zum Aufbruch zu überreden.

Smartphones mit Bildern von Präsident Erdoğan werden herumgezeigt, der, angeblich selbst nur mit einem Smartphone bewaffnet, aus seinem Urlaubsdomizil in Marmaris Radiosender anruft und seinen Erzfeind, den in den USA lebenden Prediger Fethullah Gülen, für den Putsch verantwortlich macht. Gülen habe aus dem Bundesstaat Pennsylvania den Putsch gelenkt. Die Menschen sollen nun, so Erdoğan, auf die Straßen ziehen, um für die Demokratie zu demonstrieren. Solle doch das Militär, so Erdoğan, mit seinen Panzern und Flugzeugen machen, was es wolle.

»Wenn jetzt Erdoğans Anhänger für die Demokratie auf die Straße ziehen, sollten wir schleunigst verschwinden«, sage ich. »Außerdem ist Ausgangssperre.«

Komischerweise habe ich an diesem Tag einen Text über den Bauernaufstand nach der Reformation gelesen, weil ich ein Stück über Luther, über Religion schreibe, und nun sehe ich schon vor mir, wie die Anhänger des Präsidenten mit Messern und Macheten bewaffnet durch die Straßen ziehen und auf Panzer und Soldaten zulaufen.

Die Schwestern verfolgen wie versteinert das Video mit der Bombardierung des Parlaments durch die Kampfjets; die Schießereien auf der Bosporusbrücke in Istanbul. Offenbar werfen die Anhänger des Präsidenten Soldaten von der Brücke.

Ich schaue in das Gesicht der blonden Moderatorin im geputschten *TRT*-Staatssender. Sie sieht verstört aus, Schweiß rinnt ihr über die Stirn.

Wir laufen durch die Altstadt. Alle rennen durcheinander und schreien in ihre Telefone.

Die Schwestern sind angetrunken und telefonieren wieder mit den Eltern.

Ich kläre ein Schweizer Touristen-Paar auf, das verängstigt vor einem geschlossenen Teppichladen steht.

»Eine Bombe?«, fragt die junge Frau.

»Militärputsch!«, sage ich, laufe weiter und denke, dass das ausgerechnet Schweizern nicht wirklich weiterhilft.

Im Autoradio höre ich Ministerpräsident Binali Yıldırım. Er sagt, man solle sich durch die Bilder auf dem Sender *TRT* nicht täuschen lassen, die Regierung habe die Situation bald unter Kontrolle, die Putschisten werden den »höchsten Preis« zahlen müssen.

Ein türkischer Freund aus Berlin ruft an und sagt, dass ein türkischer Präsident, der Radiosender abtelefoniert, nicht wirklich so wirke, als habe er die Lage im Griff.

Auf den Straßen stehen die Menschen vor Geldautomaten. Riesige Schlangen auch an den Tankstellen, den Kiosken. So etwas habe ich zuletzt nach den Anschlägen von 9/11 erlebt, als ich in Los Angeles war und man ahnte, die Welt sei von nun an eine andere.

Zu Hause bei den Eltern schaue ich nach meinem kleinen Sohn, der unter dem offenen Fenster schläft.

Der Muezzin der Moschee gleich nebenan beginnt mitten in der Nacht zum Widerstand aufzurufen und die Menschen auf die Straßen zu treiben.

Ich weiß nicht, ob ich das Fenster schließen soll, im Zimmer sind es neunundzwanzig Grad. Ich entscheide mich dafür. Mein Sohn, denke ich, soll nicht diesen Muezzin hören.

Die Eltern sitzen wie erstarrt vor dem Fernseher. Ihre Angst von damals ist jetzt so alt wie ihre älteste Tochter.

Aktan hat Nachbarn aus Ankara am Telefon, vor ihrem Balkon sei ein Hubschrauber des Militärs von Regierungseinheiten abgeschossen worden, die Kinder im Haus schreien wegen der Bomben, die fünfhundert Meter entfernt immer noch auf das Parlament und das Innenministerium fallen. Angeblich bekämpften sich, erklärt Aktan, regierungsloyale Kampfjets und von den Putschisten gelenkte Maschinen direkt über seinem Haus.

Plötzlich Bewegung auf dem Bildschirm, Wackelbilder beim Staatssender. Kameras schwanken. Die blonde Moderatorin berichtet von Schüssen im Sender und dass der Sendebetrieb wieder unter Kontrolle der Regierung sei. Ich sehe im Hintergrund eine Maskenfrau, die sie eben noch abgetupft haben muss.

Aus Istanbul und Ankara häufen sich die Bilder von fahnenschwenkenden Anhängern des Präsidenten, die Panzer besteigen, Soldaten attackieren und schreien.

Aktan zeigt ein Video, in dem ein Mann einem jungen Soldaten auf der Brücke in Istanbul im IS-Stil den Kopf abschneidet. Ich will das Video nicht sehen.

Erdoğan ist angeblich im Flugzeug, von Marmaris, wo man versucht habe, ihn mit Bomben zu töten, auf dem Weg nach Istanbul.

»Wie kann er fliegen, wenn die Luftwaffe geputscht hat?«, fragt der Vater.

Ich laufe zurück ins Zimmer meines Sohnes und öffne das Fenster, der Muezzin schreit und betet nicht mehr.

Die Schwestern werden immer nüchterner, je länger diese Nacht dauert.

Das EM-Endspiel Portugal – Frankreich habe ich in derselben Bar gesehen, in der wir am Abend Bier getrunken haben; auf demselben Fernsehgerät, auf dem ich auch die Szenen der Übernahme des Staatssenders verfolgt habe.

Unterdessen bestreitet Erdoğans Feind Fethullah Gülen eine Beteiligung am Putsch.

Unter unserem Balkon rasen immer mehr Autos mit aus dem Fenster hängenden türkischen Fahnen den Atatürk Boulevard rauf und runter, so als hätte die Türkei im Elfmeterschießen gewonnen.

Wieder der Muezzin mit seinen sieben Lautsprechern.

»Das ist Volksaufhetzung«, sagt Eylem, »der betet nicht, der verkündet den Dschihad.«

Ich renne wieder zurück in das Zimmer meines Sohnes, um das Fenster zu schließen.

Früher Morgen.

Der Präsident, der beim Versuch, Mehrheiten für seine präsidiale Verfassung zu finden, in den letzten Wochen immer wieder gescheitert ist, steht nun vor der VIP-Zone des Atatürk-Flughafens in Istanbul, der noch Wochen zuvor Anschlagsziel des IS gewesen ist. Er spricht zum Volk, das sich zu Tausenden eingefunden hat.

Hier die Armee, hier der Kommandeur. Sag es und wir töten, sag es und wir sterben. Allahu akbar – Gott ist groß.

Im Fernsehen laufen zum Frühstück Bilder, wie die einzelnen Militärs abgeführt, Soldaten gelyncht und von der Brücke geworfen und Journalisten attackiert werden.

2839 Armee-Angehörige seien in dieser einzigen Nacht verhaftet worden. Insgesamt habe es Hunderte von Toten gegeben.

Der Präsident nennt den Putsch »ein Geschenk Gottes«.

Der Präsident ging gestärkt aus dem Putschversuch hervor. Bereits eine Woche später waren im Zuge der Säuberungen über 45.000 Militärs, Polizisten, Richter, Gouverneure und Beamte verhaftet oder suspendiert worden, darunter 2700 Richter, 15.000 Lehrer und alle Universitätsdekane des Landes. Im August 2016 begann die Türkei mit der Entlassung von Gefängnisinsassen, um mehr Platz für die Gefangenen zu schaffen, die wegen ihrer angeblichen Teilnahme am Putschversuch inhaftiert wurden.

3.

Mein Leben im Gegenputsch

August 2016

In der türkischen Putschnacht stand ich in Antalya vor einem Geldautomaten. Auf dem Atatürk Boulevard waren die Schlangen noch länger, das hatte ich schon gesehen, als ich aus der Innenstadt geflüchtet war, wo bereits gegen Mitternacht das vom Präsidenten aufgerufene Volk die Straßen wie ein Schwarm zu besetzen begann.

In der Schlange standen nur alte Türken. Einer war im Nachtgewand auf die Straße gelaufen, mit Hausschuhen. »Wenn morgen das Militär regiert«, sagte er, »dann gibt es kein Brot und die Gefängnisse sind voll.«

Während ich wartete, starrte ich auf seine Hausschuhe, die aussahen, als hätte er damit schon alle Putsche der Türkei durchgestanden.

Am nächsten Tag wollte ich an meinem Stück über Martin Luther weiterschreiben, ein Stück über Glaubenskämpfe, Glaubenskriege, über Starrsinn, ja, eigentlich über die Anfänge des Fundamentalismus.

Ich hatte mir ein kleines Hotel in der Altstadt gemietet, keine zweihundert Meter entfernt, wo die fanatisierten Anhänger des Präsidenten »für die Demokratie« demonstrierten.

Die Muezzins riefen nun stündlich über ihre dröhnenden Lautsprecher dazu auf, die Straßen zu besetzen, während Polizeihubschrauber im Tiefflug über der Stadt kreisten. Ich schrieb eine Lutherszene, in der sich die Reformatoren gegenseitig bis aufs Blut bekämpfen, weil sie sich nicht einigen können, ob im Abendmahl der Sohn Gottes leibhaftig anwesend ist oder nur geistig, angefeuert wurde ich bei dieser Szene von den Allahu-akbar-Rufen der Straße.

Zwei Tage später wurde ich auch aus dem Schreibhotel weggeputscht. Die Schwester meiner Frau musste zurück nach Ankara, wo sie in einer Universität arbeitete, in der nun jeder auf Verbindungen zu Fethullah Gülen überprüft wurde; außerdem war der Kindergarten ihres Sohnes bei den Bombardements des Parlaments beschädigt worden.

Auf ein Parlament konnte man in der Türkei in Zukunft vermutlich verzichten, nicht aber auf den Kindergarten, also musste die Schwiegermutter zum Aufpassen mit nach Ankara. Und wer musste die führerscheinlose Schwiegermutter mit Kind und Kegel in die türkische Hauptstadt fahren? Statt Luther also acht Stunden mit dem Auto durch die Türkei.

Ich hasste mittlerweile den Putsch, aber auch den Gegenputsch, denn dass meine Schwägerin definitiv KEINE Verbindungen zu Fethullah Gülen hatte, das hätte ich dem Präsidenten am liebsten persönlich mitgeteilt.

Während der Autofahrt dachte ich oft an die alten Hausschuhe des Putschveteranen. Was er jetzt wohl denken mochte? Der Putsch vereitelt, die Gefängnisse trotzdem voll, mit Richtern, Journalisten, Lehrern, Künstlern, quasi über Nacht waren ganze Teile der Justiz, der Universitäten und Theater ausgetauscht worden.

In Ankara las die Oma eine Gutenachtgeschichte des atheistischen Erzählers Aziz Nesin vor, in der ein König von den Vögeln gewählt wurde, indem sie dreimal auf ihn niederschissen. Nicht die denkenden Menschen wählten, sondern die Vögel. Da der Präsident wiedergewählt werden wollte, tat er nichts mehr für die denkenden Menschen, sondern nur für die Vögel, die immer größer unter seiner Präsidentschaft wurden, bis sie eines Wahltages wieder dreimal auf ihn so gigantisch hinunterschissen, dass der Präsident unter ihrem gigantischen Pups ums Leben kam.

Ich dachte an riesige Gül(l)en- oder Allahu-akbar-Vögel und dass es vermutlich weder diplomatische noch wirtschaftliche Sanktionen der Europäer sein werden, die den Präsidenten von seinem Weg abbringen könnten, sondern irgendwann Geschehnisse wie in dieser Gutenachtgeschichte.

4.

Stille Tage in Antalya

September 2016

Ich bin schon wieder in der Türkei. Vor der letzten Ausreise habe ich dem Auswärtigen Amt noch alle Passnummern meiner Familie und die Fluginformationen übermittelt, denn nach all den Berichten, die über die Maßnahmen nach dem Gegenputsch in der Türkei erschienen waren, habe ich gedacht, ich würde sofort von den Grenzpolizisten verhaftet und in eines dieser überfüllten Gefängnisse geworfen werden. Die Journalistin Tugba Tekerek schrieb, sie habe mit siebenundzwanzig Gefangenen in einer einzigen Zelle gesessen, darunter auch eine Schwangere, die in der Hocke schlafen musste, tagelang, ohne Wasser.

In Berlin sagte mein Sohn, der eigentlich noch gar nicht sprechen kann: »Annanenne«, jeden Tag: »Annanenne.« Damit meinte er seine türkische Großmutter. Meinem Sohn sind der Gegenputsch, der Präsident und seine Säuberungen egal, er will »Annanenne«. Diesmal bin ich einfach so mit meinem Sohn ins Land von Annanenne gereist, ohne Auswärtiges Amt, Passnummern und Fluginformationen.

Ich kann in der Türkei sowieso besser an meinem Theaterstück über Luther schreiben als in Berlin. Es ist absurd: Im Land des wütenden Autokraten finde ich meine Ruhe.

Abends gehe ich in ein Restaurant in der Altstadt von Antalya. Der Koch, den ich den besten Koch der Welt nenne, ist Alevit aus Ostanatolien, aus Bingöl, wo er von Sunniten vertrieben worden ist, die dort lange friedlich mit den laizistischen Aleviten ausgekommen sind. Als ich ihn nach seinem Namen frage, sagt er leise »Erdoğan«, er heiße so, er schämt sich fast. Nachdem man ihm in Bingöl eine sunnitische Moschee vor sein Haus gebaut hatte und er geflüchtet war, ging er nach Kemer, wo er Teppiche verkaufte, bis er beschloss zu machen, was er am besten kann.

Sein Sohn nimmt die Bestellungen auf, und da ich meist der einzige Gast bin, sprechen wir die ganze Zeit über den anderen Erdoğan. Der Sohn spricht auch leise. Das Schlimmste ist, sagt er, dass wir alle nur ganz leise sprechen.

»Aus Angst?«, frage ich ihn.

»Hörst du den Muezzin?«, fragt er.

Ich nicke, man hört schließlich kaum noch das Klimpern des Bestecks beim Essen.

Er bete nicht mehr, sagt der Erdoğan-Sohn. Seit der Putsch niedergeschlagen worden sei, verkünde der Muezzin Anweisungen, was die Menschen tun sollten und was nicht. Von Tag zu Tag immer länger, immer häufiger und immer siegesgewisser.

Frage ich den Vater, was er von den religiösen Anweisungen des Muezzins hält, spricht er so leise, dass ich ihn gar nicht mehr höre, so als würde man ihm, sobald er einen Laut machte, wieder eine Moschee direkt vor seine Kochplatte bauen.

Gehe ich in Cafés und befrage die türkischen Freunde zu den Verhaftungswellen, beginnen sie zu flüstern. Und selbst

wenn ich Annanenne frage, dann senkt diese sonst so lebens-
mutige Frau ihr Haupt und flüstert. Die Türkei ist mittlerweile
ein Land, in dem die einen flüstern und die anderen aus dröhnenden Lautsprechern schreien.

Gespenstisch war der Nationalfeiertag am 30. August. Man
gedenkt der türkischen Nationalbewegung und des Unabhän-
gigkeitskrieges unter Mustafa Kemal Atatürk gegen die fremde
Besatzung. Ein kriegerischer, eigentlich kein wirklich schöner
Tag der Erinnerung, immerhin aber ein Tag der Kemalisten,
die der Türkei die Trennung von Staat und Religion brachten.

Die neuen »Demokraten« des Präsidenten verweigerten
diesen laizistischen Tag, man sah sie nicht. Und hörte auch
nicht den Muezzin. Die Türkei war an diesem Tag das leiseste
Land der Welt.

5.

Das andere Land
meines Sohnes

Am 16. April 2017 wurde das Verfassungsreferendum von den türkischen Wählern angenommen. Es bündelte die Exekutivbefugnisse in der Hand des Präsidenten, sodass sein Einfluss auf die Justiz wuchs, er fortan durchregieren konnte, ohne das Parlament befragen zu müssen. Auch das Amt des bisherigen Ministerpräsidenten entfiel.

April 2017

Seit Wochen habe ich Albträume. Keine Ungeheuer, keine Kannibalen, auch kein freier Fall in die Tiefe, sondern eine Passkontrolle in der Türkei mit anschließender Verhaftung meines zweijährigen Sohnes, der danach in Isolationshaft verwahrt und vom türkischen Staatspräsidenten, noch vor Anklage des Gerichts, als Putschist, als Fethullah-Gülen-Anhänger, als PKK-Mitglied oder als kurdischer Spion vorverurteilt wird.

Mein Sohn hat einen deutschen und einen türkischen Pass. Mein Sohn lebt in Deutschland, hat einen Schriftsteller als Vater, schon allein das ist ja manchen Regierungen verdächtig. Mein Sohn hat Großeltern in Antalya und einen Cousin in Ankara. Und seine regierungskritische Mutter will unbedingt am 16. April, am Tag des Referendums, in die Türkei reisen, der Cousin feiert seinen fünften Geburtstag, und gegen die Zusammenführung türkischer Familien ist kein Kraut gewachsen, nicht mal dieses Verfassungsreferendum kann sie davon abhalten.

Als der Cousin meines Sohnes ein Jahr alt wurde, war die Türkei im Aufbruch. Junge Türken protestierten im Gezi-Park in Istanbul, erst für den Erhalt von Bäumen, die der Ministerpräsident einem Einkaufszentrum opfern wollte, dann gegen dessen autoritäre Regierung, wochenlang, Hunderttausende, es war ein türkischer Frühling.

Am zweiten Geburtstag waren wir wieder in der Türkei. Der Gezi-Protest war längst niedergeschlagen, der Ministerpräsident und einige seiner Minister in Korruptionsskandale verwickelt. Angeblich musste der Sohn des Ministerpräsidenten Millionen Dollar in Schuhkartons aus seiner Wohnung tragen.

Ein Jahr später feierten wir etwas verspätet in Antalya. Der Krieg gegen die Kurden hatte wieder begonnen, nachdem der Regierungschef, der mittlerweile Präsident geworden war, die Mehrheit für seine AKP-Partei bei den Parlamentswahlen an die prokurdische HDP verloren und Neuwahlen ausgerufen hatte. Vom Strand aus sahen wir manchmal Militärflugzeuge Richtung Osten fliegen.

Der vierte Geburtstag war der friedlichste, nur drei Monate vor dem Putsch, der alles noch viel schlimmer werden ließ. Und zum fünften Geburtstag reist mein Sohn nun in eine Türkei, die am nächsten Tag eine andere Verfassung haben könnte. Nicht mehr die eines demokratischen, laizistischen Rechtsstaats, die ja immerhin noch auf dem Papier existiert, sondern eine mit präsidialem Regierungssystem, das die Abschaffung des Ministerrats und die Überführung der Befugnisse auf den Präsidenten vorsieht. Auch die Aufgaben der Exekutive sollen auf den Präsidenten übergehen. Zwölf der fünfzehn Verfassungsrichter würde er bestimmen.

Er hätte mehr Macht als der amerikanische und französische Präsident zusammen. Und ein Amtsenthebungsverfahren würde es nicht mehr geben können. Er könnte so lange Präsident sein, wie er will.

Warum sollte so einer nicht auch einen Zweijährigen mit deutsch-türkischem Pass festnehmen? Hat Donald Trump nicht kürzlich einen Fünfjährigen festgenommen? In der irrsinnigen Logik dieses türkischen Präsidenten und in der Logik meiner Albträume ergibt das alles Sinn.

Ich stehe vor dem türkischen Generalkonsulat in Berlin, den türkischen Pass meines Sohnes in der Hand. Eine einfache Plastikkarte, etwa so groß wie eine Spielkarte. Wenn ich sie abgebe, sage ich mir, hören die Träume auf. Ich stehe vor der Sicherheitskontrolle, und mir gehen die Bilder der Geburt meines Sohnes durch den Kopf. In Antalya, an einem sonnigen, warmen Tag im November. Ich war vorher noch schwimmen, dann fuhr ich mit meiner Frau ins Krankenhaus durch diesen verrückten Verkehr, den ich so mag, weil er so improvisiert dahinfließt, wir hörten ausgerechnet Brahms.

Die Schwiegermutter saß hinten, ihr Mann kam direkt von der Farm ins Krankenhaus, wo er am Morgen noch Auberginen geerntet hatte. Eine riesige Farm mit Avocados, Nüssen, Zitronen, die mein Sohn irgendwann einmal erben soll. Nach der Geburt kam die ganze Verwandtschaft angereist, aus Ankara, Istanbul, Izmir. Es gab traditionell Lohusa Şerbeti, ein süßliches Getränk aus rotem Zucker. Umarmungen, Küsse, Reden, viele Rakis. Ich hatte eine neue Familie, und es war der schönste, aufregendste Tag in meinem Leben.

Ich stehe immer noch vor der Sicherheitskontrolle. Wie kann ich da jetzt hineingehen? Wie kann ich das geliebte Land meiner Frau und meines Sohnes einfach so im Konsulat abgeben? Ich höre die Stimmen der Großeltern meines Sohnes: Unser Land ist ihm doch nicht gut genug, er hat uns vom geliebten Enkel getrennt! Er hält unser Land für nicht lebenswert, er hat uns aufgegeben, er hat sein Herz mit im Konsulat abgegeben.

Außerdem gibt es doch diese eine grundsätzliche Gemeinsamkeit, Übereinstimmung zwischen der türkischen Großmutter, dem Präsidenten und mir: Wir alle lieben die Türkei! Ja, und wir alle sind gegen die PKK (ja, man kann die Kurden in ihrem Existenzrecht unterstützen und dennoch gegen die Gewalt der PKK sein!). Wo also soll das Problem sein?! Und wie könnte mein kleiner Sohn so etwas wie ein Anhänger des Predigers Fethullah Gülen sein, wenn ich, der Vater, jedes Mal nachschauen muss, ob man Fethullah oder Gülen mit einem oder Doppel-L schreibt??

Ich drehe vor der Sicherheitskontrolle um, ich gehe. Er soll das mit dem Pass selbst entscheiden, wenn er groß ist. Im Auto zur Kita stelle ich mir vor, dass ich jetzt den deutschen Außenminister über alle Details der Einreise meines Sohnes informieren muss, vielleicht kann er dann auch einen konsularischen Zugang zu meinem Sohn erwirken.

Als ich meinen Sohn in der Kita spielen sehe, habe ich ein schlechtes Gewissen. Ich denke, dass ich ihm aus meinen irrationalen Ängsten heraus fast ein Stück Identität weggenommen hätte. Er bekommt auf dem Rückweg ein Eis. Zu Hause hält meine Frau einen Brief in der Hand. »Woher wissen die, wo ich wohne?«, fragt sie mit irritierter Stimme, es war schon der zweite Brief der Regierungspartei AKP mit der Empfehlung, beim Referendum mit »Evet«, mit »Ja«, zu stimmen.

In einem türkischen Lebensmittelgeschäft in Berlin hatte ich meine Frau zwei Tage vorher in einer kleinen Diskussion erlebt.

»Wisst ihr denn, was das für eine Wahl ist?«, hatte sie zwei Türken gefragt, die sich gegenseitig versichert hatten, »Tayyip Erdoğan zu wählen«. »Ihr müsst nicht Erdoğan wählen, er ist schon gewählt«, sagte sie. »Ihr sollt darüber abstimmen, ob ihr eine Verfassung haben wollt, die es eurem Präsidenten erlaubt, fast alles ohne Parlament zu entscheiden.« Der eine trat direkt vor sie und sagte, sie solle sofort leise sprechen. »Wieso?«, fragte sie. Wenn sie so spreche, müsse sie leise sprechen, sagte er. Sie wisse doch, was mit Leuten passiere, die so sprechen würden wie sie.

Ich war von diesem kleinen Dialog in Charlottenburg so befremdet, dass ich kaum noch die Einkaufstüten halten konnte.

Am Abend sitzt meine Frau wieder vor ihrem Facebook-Account. Es scheint fast wie eine Sucht, sich die Bilder von Festnahmen und gebrüllten Reden aus der Heimat anzusehen. Ich kann die Nachrichtenstimmen von Claus Kleber oder Caren Miosga aus meinem Fernseher gar nicht mehr hören, sie werden übertönt von der Stimme Erdoğans, seinen kurzen, kräftigen Sätzen, die durch die Wohnung dröhnen. Dazwischen immer wieder Schreie von Menschen, die gewaltsam von Polizisten abgeführt werden.

Ja, ich habe auch alle Nazivergleiche auf Türkisch gehört.

Meine Wohnung, in der ich vor der Heirat allein gewohnt habe, ist zum Schlachtfeld des Präsidenten geworden. Manchmal denke ich, er würde aus dem iPad meiner Frau mich oder meinen Fernseher anbrüllen, in dem die Nachrichtenstimmen verstummen und sich deutsche Politiker vor dem nächsten Angriff und hinter dem traurigen Flüchtlingsabkommen mit der Türkei verschanzen.

Am nächsten Tag bringe ich meinen Sohn in die Kita und fahre wieder ins Konsulat. Diesmal muss ich es schaffen. Die Türkei hat zu viel Macht über mich bekommen, diesmal gebe ich den Pass meines Sohnes ab, er reist nur noch mit deutschem Pass in die Türkei!

Ich habe die Sicherheitskontrollen passiert, eine Wartenummer gezogen. Im Konsulat sitzen Wahlhelfer an Tischen, die den in Berlin lebenden Türken bei der Stimmabgabe für das Referendum zur Seite stehen, die Stimmzettel werden dann nach Ankara zur Auszählung geflogen. Die Stimmzettel sind zweifarbig. Weiß und braun. Auf der weißen Seite steht *Evet* (Ja), auf der braunen *Hayır* (Nein). Ein Wahlhelfer der rechtsextrem-nationalistischen MHP mit Wolfsringen an den Fingern erklärt einer Frau den Wahlvorgang. Sie müsse auf dem Stimmzettel zum Beispiel das weiße Feld mit *Evet* abstempeln, dann den Zettel in den grünen Umschlag stecken, und fertig.

Ein Wahlhelfer der sozialdemokratisch-kemalistischen CHP fragt, warum er der Frau die Stimmabgabe denn mit dem weißen Feld erkläre, theoretisch ginge es doch auch andersherum? Er habe ja »zum Beispiel!« gesagt, erhebt der MHP-Wahlhelfer seine Stimme.

Sofort wird dieser feindliche Tonfall angeschlagen, wie aus dem iPad meiner Frau. Auch sie hat hier vor ein paar Tagen ihre Stimme abgegeben und bemerkt, dass man auf dem braunen Feld des Stimmzettels den Stempel mit der Aufschrift *Tercih* (Meine Meinung) irgendwie nicht so gut sieht. »Da geht's ja schon los«, sagte ich. »Den Stempel auf der braunen

221

Seite mit dem Nein wird man in Ankara schlecht erkennen, vermutlich fällt dann auch noch zufällig das Licht aus, und plötzlich sind alle diese Stimmen ungültig.«

Nein, nein, denke ich jetzt, das Land ist unberechenbar, der Pass muss weg, es ist besser. Und es ist auch ganz bestimmt besser, am Tag des Referendums als Nur-Deutscher einzureisen!

Ich bin schon fast im Sprechzimmer, als ich mich frage, ob man bei der Passkontrolle in der Türkei nicht im Computer sehen wird, dass der türkische Pass meines Sohnes gerade erst vor Tagen abgegeben worden ist. Das wird doch alles übermittelt? Und dann? Was sollen dann die türkischen Grenzpolizisten denken? Da ist also jemand, der nicht mehr Türke sein will? Aber er will dennoch in die Türkei einreisen? Mit einer Mutter, die ja wohl entschieden hat, den türkischen Pass ihres Sohnes abzugeben? Und die trotzdem noch schnell in die Türkei einreisen will, um mit »Nein« zu stimmen, obwohl ihr zweimal ein ganz klarer Aufruf der Regierung nach Charlottenburg geschickt worden ist?

In meinen Albträumen blinkt plötzlich ein rotes Licht auf. Vermutlich wird der Präsident persönlich aus dem Computer des Grenzpolizisten schreien, sobald die Pässe meiner Familie eingelesen sind. Die rote Leuchte steht auf jeden Fall für Festnahme.

Ich drücke einer Frau mit drei schreienden Kindern meine Wartenummer in die Hand und gehe, den türkischen Pass meines Sohnes halte ich fest in der Hand.

Ich sehe ihn noch acht Tage, bevor er abreist. Ich hole ihn jeden Tag von der Kita ab, und er bekommt jeden Tag ein Eis. Der Außenminister ist über alles informiert.

6.

Wenn ich in Deutschland bin,
sehne ich mich nach der Türkei

September 2018

Ich habe mit der Türkei nur zwei Probleme: eines mit der Regierung, das andere mit den Zebrastreifen. In der Türkei würde ich jedem raten, nur dann über einen Zebrastreifen zu gehen, wenn weit und breit kein Auto zu sehen ist. Die Türken würden nicht einmal für die Beatles anhalten, so wie die Engländer vor jenem Zebrastreifen in der Abbey Road gehalten haben, den Ringo Starr & Co 1969 überquert haben. Nur in Antalya kommt es manchmal vor, dass völlig überraschend per Vollbremsung angehalten wird, weil hier Touristen ohne Vorwarnung auf die Straße laufen.

Meist sind es die Deutschen, die so tun, als wäre es das Normalste der Welt, in der Türkei über einen Zebrastreifen zu gehen. Sie laufen ohne Blickkontakt einfach los, meist provozierend langsam. Für Türken ist die deutsche Langsamkeit ein kultureller Schock. Die Deutschen gehen quasi in Zeitlupe über den Streifen, so als existierte die restliche Welt gar nicht. Ich sehe häufig Türken, die in ihren Autos sitzen und die Deutschen anstarren wie Außerirdische.

Ich bin ja sehr oft in der Türkei, ich liebe das Land, ich glaube, mehr als mein eigenes (trotz Politik). Ich habe noch nie einen unfreundlichen Verkäufer, Beamten oder Kellner erlebt, gestresst ja, aber nicht unhöflich. Manchmal stört es mich, dass die Menschen einem so nahe kommen; dass sie ständig im Café um den Stuhl herumwischen, auf dem man gerade sitzt; dass einem die Verkäufer hinterherlaufen, wenn man sich die Auslagen anschaut, oder dass die Kellner mitten im Gespräch immer irgendwas hin und her räumen. Ich sehne mich dann komischerweise nach Distanz, nach Zurückgenommenheit, vielleicht sogar nach Bürgertum, nach großen Bürgersteigen, auf jeden Fall nach Abstand.

Und wenn ich wieder in Deutschland bin, ist alles plötzlich anders, dann sehne mich wieder nach dem anderen.

Ich stehe zum Beispiel bewegungslos an Zebrastreifen, an denen mich wartende deutsche Autofahrer beschimpfen, ob ich eine Vollmeise hätte. Ich laufe durch Baumärkte auf der Suche nach einem Verkäufer, nach einer Beratung. Ich zahle bei Rossmann und werde an der Kasse belehrt, wo man den roten Korb abzustellen hat. »Der kommt da nicht hin!«, lehrte mich am ersten Tag in Deutschland eine Kassiererin. »Der kommt hierhin! Hier, nicht da!«

Dann wünsche ich mich wieder sofort zurück in die Türkei und sehne mich nach diesem regellosen Irgendwie, nach dem Durcheinander, den Eselswagen und Pferdegespannen auf der Autobahn, nach den wahnsinnigen Rechtsüberholern, nach dem blinkerlosen Leben, denn niemand blinkt in der Türkei – wie einem auch nie jemand erklären würde, wo ein roter Korb zu stehen hat.

Diese Extreme: Wenn ich in Deutschland bin, sehne ich mich nach der Türkei, und umgekehrt. In der Türkei freue ich mich tatsächlich über Angela Merkel und eine halbwegs intakte Opposition, ja, darüber kann man sich wirklich freuen. Und dass Demonstrationen in Deutschland von der Polizei begleitet werden; dass sie für Demonstranten alles absperren; dass überhaupt Menschen, die protestieren, freie Straßen bekommen und sogar (meistens) bewacht werden!

In der Türkei werden Pazifisten eingesperrt, bei uns dürfen sogar Nazis demonstrieren gehen und die schlimmsten Pedanten in Drogeriemärkten arbeiten.

7.

Frau Mahlzahn
wohnt in der Türkei

Juni 2019

Ich bin mit meinem Sohn am Präsidentschaftspalast in Ankara vorbeigefahren. »Das Schloss von Mandala!«, rief er begeistert, ihn erinnerten die schwebenden Dächer des osmanischen Prunkbaus an das Schloss des chinesischen Kaisers von Mandala, das kommt in *Jim Knopf und Lukas der Lokomotivführer* vor, auch in der neuen Verfilmung vom Studio Babelsberg.

Mein Sohn kennt alles, was mit *Jim Knopf* zu tun hat: die Bücher von Michael Ende, die Augsburger Puppenkiste, sämtliche Hörbücher. Und jetzt dachte er, dass im Palast des türkischen Präsidenten der chinesische Kaiser von Mandala lebte, wir fuhren auf den Palast zu wie Lukas und Jim mit der Lokomotive Emma.

»Ich will da rein«, sagte er, »du musst Vollgas geben.«

»Das geht nicht«, sagte ich, »da sind ganz gefährliche Palastwachen drin und die bringen uns dann zum Oberbonzen Pi Pa Po, der uns von seinen Richtern wegen Beleidigung und Spionage ins Gefängnis werfen lässt und noch viel schlimmer, du kennst doch die Jim-Knopf-Geschichte.«

»Aber am Ende kommt der Kaiser, der ist nicht böse, und Pi Pa Po muss ins Gefängnis«, antwortete mein Sohn. »Ich will da jetzt rein«, er weinte sogar ein bisschen.

Ich versuchte, die Geschichte etwas zu ändern, und erklärte, dass die gefährliche Drachenstadt nun nicht mehr hinter dem Ende der Welt liegt, wie bei *Jim Knopf*, sondern direkt in dem Palast vor uns.

»Oh. Wer ist denn da drin?«, fragte er.

»Na, der Präsident«, sagte ich.

»Dann ist der Frau Mahlzahn, der Volldrache!«, folgerte mein Sohn.

Bei Frau Mahlzahn sind alle Menschenkinder mit Eisenketten gefesselt. Frau Mahlzahn steht mit stechenden Augen, dicken Warzen und Borsten an einer steinernen Schultafel und gibt als Lehrerin mit einem Bambusstock Anweisungen. Es sind fürchterliche Anweisungen, und beim Rechnen verdreht Frau Mahlzahn immer die Zahlen und alle müssen glauben, was sie sagt, sonst gibt's Prügel.

Dann kommen Jim und Lukas in die Drachenstadt, um Prinzesin Li Si zu befreien, die Tochter vom König von Mandala, die auch von Frau Mahlzahn gefangen genommen worden ist.

Frau Mahlzahn wird wahnsinnig wütend. Sie peitscht mit ihrem Schwanz alles in Trümmern und schreit so schrecklich, dass sie noch mehr Warzen und Borsten bekommt. Irgendwann ist es so schlimm, dass gar nichts mehr zu helfen scheint. Und da fährt plötzlich die Lokomotive Emma mit hellem Pfiff herein, sie kämpft mit Frau Mahlzahn und gewinnt, dann wird Frau Mahlzahn gefesselt, vor allem mit einer Kette um die Schnauze.

Vielleicht ist so etwas nun gerade vor zwei Wochen in Istanbul passiert. Der neue Istanbuler Bürgermeister Ekrem İmamoğlu hatte Frau Mahlzahn und ihren Istanbul-Kandidaten besiegt, und das auch noch mit einem Konzept, das das Gegenteil war von der bisherigen polarisierenden Drachenpolitik in der Türkei. Der Slogan für Istanbul hieß: »Radikale Liebe«, und: »Alles wird sehr gut«. Wie bei *Jim Knopf*.

Mein Sohn ist stolz, dass seine Verwandtschaft in der Türkei jetzt immer von Frau Mahlzahn spricht, wenn es um Politik geht. Es bleibt nur noch die Frage offen, was aus Frau Mahlzahn in der Türkei am Ende wird.

In der Geschichte verwandelt sie sich im Gefängnis nach einem einjährigen Schlaf in einen goldenen Drachen der Weisheit. Gold wäre bei Frau Mahlzahn in der Türkei vermutlich genug da, aber woher kommt die Weisheit? Mein Sohn sagt, wir müssen einfach nur ein Jahr warten.

Ich finde, das ist eine schöne Utopie, ich will daran glauben.

Kinder
kanzler
träume

»Dann wäre es doch besser,
wenn ein Kind Bundeskanzler wird,
bevor es erwachsen wird
und auch im Schlafwagen sitzt?«

———————

Miran Rubin Rinke

1.

Für eine infantile Radikalität

Mein fast siebenjähriger Sohn hat mich in den Ferien gefragt, warum ich ein Buch über die Bundeskanzlerin lese.

»Na ja«, habe ich geantwortet, »weil sie eine ganz, ganz lange Zeit dieses Land geführt hat und nun hört sie auf und ich bin sogar ein bisschen traurig darüber, obwohl ich nicht immer einverstanden mit ihr war.« Sie könne auch sehr lustig sein, aber meistens sei sie eher streng.

»So wie Mama!«, sagte mein Sohn. »Ich bin auch nicht immer einverstanden mit ihr, fände es aber traurig, wenn sie aufhören würde, meine Mama zu sein.«

»Ja, ein bisschen ist das so, aber du darfst deine Mutter nicht mit ihr vergleichen, die sind komplett unterschiedlich! Deine Mutter kommt aus Antalya, die Bundeskanzlerin aus der Uckermark«, sagte ich.

»Und wer ist dann die neue Bundeskanzlerin?«, fragte er.

»Das ist noch nicht raus, ob es eine neue Bundeskanzlerin gibt, eher wohl nicht«, sagte ich.

»Aber wer führt dann unser Land, wenn es keine neue Bundeskanzlerin gibt?«, wollte er jetzt wissen.

»Also, eventuell ein Bundeskanzler«, antwortete ich.

Plötzlich wurde mir klar, dass mein Sohn dachte, dass nur eine Frau das Land führen könne, das Wort »Bundeskanzler« hatte er ja noch nie gehört.

Es habe aber auch Männer gegeben, die das gemacht hätten, erklärte ich. »Als ich geboren wurde, hieß der Bundeskanzler Kiesinger, der war aber nicht beliebt. Deine Großeltern haben damals von einem Pfarrer Gänse geschenkt bekommen, die dein Großvater nach zwei Politikern benannt hat, die mit dem Bundeskanzler zusammengearbeitet hatten, Barzel und Strauß. Das waren ganz furchtbare Gänse, dein Großvater musste einen Stall bauen, damit sie niemanden beißen. Und ich dachte immer, dass im Radio und Fernsehen von unseren Gänsen gesprochen wird.«

»Dann kann ich ja auch Bundeskanzler werden?«, fragte er, er hatte bei Barzel und Strauß gar nicht richtig zugehört.

»Theoretisch ja.«

»Was muss man denn können, um Bundeskanzler zu werden?«, fragte er als Nächstes.

Ehrlich gesagt frage ich mich das in diesen Wochen auch. Ich dachte an Willy Brandt und Helmut Schmidt und warum sie als große Kanzler galten, Schmidt ja vor allem im Rückblick.

»Man muss es schaffen, dass einem die Menschen glauben«, antwortete ich. »Dass sie wissen, in welche Richtung du gehen willst. Und es ist wichtig, dass man einen Willen und eine Leidenschaft spürt. Ich habe schon sechs Bundeskanzler erlebt und acht Bundestrainer.«

Am nächsten Tag holte ich meinen Sohn vom Spielen bei Maxi ab. »Maxis Vater hat gesagt, dass man heute Bundeskanzler wird, wenn man Schlafwagen fährt oder Bücher bei anderen abschreibt. Stimmt das?«

»Nein, man sagt das gerade, weil der eine, der Bundeskanzler werden will, nicht wirklich die wichtigen Themen anspricht. Bei der Sache mit dem Klima sitzt er in einem Schlaf-wagen, die Bundeskanzlerin leider auch.«

»Ich habe das alles schon in der Kita gelernt! Ein entfernter Vorfahre von Greta hat in Schweden herausgefunden, dass die Menschen die Erde wärmer machen mit Gasen, dass es dann auch keine Eisbären mehr gibt und dass das ganz schlimme Folgen hätte. In Deutschland hat es ganz stark geregnet und in Antalya bei den anderen Großeltern brennen gerade die Wäl-der! Muss ein Bundeskanzler nicht wissen, dass es bald keine Eisbären mehr gibt?«

»Doch, aber viele Erwachsene, die ihn wählen sollen, wol-len das nicht hören, sie sitzen auch im Schlafwagen.«

»Dann wäre es doch besser, wenn ein Kind Bundeskanz-ler wird, bevor es erwachsen wird und auch im Schlafwagen sitzt?«

Ich stellte mir vor, wie die Klimapolitik in die Macht von Kinderkanzlern oder Kinderpräsidenten gelangt und wie auf den sonst so traurigen Klimagipfeln plötzlich mit einer in-fantilen Radikalität vielleicht doch noch die Eisbären gerettet werden, damit auch die Urenkel meines Sohns leben können.

2.

Für diesen einen Satz
möchte ich Angela Merkel
umarmen

Bei diesem Text über die Regierungsjahre Angela Merkels hatte ich das Gefühl, ich müsste im Nachhinein, wegen ihrer und der von der SPD mitverantworteten Russlandpolitik, alles neu erzählen, revidieren, sie sogar anklagen (wie viele das im Sommer 2022 taten) – ich ließ es aber so stehen, ich fand eine sichtbare »Zeitenwende« spannender.

September 2019

Als Angela Merkel im Januar 1991 als Ministerin für Frauen und Jugend vereidigt wurde, dachte ich, das wäre Katharina Thalbach, die tolle Schauspielerin. Dieser pagenhafte Haarschnitt, die schönen Lachfalten, die blauen Augen, das irgendwie Mädchenhafte. Die Thalbach wird von dem Weizsäcker in der Villa Hammerschmidt geehrt, zu Recht, dachte ich, aber wieso stehen da noch Hans-Dietrich Genscher, Theo Waigel, Nobert Blüm, Jürgen Möllemann, Manfred Kanther, Gerhard Stoltenberg usw., das versammelte vierte Koalitions-Kabinett der Ära Kohl?

Es ist wahrscheinlich gar nicht die Thalbach, sagte ich mir irgendwann. Aber was macht diese Angela Merkel unter all diesen Männern! Was macht eine, die vor Jahren noch eine Arbeit über den Marxismus-Leninismus schrieb mit dem Titel: »Was ist sozialistische Lebensweise?«, in dieser CDU??

Heute, 27 Jahre später, mit 18 Jahren Merkel als Parteivorsitzende der CDU und 13 Jahren als Kanzlerin, könnte man sagen: Sie übte die CDU, wenn zwar nicht in sozialistischer, aber dennoch komplett anderer Lebensweise ein. Wenn sie gewusst hätten, wie die CDU heute aussieht, hätten Männer wie Kanther, Stoltenberg oder Kohl die junge Frau wahrscheinlich gerne wieder aus der Villa Hammerschmidt getragen, auf jeden Fall raus aus dem Kabinettsbild.

Heute weiß man, es war umgekehrt, die Frau trug einige dieser Männer aus dem Bild: Kohl, Schäuble, Friedrich Merz, Edmund Stoiber, Roland Koch, manchmal sogar ganze Parteien, die FDP, die SPD, am Ende vielleicht auch ihre eigene Partei.

Am 22. November 2005, am Tag ihrer Vereidigung als Bundeskanzlerin, bekam ich eine Urkunde als Gastprofessor in Leipzig. Der Rektor der Universität erhob sich feierlich und sagte: »Vor 27 Jahren wurde Angela Merkel in diesem Raum ihr Diplom ausgehändigt. Der Titel ihrer Arbeit lautete: *Der Einfluss der räumlichen Korrelation auf die Reaktionsgeschwindigkeit bei bimolekularen Elementarreaktionen in dichten Medien*«, er konnte es auswendig. Dann sagte er noch, etwas gönnerhaft: »Und nun wird jemand aus meiner Universität Bundeskanzlerin, eine Frau!«

»Oh, ich hoffe, sie ist auch eine Frau«, entgegnete ich, das war mir wirklich nur so herausgerutscht, denn immerhin hatte sie gerade Kohl und Schäuble aus dem Weg geräumt.

Heute würde ich so etwas nicht mehr sagen. Während in manchen ach so humanistischen Kultur- und Theaterbetrieben die Intendanten auftreten, als befände man sich noch im Feudalsystem, ist Merkel wirklich ein Segen für diese schrecklich männlichen Betriebswelten. Sie durchbrach die gängigen

Muster, indem sie Männer wie Schröder, Berlusconi, Putin, Sarkozy, George W. Bush unaufgeregt und schlau in Schach hielt.

Eine Hymne, zu der man ja bei sich ankündigenden Abschieden neigt, kann ich dennoch nicht schreiben. Für was stand sie all die Jahre? Was war ihre Leidenschaft? Ja, ihre Vision? Die Abwendung der Finanz- und Eurokrise? Europa? Und was noch?

Es gibt Themen, da habe ich sie nie verstanden. Als sie 1994 Bundesumweltministerin wurde, ging es gut los. Sie befürwortete eine Ökosteuer, was aber Helmut Kohl nicht wissen durfte; sie forderte die Besteuerung von Flugbenzin, die der Kanzler verhinderte, weil er die Landtagswahl in Hessen gewinnen wollte. Sie setzte sich für ein Fahrverbot bei Sommersmog ein und wurde dafür so zusammengestaucht, dass sie in Tränen ausbrach. Aber dann, später? Als Kanzlerin kassierte sie ein bestehendes Ausstiegsgesetz aus der Atomenergie, um dann nach Fukushima den berühmten »Ausstieg aus dem Ausstieg aus dem Ausstieg« zu beschließen, deren Volten kein Mensch mehr nachvollziehen konnte. »Ein Ausstieg mit Augenmaß zu schaffen«, sagte sie, »ist die große Herausforderung im Augenblick.«

Augenmaß im Augenblick! Das konnte sie, in ihren langen, stärkeren Phasen, in den schwächeren jedoch gar nicht, wie zuletzt die unglaubliche, später zurückgenommene Beförderung des Verfassungsschutzpräsidenten Hans-Georg Maaßen zeigte, die vielleicht den Anfang vom Ende der Merkel-Ära einläutete.

Augenmaß im Augenblick, wahrscheinlich funktionierte das so ähnlich wie *Der Einfluss der räumlichen Korrelation*

auf die Reaktionsgeschwindigkeit bei bimolekularen Elementar-
reaktionen in dichten Medien. Sich immer die Position heraus-
zusuchen, die gerade im dichten Medien- und Politikbetrieb
mach- und begehbar war, auch wenn sie elementar das Gegenteil war von dem, was Merkel vorher behauptet hatte bzw. genau das war, was die anderen schon die ganze Zeit propagiert
hatten. Das war eine fast unverschämte Methode, sich einfach
über der Ladentheke der anderen das zu nehmen, was gerade
gebraucht wurde. Und sie richtete mit diesen Zugriffen ganze
Läden wie die SPD zugrunde, weil die am Ende nichts mehr
hinter der Theke hatten, weder Wirt noch Ware. Allerdings
erging es auch alten CDU-Werten mit der Merkel-Methode
nicht anders, irgendwann bedeuteten sie nichts mehr. Zum
Beispiel der Konservatismus.

Ihren Pragmatismus fand ich manchmal schwer zu ertragen. Der Flüchtlingsdeal mit der Türkei, ihren Staatsbesuch
bei Erdoğan zwei Wochen vor den Präsidentschaftswahlen
mit angekündigter Verfassungsänderung. Ihr Bekenntnis zu
George W. Bush und dessen Konfrontationskurs mit dem Irak.
Ihr Auftreten als »Klimakanzlerin«, um dann den UN-Klima-
gipfel 2014 abzusagen und doch lieber an einer Tagung des
Bundesverbands der Deutschen Industrie teilzunehmen.

Wenn es denn neben dem Pragmatismus wenigstens eine
Ahnung bei ihr gegeben hätte, wie dieses Land eigentlich aussehen sollte, welche geistige Richtung sie dem Land geben
wollte. Ja, man hatte immer das Gefühl, unter Merkel seien
Werte verhandelbar, das war zwar immerhin nicht ideologisch,
aber eben schrecklich pragmatisch.

Bis jener Spätsommer 2015 kam, ihr berühmter Satz: »Wir
schaffen das«, nur wenige Wochen vor ihrer irrsinnigen

Türkeireise – und elf Jahre nach ihrem Verdikt, dass die multikulturelle Gesellschaft gescheitert sei.

Ich hatte syrische Flüchtlinge in der Türkei kennengelernt, die dort auf der Straße lebten, und versucht, sie bei türkischen Verwandten auf einer Gemüsefarm unterzubringen. Okan wäre mit seinen Kindern gerne in Syrien geblieben, aber nun war es zu gefährlich geworden, weil die Türkei im Wahlkampf ausgerechnet jene kurdischen Stellungen bombardierte, die Okans Stadt bisher vor dem IS geschützt hatten.

Er war der Erste, der mir das Merkel-Selfie mit dem syrischen Flüchtling zeigte: Merkel mit türkisfarbener Jacke, Kopf an Kopf mit Okans Landsmann. Dann beglückwünschte und drückte er mich, so als wäre die Bundeskanzlerin auf dem Bild meine große Schwester.

Mich hat das sehr berührt. Und schon sah man Deutsche im ganzen Land, die die Ankommenden begrüßten, ihnen halfen, sich zeigten. Merkel hat damals vielleicht so etwas wie Empathie und Gemeinschaftssinn in uns wachgerufen, auch wenn ihr der Satz und die Entscheidung, die deutschen Grenzen für Flüchtlinge nicht zu schließen, später um die Ohren geflogen ist.

Und das mal ins Unreine gesprochen: Vielleicht ist jener Satz und das Selfie mit dem Syrer ihr prägendster und visionärster Moment als Kanzlerin. Dann nämlich, wenn das Jahr 2015 vielleicht wirklich den Beginn einer neuen Zeit markiert.

Noch weiß niemand so wirklich, wer »wir« in Europa sein werden, wenn irgendwann einmal alle Grenzen offen sind und wir uns ganz selbstverständlich um Syrer wie Okan kümmern. Noch spalten sich Europas alte Gesellschaften, noch zerbrechen in Deutschland Volksparteien vor lauter Angst, AfD,

Hass und Pegida. Und noch investiert die Europäische Union Milliarden in Abwehrzäune und Überwachungssysteme.

Doch Menschen werden weiter migrieren. Nicht nur, weil sie verfolgt werden, weil Kriege herrschen, weil wir selbst Kriege fördern, weil Land und Wasserversorgung zerstört werden und weil der Klimawandel immer weiter voranschreitet, sondern auch, weil diese Menschen längst durch die globale Kultur und globale Netzwerke an unsere europäische Welt angebunden sind. Und irgendwann wird uns gar nichts anderes mehr übrig bleiben, als uns an Merkels großen Satz aus dem Sommer 2015 zu erinnern.

Es ist übrigens typisch Merkel, dass sie diesen Satz eigentlich Sigmar Gabriel entwendet hat, der hatte ihn schon eine Woche vorher in einem Videobeitrag zu den bevorstehenden Aufgaben Europas gesagt.

Es gibt noch einen weiteren Satz von Angela Merkel, der wirklich von ihr ist, den muss man zitieren: »Wenn wir jetzt anfangen, uns noch entschuldigen zu müssen dafür, dass wir in Notsituationen ein freundliches Gesicht zeigen, dann ist das nicht mein Land.«

Falls ich sie jemals treffen sollte, würde ich sie für diesen Satz umarmen.

3.

Unser Milchbauer war wie er
(Nachruf auf Helmut Kohl)

Offen gestanden überraschte mich meine Trauer. Ich schrieb sofort, als der Tod von Helmut Kohl gemeldet worden war, eine SMS an einen Freund. Ich schrieb nur: »Kohl!« Er schrieb sofort zurück, seine Nachricht war noch kürzer. Und eindringlicher: »!«

Ich habe lange über dieses Ausrufezeichen nachgedacht. Der Freund und ich, wir sind beide unter Kohl herangewachsen. Fast die Hälfte unseres Lebens regierte Kohl. Mitten in der Pubertät kam er, und als ich bereits einen Beruf hatte und längst in Berlin wohnte, ging er.

Meine Eltern lebten in Niedersachsen auf dem Land, in Worpswede, in der Künstlerkolonie, die auch aus Bauern und Kühen bestand. Die Künstler wählten alle Grün und nahmen uns Kinder mit zu Vernissagen und Anti-Atomkraft-Demos. Die Bauern standen um vier Uhr auf, verließen ihre Kühe nie und wählten alle Helmut Kohl.

Einige von ihnen sahen auch aus wie Kohl. Immer, wenn ich die Milch bei Bauer Kohlmeier holen musste (er hieß wirklich so), hatte ich das Gefühl, man könnte »meier« auch streichen, denn Kohlmeier war ein Koloss wie Kohl. Ein Machtmensch, der Kinder, Hunde, Hühner und Kühe mit spärlichen Worten herumkommandierte und von dem sich sogar die Katzen etwas sagen ließen. Und der sich, wenn er geschrien hatte, auf einen Stuhl setzte und sitzen blieb.

Ich hatte immer das Gefühl, dass mir Kohlmeier die Kanne Milch mit einem herablassenden Blick überreichte, der verriet, für wessen Geistes Kind er mich hielt. Dass mit seiner Milch linke Kräfte heranwuchsen, gefiel ihm nicht.

Bei uns zu Hause, keine hundert Meter von Kohlmeier entfernt, liebte man Willy Brandt, trug die Haare wie Günter Netzer, schwärmte für den jungen Joschka Fischer oder Nina Hagen, und mein Vater schmiedete gerade den Kaiserring der Stadt Goslar für den weltberühmten und spektakulären Verhüllungskünstler Christo. Doch wenn ich bei Kohlmeiers auf den Hof kam, lief ich mitten in die geistig-moralische Wende. Wenn ich Kohlmeier gesagt hätte, dass ich am liebsten seinen ganzen Kohlmeier-Hof verhüllt hätte, wie der Künstler Christo den Deutschen Reichstag, dann hätte er mich weggejagt und mir nie wieder Milch gegeben.

Wir wuchsen mit einem Kanzler auf, der die Künstler, mit Ausnahme von Organisten, vermutlich auch ohne Milch vom Hof gejagt hätte, genauso wie die Witwe des Kanzlers dessen Sohn vor dem Bungalow in Ludwigshafen-Oggersheim verjagte, obwohl er nur von seinem Vater Abschied nehmen wollte.

Wir wuchsen mit einem Kanzler auf, der uns, die wir ganz anders sozialisiert worden waren, zu einer selbstbewussten Spießigkeit unter der beruhigenden Herrschaft des Gewöhnlichen erziehen wollte. Sechzehn Jahre lang! Mit einem Anspruch von Freiheit, Kunst und Lockerheit, die ihm vermutlich schon mit der Einführung des Privatfernsehens ausreichend erfüllt war. Über *Tutti Frutti* hätte man bestimmt auch mit Bauer Kohlmeier reden können, wenn es nicht immer so spät gesendet worden wäre.

Vielleicht war das per SMS gesendete Ausrufezeichen des Freundes das Zeichen dafür, dass diese sechzehn Jahre nun endgültig beendet waren und wir getrost Abschied nehmen konnten von der Herrschaft des Gewöhnlichen.

Oder vielleicht bedeutete es auch, dass sich mit Kohls Tod in der Wertung etwas verschieben (oder verkitschen) würde. Dass wir uns noch, retrospektiv, nach dieser beruhigenden Herrschaft des Gewöhnlichen sehnen könnten. Und ich erinnerte mich sogar, dass Bauer Kohlmeier eine kranke Kuh umarmt und ihr gesagt hatte, dass alles wieder gut werden würde.

4.

Die Spürhunde des Altkanzlers

April 2014

Als ich ungefähr zehn Jahre alt war, nahm mich mein Vater zur Verleihung des Kaiserrings nach Goslar mit. Es war das erste Mal, dass ich bei der Übergabe des ehrwürdigen Kunstpreises im historischen Kaisersaal dabei sein durfte. Den Ring, der an diesem Tag vom Oberbürgermeister an die Hand von Joseph Beuys gesteckt wurde, hatte mein Vater geschmiedet. Ich liebte diese Ringe, die jedes Jahr in seiner Goldschmiede-Werkstatt entstanden. Ein goldgefasster Aquamarin, unten war das Bildnis des Kaisers Heinrich IV. eingraviert. Schon Henry Moore bekam einen Ring von meinem Vater, ebenso Max Ernst oder Victor Vasarely.

Nach der feierlichen Übergabe gab es eine Ausstellung mit Werken von Beuys. Ich sah Exponate wie Filzstücke, Moos, Fett, Butter und Baumrinde, dazu eine kaputte Badewanne. Es roch feucht-kalt, nach Wasserrohrbruch und Schimmel. Etwas bedauernd sah ich auf die Hand von Beuys mit dem Ring meines Vaters, ich war wirklich besorgt um den schönen, blass schimmernden Aquamarin.

Viele Jahre später war ich zu einem Abendessen bei der SPD eingeladen, der Altkanzler Gerhard Schröder feierte am Vorabend seines siebzigsten Geburtstags im Restaurant von Sarah Wiener in Berlin. Joschka Fischer, Otto Schily, Frank-Walter Steinmeier und viele andere saßen an Tischen. Irgendwann hörte ich, dass eventuell noch Putin kommen würde, und flüchtete in die Kunsthallen des Hamburger Bahnhofs, die man direkt vom Restaurant aus erreichen konnte.

Ich stieß direkt auf acht Basaltblöcke von Beuys in einer monumentalen Raumskulptur. Das Kunstwerk sah aus wie ein Gräber- und Ruinenfeld, und ich überlegte, ob in die Blöcke irgendetwas eingearbeitet worden war, germanische Krieger oder uralte Sippen. Ich stellte mir vor, es läge hier das alte Bundeskabinett in den Basaltblöcken: Walter Riester, Franz Müntefering, Rudolf Scharping usw. Es war eine archaische Vorstellung.

Plötzlich standen zwei Männer im Raum; der eine im eleganten Anzug, sehr aufgeregt. Er gestikulierte, zeigte auf ein Loch in einem der Blöcke und sagte: »Da hat einer Ihrer Hunde hineingebissen!«

»Sind Sie sich sicher?«, fragte der andere Mann.

»Ich habe doch Ihren Hund gesehen, er hatte noch Filz und Ton von Beuys an der Schnauze! Das ist in meiner ganzen Direktorenlaufbahn noch nicht vorgekommen!«

»Wir sind verpflichtet, für die Sicherheit des Bundeskanzlers und seiner Gäste zu sorgen, und dafür brauchen wir die Spürhunde«, rechtfertigte sich der Mann, der vom Landes- oder Bundeskriminalamt sein musste.

Die Männer verließen den Raum, ich beugte mich über eine kegelförmige Bohrung, in die der Hund gebissen hatte. Jeder der Blöcke hatte so eine kegelförmige Bohrung, die den Basaltblock wie ein einäugiges Urwesen aussehen ließ.

Vielleicht hatte der Hund einen Schreck bekommen, wie ich damals in Goslar, als ich das erste Mal Kunst von Joseph Beuys betrachtet hatte? Oder der Hund hatte eine Spur entdeckt? Beuys hatte die Kegel mit Filz ummantelt, mit Ton ausgekleidet. Möglicherweise hatte der Hund etwas Verdächtiges gerochen?

Irgendwie war mir der Hund sympathisch. Die Feierlichkeiten für den Altkanzler hatten längst begonnen, ich hörte eine Rede aus der Ferne und berührte vorsichtig den herausgerissenen Filz, er war noch feucht vom Speichel. Interessant, dachte ich, wie sich hier Leben, Kunst und Politik verbinden. Für was stand denn nun dieser Biss?

Ich dachte an Putin, ich hatte Angst, zur Feier zurückzugehen und möglicherweise auf ihn zu treffen. Putin beißt auch in die Kunst, er sperrt Künstler ein, mit so einem Mann kann man nicht feiern. Mir fiel die Krim ein, die Spaltung Europas, erst acht Basaltblöcke, jetzt nur noch sieben! Erst G8, die Gruppe der führenden Industrieländer, jetzt nur noch G7, ohne Russland, weil Russland nach der Annexion der Krim ausgeschlossen worden war. Der Hund dachte mit! Oder stand der Biss für das lustvolle Verhältnis von Politik und Kunst in der Ära der regierenden Sozialdemokraten (Brandt, Schmidt, Schröder!)? Oder andersherum für die gefährliche Vereinnahmung des Künstlers durch die Politik? Gar für die Verfilzung? (Was machte ich hier auf einem Kanzleressen, zu dem man sogar Putin erwartete?)

Mittlerweile waren die Männer zurückgekommen, nun waren es drei. »Kann man das denn nicht wieder instand setzen?«, fragte einer der Sicherheitsbediensteten.

»Instand setzen?!«, wiederholte der Museumsdirektor.

»Ja, reparieren!«, sagte ein anderer.

»Das ist ein echter Joseph Beuys, kein Kotflügel! Den repariert man doch nicht so einfach! Ich rufe die Polizei!«

Ich schaute die Männer und den Hund an und mir schien, als wären sie plötzlich Schröder, Fischer und Schily. Fischer hatte noch den Filz im Mund und wedelte mit dem Schwanz; Schily hielt ihn streng an der Leine und Schröder, der lupenreine Kunstliebhaber, umarmte tröstend den betroffen dreinschauenden achten Basaltblock.

5.

Das Geheimnis der Scholztasche

Dezember 2021

Es war Sommer in Berlin, das ist schon dreizehn Jahre her, die SPD-Fraktion feierte an der Spree. Ich stand in einer Schlange vor einem Eiswagen, als eine leise Stimme hinter mir sagte: »Dramatiker essen also auch Eis.« Ich drehte mich um und sah den Minister für Arbeit und Soziales.

»Es ist ja auch heiß«, sagte ich.

Er nickte und lächelte. Ich war ganz erstaunt, dass der Minister offenbar das Feuilleton las, Dramatiker erkannte und sogar dieses Wort nicht verwechselte, die meisten sagen ja »Dramaturg«, dabei ist das etwas ganz anderes als »Dramatiker«. Schließlich sah ich auf seine schwarze Aktentasche, die er unter dem Arm hielt.

»Kommst du gerade von der Arbeit?«, man duzt sich ja unter anständigen Genossen, obwohl ich das Gefühl hatte, dass beim Duzen das hohe Ministeramt gleichsam schrumpfte.

»Ja«, antwortete er leise, kein Wort zu viel, dabei bedeutete er mir, ein Stück in der Schlange vorzurücken.

An diesen kurzen Dialog erinnerte ich mich nun, als am 08. Dezember Olaf Scholz zum Bundeskanzler gewählt wurde. Und ich fragte mich, ob sich vielleicht schon irgendetwas Grundsätzliches über den neuen Bundeskanzler aus unserem Dialog ableiten ließe. Die leise Stimme, überhaupt diese leise Art? Normalerweise spürt man es ja sofort, wenn ein Bundesminister hinter einem steht, solche Männer erzeugen Raum-verdrängung, sie werfen Bugwellen, sie würden sofort ganz vorne stehen, wenn sie ein Eis wollen.

Olaf Scholz aber hatte ich gar nicht bemerkt. Und dann dieses leicht ironische »Dramatiker essen also auch Eis«, wie sollte ich diesen Satz eigentlich verstehen? Dass man ein sel-tenes, exzentrisches Wesen ist, das sich doch eigentlich eher nicht in eine gewöhnliche Schlange für ein ganz normales Erdbeereis stellen würde?

In der Nachbetrachtung dieser kleinen Scholz-Szene meine ich heute, so einen leichten süffisanten Unterton herauszuhö-ren. (Vielleicht trifft es das ganz gut: *süffisant*, Duden: *Ein Ge-fühl von Überlegenheit genüsslich zur Schau tragend, selbstge-fällig, spöttisch-überheblich.* Aber bei Scholz eben ganz leicht, fein, zart, lächelnd, genüsslich.)

Irgendwie ist er ja mit diesen Eigenschaften Bundeskanzler geworden. Diese leichte, fast lautlose überhebliche Art der Be-hauptung, dass er es am Ende doch werden würde, selbst als die SPD im Februar noch weit abgeschlagen hinter der Union und den Grünen gelegen hatte. Dazu diese leise, belehrende Bestimmtheit (wie er mich in der Eisschlange darauf hinwies, ein Stück nach vorne zu rücken). Und dieses, wie es mir da-mals schien, erstaunliche Wissen (sogar über Dramatiker!).

Am Tag der Kanzlerwahl sah ich auch wieder diese Akten-tasche im Fernsehen, als Scholz zur ersten Sitzung des neuen Bundeskabinetts kam. Das muss damals dieselbe Tasche gewe-sen sein, dachte ich sofort, denn Scholz soll noch immer die Tasche benutzen, die er sich als junger Anwalt in Hamburg zugelegt hatte. Vielleicht steckt das ganze Scholz-Wissen in dieser schwarzen, abgewetzten Aktentasche, die er seit vierzig

Jahren mit sich umherträgt? Vielleicht ist sie so eine Art fliegender Teppich, mit dem er alles erreicht? Vielleicht steckte in ihr sogar das Wissen, dass er am Ende nicht katastrophale sechzehn, sondern eine winzige Mehrheit von fünfundzwanzig Prozent bekam, die ihn leise-bestimmt ins Kanzleramt fliegen ließ.

Als Dramatiker glaube ich fest daran, dass noch viel aus der Scholztasche kommt. Am ersten Tag seiner Kanzlerschaft kam erst einmal Schnee.

6.

Mit Olaf Scholz
in der Elmau-Sauna

Juni 2022

Ich war auch einmal auf Schloss Elmau. Nicht mit Joe Biden oder Emmanuel Macron, sondern mit meinem Roman. Früher fanden auf Schloss Elmau nicht nur G-7-Gipfel statt, sondern auch Literaturlesungen. Angereist bin ich nicht mit dem Helikopter wie Biden & Co, sondern mit der Regionalbahn bis Klais, dann mit einem Taxi weiter ins Tal des Wettersteingebirges.

Im Hotel gab es sehr viel Holz. Schwarze Elefanten, dunkelrote Wände, in der Lobby saßen Dichter, Pianisten, Anthroposophen und Philosophen. Das war, als noch der Teil der Schauspieler-Familie Müller-Elmau das Hotel führte. Heute wird es von dem einzigen der Müller-Elmaus geleitet, der in der Wirtschaft Millionen verdiente und dem Schloss einen »Retreat«-Neubau hinzufügte, in dem jetzt auch Biden & Co nächtigten. Einer der anderen, der künstlerischen Müller-Elmaus, spielte sogar in einem Stück von mir; dessen Neffe, ein Bühnenbildner, war der Ex von meiner Ex, ich war also mal total verbandelt mit dem Schloss. Eines Tages haben wir sogar Olaf Scholz in der Wellness-Sauna getroffen.

»Ist das nicht Scholz?«, flüsterte ich zur Ex, zu der Zeit war Scholz Bürgermeister in Hamburg. »Kommen Sie nach dem Saunieren zu meiner Lesung?«, fragte ich. »Nee«, sagte Scholz,

»aber meine Frau.« Mit Britta Ernst, die auf dem G-7-Gipfel das Partnerprogramm leitete, ist Scholz immer noch verheiratet, eigentlich ungewöhnlich für einen SPD-Kanzler.

Ob sich Scholz damals in der Elmau-Sauna wohl vorstellen konnte, dass er hier später einmal als Gastgeber mit dem amerikanischen und den anderen Präsidenten sitzen würde? Allerdings blutete mein zum Teil auch sozialdemokratisches Herz, als ich erfuhr, dass dieser G-7-Gipfel 180 Millionen Euro gekostet hatte, nur für die Sicherheitsaufwendungen. 180 Millionen für zwei Tage!

Zwar aßen die Präsidenten schön vegan und umweltbewusst von den Elmau-Holztellern (japanisch-französische Kreativküche), aber unentwegt landeten und starteten 6 Helikopter auf einem Wanderparkplatz, der vorher extra geteert worden war. Zudem verrammelte man das ganze Gebirgstal mit Maschinendrahtzäunen, versiegelte 50.000 Gullydeckel und errichtete Absperrungen und Kontrollstellen in halb Bayern, an denen 18.000 Polizisten standen. In Garmisch-Partenkirchen fiel 3 Tage die Schule aus, weil der amerikanische Präsident 90 Sekunden durch die Stadt gefahren wurde. Menschen konnten nicht zum Arzt, der Sportunterricht fiel aus, weil die Sporthallen von Sicherheitskräften, Polizisten und mobilen Justizzentren beansprucht wurden, dazu stellte man 200 Container als Arrestzellen für mutmaßliche Straftäter unterhalb der Skisprungschanze auf. Die Eissporthalle war sogar schon seit Februar gesperrt – für 90 Sekunden Biden!?

Vor dem Schloss Elmau fanden sich am Ende 50 Demonstranten ein, das waren sogar noch weniger, als damals zu meiner Lesung dort gekommen waren! Dabei versteht doch heute der größte Teil der Globalisierungskritiker, dass es auf dem

G-7-Gipfel um andere Fragen als um die Globalisierung ging, der Krieg in der Ukraine spaltete und schwächte den Protest. Umso absurder war dieser irre Aufwand. In den Schulen, in den Krankenhäusern, sogar auf den Intensivstationen, auf den Ämtern, bei der Müllabfuhr, an den Flughäfen, in der Gastronomie, in den Handwerksbetrieben – überall fehlt es an Personal, bricht alles zusammen, aber in Bayern versammelte man mal eben für Wahnsinnsbeträge 18.000 Polizisten, setzte Anwälte in mobile Justizzentren, die wahrscheinlich Däumchen drehten, und versiegelte wochenlang Abertausende von Gullydeckeln, mit einer ganzen Armee von Gullydeckel-Versieglern.

Wie konnten die Organisatoren des Gipfels nur so die Zeichen der Zeit ignorieren? Taktgefühl in einem krisengeschüttelten Land? Von Nachhaltigkeitsfragen und den geteerten Wanderwegen im Wettersteingebirge mal ganz abgesehen ... Falls ich irgendwann noch einmal Scholz in der Sauna treffen sollte, stelle ich ihm für diesen G-7-Gipfel den Elektro-Ofen aus.

7.

Die blaugraue Dämmerung
(Meine Lesung
anstelle von Günter Grass)

Juli 2022

Die *Süddeutsche Zeitung* hat heute bei mir angefragt, ob ich etwas über die schlimmste Lesung schreiben könne, die ich je erlebt habe. »Warum nicht die schönste? Ich habe sehr viele schöne Lesungen erlebt, ich liebe Lesungen!«, schrieb ich dem Feuilleton der Zeitung zurück. »Die schlimmste ist aber interessanter«, antwortete man mir.

Also gut, dann eben die schlimmste, die habe ich Günter Grass zu verdanken. Grass hatte ich bei seiner Lesung im Kanzleramt kennengelernt, Jahre später rief er mich aus einem Lübecker Krankenhaus an und fragte, ob ich ihn vertreten könne. Er habe gehört, dass ich ein guter Vorleser sei, und nun sollte ich ersatzweise für ihn lesen, Gottfried Keller, *Der grüne Heinrich*.

Der grüne Heinrich? – dachte ich, in der Thomas-Mann-Stadt, um den Literaturnobelpreisträger Günter Grass zu vertreten? »Klar«, sagte ich, »es ist mir eine Ehre, ich mache das!«

»Gut«, antwortete Grass, »lesen Sie einfach Ihre Lieblingskapitel, den Rest fassen Sie zusammen!«

Ich besorgte mir sofort das Buch, um es überhaupt erst einmal zu lesen, ich kannte es gar nicht und hatte natürlich auch noch keine Lieblingskapitel. Drei Tage habe ich Gottfried Keller gelesen, aber offen gestanden bin ich nie über das erste Kapitel hinausgekommen, ich bin immer wieder vor lauter Naturbeschreibungen rausgeflogen.

Dafür lief aber meine Gottfried-Keller-Lesung in der Thomas-Mann-Stadt anfangs eigentlich sehr gut, ich las natürlich aus dem ersten Kapitel, die Zusammenfassung hatte ich von Wikipedia. *Unter einer offenen Halle dieses Waldes ging am frühsten Ostermorgen ein junger Mensch; er trug ein grünes Röcklein mit übergeschlagenem schneeweißen Hemde, braunes dichtwallendes Haar und darauf eine schwarze Samtmütze, in deren Falten ein feines weiß und blaues Federchen von einem Nußhäher steckte.*

Bis hierhin war noch alles okay. Der nächste von mir vorgetragene Satz war auch noch ganz gut: *Als Heinrich an den Rand des Waldes trat, überflog der erste Rosenschimmer der nahenden Sonne die geisterhaften Gebilde, über dem letzten einsamen Eisaltar glimmte noch der Morgenstern ...,* doch dann kam dieser Satz: *Der weite See verschmolz mit den Füßen des Hochgebirges in eine blaugraue Dämmerung; die Schneekuppen und Hörner standen milchblaß in der Frühe.*

Plötzlich stand eine Zuhörerin in der ersten Reihe auf und sagte mitten in meine Gottfried-Keller-Lesung hinein: »Ich bin tief enttäuscht, Günter Grass liest den *grünen Heinrich* viel besser, mit Betonung!«

»Das tut mir leid«, antwortete ich, »ich weiß, dass Grass ein vorzüglicher Vorleser ist, aber ich wüsste nicht, was ich hier wie betonen soll.«

»*Die Schneekuppen und Hörner, die milchblass in der Frühe standen,* die hat Grass hier immer mit Betonung gelesen!«, erklärte sie.

»Ach, Sie waren schon mal bei einer Grass-Lesung vom *grünen Heinrich?*«, fragte ich erstaunt.

»Ja, schon dreimal, ich bin auch enttäuscht!«, rief eine andere Dame, die sich in einer der hinteren Reihen erhob.

»Das mag sein, dass Grass das etwas mehr betont«, entgegnete ich, »aber ich finde *Schneekuppen und Hörner, die milchblass in der Frühe standen* – das steht doch für sich? Das muss man eigentlich ganz monoton vorlesen, weil das im Text irgendwie schon überbetont ist, ich möchte das nicht doppeln.«

»*Die blaugraue Dämmerung* kann ich mir aber bei Ihnen auch nicht vorstellen!«, sagte wieder die Frau in der ersten Reihe. »Bei Günter Grass hat man sofort das Hochgebirge vor Augen, bei Ihnen nicht!«

»Aber vielleicht ist ja gut, dass Ihnen mal einer aus einer anderen Generation den *grünen Heinrich* vorliest«, erklärte ich, »für mich ist Gottfried Keller nämlich noch ein bisschen fremd.«

»Ich wette, Sie wissen nicht einmal, was ein *Nusshäher* ist!«, sagte die Nebenfrau der Dame aus der hinteren Reihe.

»Ein was??«

»*Nusshäher!!!* Haben Sie doch gerade vorgelesen!«

Ich hatte tatsächlich *Nusshäher* vorgelesen, ohne es irgendwie bemerkt zu haben. Schon beim zugegeben flüchtigen Probelesen des ersten Kapitels hatte ich *Nusshäher* offenbar überlesen und nicht einmal gegoogelt.

»Er liest Keller und weiß nicht, was ein *Nusshäher* ist!«, rief eine Vierte. »Das ist die Stelle, wo Heinrich Lee, also der grüne Heinrich, mit einem schneeweißen Hemd und dichtwallendem Haar nach Deutschland kommt, mit *Nusshäher* in der schwarzen Samtmütze!«

»Mir ist es, offen gestanden, egal, was der grüne Heinrich in der Samtmütze hat!« Ich wurde langsam wütend. »Ich bin zeitgenössischer Dramatiker und Literat, ich habe eine Zeit lang Popliteratur geschrieben! *Milchblasse Schneekuppen, blaugraue Dämmerung, Nusshäher in schwarzen Samtmützen* – das geht mir total auf die Nerven! Ich mache das hier nur, weil mich Günter Grass gefragt hat! Und weil es ganz gut bezahlt ist! Soll ich Ihnen zum Schluss noch die Wikipedia-Zusammenfassung vorlesen, mit Betonung?«

Eigentlich liebe ich ja Lesungen. Ich liebe es, während der Zugreise die Seiten meiner Strichfassung zu ordnen, die noch von der vorherigen Lesung ganz durcheinander ist, ich liebe es sogar, dabei diesen fürchterlichen ICE-Kaffee zu trinken, wenn ich es überhaupt noch schaffe, in den Speisewagen vorzudringen; ja, wenn man überhaupt noch in der Deutschen Bahn seine Strichfassung zu ordnen imstande ist vor lauter Chaos. Und ich liebe es, die Strichfassung auf den Lesetisch zu legen, auf einen einfachen Holztisch mit einem Glas Wasser, stilles, kein Glas Rotwein, wie Grass das immer gemacht hat, auch im Kanzleramt. Es mag ja sein, dass Grass *die blaugraue Dämmerung* mehr betont hat, aber ich finde Rotwein bei Lesungen die falsche Betonung. Ob er wohl blumig, fruchtig, voll oder samtig schmeckt? – fragte ich mich, als Grass während seiner Lesung im Kanzleramt Rotwein trank, ja, vielleicht betont man dann auch gleich blumiger oder fruchtiger, wenn man bei Lesungen Rotwein trinkt? Unbedingt nur stilles Wasser. Und einen schlichten Holzstuhl, bloß kein Sofa, keinen Sessel, ich halte Kollegen, die auf Sesseln und auf einem Sofa ihre Lesungen bestreiten, für Dilettanten. Mit Rotwein liest man überbetont fruchtig, auf einem Sofa oder Sessel kann man überhaupt nicht lesen.

Morgen zum Beispiel, morgen lese ich in Augsburg, herrlich! Wenn ich in Augsburg ankommen sollte und trotz Deutscher Bahn und trotz Coronasommerwelle noch bei Sinnen bin – und nicht gerade aus dem *grünen Heinrich* lesen muss –, dann wird es bestimmt herrlich.

Unser kompliziertes Leben
(Epilog)

Im Winter soll mein neues Buch erscheinen. Der Titel: *Unser kompliziertes Leben*. Da Verlage ihre Vorschauen bereits lange vor Erscheinen der Bücher verschicken, musste ich mich schon vor längerer Zeit für diesen Titel entscheiden. Das Leben empfand ich zu diesem Zeitpunkt wirklich als kompliziert. Meine Familie war gerade in Quarantäne, in häuslicher Trennung von Positiven und Noch-Negativen, beschäftigt mit absurden Versuchen, das Gesundheitsamt zu erreichen und ausgestattet mit Quarantäne-Bescheinigungen, die erst eintrafen, als wir schon längst in der nächsten Quarantäne waren.

Ja, das Leben war sehr kompliziert. Und nun? Müsste ich den Buchtitel jetzt nicht eigentlich verstärken? Unser noch komplizierteres Leben? Unser superkompliziertes Leben? Vielleicht sollte man an das entscheidende Wort selbst ran: Unser verkomplizi-ti-tiertes Leben?

Den Titel hatte ich ja vor dem Krieg in der Ukraine erdacht, vor der Zeitenwende, bevor so alte, lieb gewonnene Überzeugungen wie »Pazifismus« oder »Wandel durch Handel« zu Staub zerfielen. Der Titel stammte auch aus der Zeit vor der Energie- und Gaskrise, vor der Inflationskrise, vor der Lieferkettenkrise, der Lebensmittelknappheitskrise, die ja auch zu einer Hungerkrise wurde wegen der Millionen Tonnen Getreide, die in dem ukrainischen Hafen in Odessa lagen und erst fünf Monate nach Kriegsbeginn wieder ausgeliefert werden konnten, ausgerechnet durch die Vermittlung des türkischen Präsidenten, der sein eigenes Land endgültig in den Ruin getrieben hatte und nun versuchte, die restliche Welt zu retten, um in der Türkei vielleicht doch noch einmal wiedergewählt zu werden.

Und jetzt ist auch noch die Hitzekrise dazugekommen.

●

In unserer Wohnung zeigt das Thermometer 27 Grad an. Draußen brennen die Wälder, vertrocknen die Flüsse. Ich las heute von diesen toxischen Goldalgen, die Millionen von Fischen in der Oder haben ersticken lassen; von hundert Tonnen Fischkadaver; von mahnenden, sogenannten »Hungersteinen«, die im Rhein auftauchten, wie jener, der schon vor Jahren in der Donau zum Vorschein gekommen war, mit der Inschrift aus dem 19. Jahrhundert: *Wenn du mich siehst, dann weine.* Es gibt also auch eine Rheinkrise, eine Niedrigstandwasserkrise, die zu einer Binnenschifffahrtskrise geworden ist, weshalb die Schiffe mit der Kohle (die wir ja eigentlich gar nicht mehr haben wollen) kaum noch in den Kraftwerken ankommen, was schlecht ist, wegen der Erdgaskrise.

Dass einem der Gedanke heute, bei dieser Hitze, tatsächlich kommen kann: Ich muss wegen der Erdgaskrise unbedingt noch die Altbaufenster in unserer Wohnung mit neuen Dichtungen isolieren, aber die Rahmen sind verzogen. Zudem ist Herr Teicher aus dem ersten Stock gestorben, in seinem Bett zu Hause, direkt unter meinem Schreibzimmer, ich glaube, er hat aus seiner Einsamkeit in der Pandemie nie wieder herausgefunden und beim Sterben nachgeholfen. Nun wird seine

Wohnung bis zur Sanierung leer stehen und kalt sein, dabei heizte Herr Teicher quasi immer für uns alle mit, seine Wärme stieg nach oben. Ich werde also im Winter den Raumtemperaturregler bestimmt höher einstellen müssen. Bei jedem Grad, das ich höher gehe, stelle ich mir vor, wie Wladimir Putin aus dem Inneren des grauen Gehäuses lacht und höhnt, sodass ich sofort die Temperatur wieder herunterregele. Wenn mein Sohn oder meine Tochter fragen sollten, warum es zu Hause kälter ist als in der Schule und der Kita, dann erkläre ich ihnen die neue Welt.

Die Corona-Sommerwelle sei ja wohl überstanden, tweetete heute Karl Lauterbach, aber im gleichen Tweet warnt er vor der bevorstehenden Corona-Herbst- und Winterwelle mit neuen Varianten. Und vor den Affenpocken.

Unter der Meldung mit dem Lauterbach-Tweet steht, dass man das von russischen Truppen besetzte Atomkraftwerk in Saporischschja im Süden der Ukraine, mit sechs Reaktoren das größte in Europa, zwischenzeitlich notabgeschaltet habe, weil die vierte und letzte Stromleitung zwischen dem Kernkraftwerk und dem ukrainischen Energiesystem durch russischen Artillerie- und Raketenbeschuss beschädigt worden sei. »Jede Minute, die das russische Militär im Kernkraftwerk bleibt, bedeutet das Risiko einer globalen Strahlenkatastrophe«, sagte der ukrainische Präsident Selenskyj.

Ich erinnere mich an meine Klassenfahrt nach Florenz, Ende April 1986, und wie es plötzlich zu regnen anfing und wir alle panisch über die Piazza della Repubblica in die Cafés liefen, weil kurz zuvor das Atomkraftwerk in Tschernobyl explodiert war, und wir dachten, dass der Regen über Europa vielleicht radioaktiv sein könnte. Aber die Wolken über dem

Unglücksort waren nach der Kernschmelze nordwärts gezogen und nicht zu uns nach Italien. Trotz des Schreckens erinnere ich die Achtziger als ein unbeschwertes Jahrzehnt. Ja, vielleicht verklärt jeder das Jahrzehnt seiner Jugend, aber ich war davon überzeugt, die Welt würde immer besser werden, immerhin waren wir alle Pazifisten und sollten nicht einmal mit Erbsenpistolen auf Menschen zielen.

Aber jetzt findet sich meine Generation in einer Wirklichkeit wieder, mit der sie nie gerechnet hat.

Unter der Meldung über das beschädigte Kernkraftwerk in Saporischschja steht noch etwas über die Nickel- und Chipkrise. Aus der Ukraine und Russland kamen auch Metalle wie Nickel und Gase wie Neon, die man für Bauteile der elektrifizierten und digitalen Welt braucht. In Shanghai oder Guangzhou sind ganze Metropolregionen, in denen sich Halbleiterwerke für die Mikrochiptechnologie befinden, wegen Corona abgeriegelt worden und die chinesischen Investoren sind geflüchtet. In Taiwan werden fünfundsechzig Prozent aller weltweit benötigten Chips produziert, und falls China die unabhängige Republik doch angreifen sollte (den China-Taiwan-Konflikt gibt es ja auch noch!), dann könnte es sein, dass wir bald nicht mal mehr einen Computer hochfahren oder ein Auto öffnen können. Ich wusste wirklich vor dem Ukraine-Krieg und dem China-Taiwan-Konflikt nicht, dass wir ohne Nickel, Neon und diese kleinen Siliziumscheiben unser Leben nicht mehr so weiterführen können.

Aber brauchen wir das alles überhaupt noch?

Wenn sich Kriegsparteien um ein Atomkraftwerk herum mit Raketen beschießen, unsere Flüsse austrocknen, die Wälder brennen, die Felder verdorrt sind, das Süßwasser knapp wird, die Bäume sterben und seltsame toxische Algen und Mücken, Nager und Insekten und Bakterien auftauchen und ungeheure Gewitter aufziehen mit Blitz- und Totalüberschwemmungen und mit Erdrutschen und Wüstenbildung und Hunger und Klimaflucht und Verteilungskriegen?

Den Kindern vielleicht doch nicht die neue Welt erklären?

Gestern war ich in der Apotheke und wollte wenigstens einen IBU-Kindersaft kaufen, gibt es nicht mehr! Weil sich ein großer Zulassungsinhaber vom Markt zurückgezogen hat, wegen der Rohstoffkrise. (Nickel oder diese Siliziumscheiben wären mir gerade echt egal, aber IBU-Kindersaft?!)

Vielleicht stecken die Krisen mittlerweile auch ineinander wie diese berühmten russischen Matroschka-Puppen. Krise in Krise in Krise: Pandemie, Lieferausfälle, Angriffskrieg, Energiekrieg, Rohstoffknappheit, Inflationsrekorde, Entlastungspakete, Verschuldung, Insolvenzen, Klimakrise, Hitzewellen, Ernteausfälle, Hungersnöte, Migrationswellen, soziale Unruhen, Aufstände, Regierungskrisen, Postfaschismus – das alles könnte am Ende in einer wahnsinnig großen, gigantischen Puppe ineinanderstecken.

Ein Freund bei der *Zeit* berichtete mir – als Nord Stream 1 gewartet wurde und kein Mensch außer Putin wusste, ob danach wieder Erdgas kommen würde –, dass sie noch genau für neun Ausgaben Papier hätten. Wegen der Papierkrise. Schon vorher waren die Druckereien und Verlage durch die Pandemie und die unterbrochenen Lieferketten von einem dramatischen Papiermangel bedroht, jetzt würde ein Gasembargo »einen flächendeckenden Produktionsstopp bedeuten«, schreibt der Branchenverband der Papierindustrie.

Könnte es also sein, dass mein Buch über unser kompliziertes Leben gar nicht im Winter erscheinen kann? (Unbedingt den Verlag fragen!)

Sonst würde ich Theater mieten und es vorlesen, das Buch ist ja auch komisch, wir brauchen im Winter unbedingt etwas Heiteres. In Krisen- oder Kriegszeiten Komödien schreiben oder spielen, sagt Thomas Mann. Aber ob es dann im Theater für das Heitere zu kalt sein wird?

●

In der Wohnung sind es jetzt 28,5 Grad und es beginnt zu regnen. Extremregen. Dreißig Liter Wasser pro Quadratmeter werden angesagt (und der Bundespräsident musste eben das erste Bürgerfest nach drei Jahren Pandemie abbrechen).

Es ist irre, 28,5 Grad in meinem Schreibzimmer, aber ich sehe gerade große Hagelkörner auf die Fensterbank schlagen. Ich öffne schnell das Fenster und greife mir eines der größten Hagelkörner. Ich halte es mir an die heiße Stirn und überlege, ob diese ganzen Krisen vielleicht im Vergleich zu dieser einen Krise geradezu lächerlich sind, die über zwei Jahre durch Pandemie und Krieg verdrängt worden ist und die nun laut und stark auf meine Fensterbank schlägt.

Und ich frage mich, ob ich wohl den Nobelpreis bekäme, wenn ich eine Methode erfände, diese unfassbare Hitze in der Wohnung irgendwie zu speichern, um sie dann im Winter zu verwenden. Ich wäre so gerne eine Art Albert Einstein mit einer genialen Hitzespeicherformel.

Oder ein Hölderlin mit so guten Nachrichten wie diesem

Vers aus der *Patmos*-Hymne: *Wo aber Gefahr ist, wächst / Das Rettende auch.*

Hölderlin hat diesen Vers vor über zweihundert Jahren geschrieben, man hat ihn über die Jahrhunderte bestimmt sehr oft zitiert und gewiss ist in der ganzen Zeit auch immer wieder das Rettende in den Gefahren hervorgetreten, so wie in den 8oern, als ich glaubte, die Welt würde immer besser werden.

Aber wo wächst das Rettende jetzt?

Kann man es schon sehen? Sind es unsere Kinder? Können wir hoffen? Und endlich tun, was nötig ist? Oder läuft irgendwann auch einmal die Zeit der berühmtesten Verse ab?

Nachweis der Veröffentlichungen

I Der Frieden in Kinderhänden

Zeitenwende – und der Versuch, sich selbst neu zu sortieren. Der Tagesspiegel: *Aber wo stehe ich denn nun?* 07.03.2022.

Die kleine Robbe aus Odessa. Weser-Kurier, 01.04.2022.

Tatiana flüchtet aus Kiew und ich muss in der Schweiz lesen. Der Tagesspiegel: *Die Intellektuellen und der Ukraine-Krieg.* 17.04.2022.

Über das Böse. Weser-Kurier: *Absurde, verfremdete Welt.* 17.04.2022.

Krieg der Briefe. Der Tagesspiegel: *Schnauze voll von Selbstgewissheit.* 12.05.2022.

Rede auf die pazifistischen Frauen im Teufelsmoor. Weser-Kurier, 17.07.2022.

Die Szenen der Wahnsinnigen. Weser-Kurier, 04.08.2022.

Vom Reden und vom Fühlen. Weser-Kurier, 18.08.2022.

Der Fluch des nächsten Toooooors. Weser-Kurier, 13.08.2022.

II Mein Leben mit Lauterbachs roter Fliege

Lockdown. Der Tagesspiegel: *Die Geister von Corona.* 12.04.2020.

Verschwörer. Der Tagesspiegel: *Ab in den Corona-Markt.* 26.04.2020.

Die Virologen – Skizze für ein Theaterstück nach Dürrenmatt. Der Tagesspiegel: *Die schlimmstmögliche Wendung.* 03.06.2020.

Unsere gelehrigen Körper. Der Tagesspiegel, 10.05.2020.

Donald Trump ohne Maske und Friedrich Dürrenmatt mit seiner Gesamtausgabe auf dem Weg zum Kapitol. Weser-Kurier, 17.01.2021.

Die Pandemie in deutschen Leitz-Ordnern. Weser-Kurier, 21.02.2021.

Die deutsche Impfkrise. Weser-Kurier: *Von kolorierten Haaren und echten Problemen.* 07.02.2021.

Warten auf Godot. Weser-Kurier, 07.03.2021.

OOOH Deutschland. Weser-Kurier, 28.03.2022.

Zurück zur Normalität. Der Tagesspiegel, 13.06.2021.

Man leugnet die laufende Nase des eigenen Kindes, glaubt aber an die Weltherrschaft von Bill Gates oder Angela Merkel. Weser-Kurier: *Reden wir endlich über den Sommer.* 06.06.2021.

Es geht weiter – vierte oder fünfte Welle (Quarantäne). Der Tagesspiegel: *Eine Familie im Qurantäne-Wahnsinn,* 07.12.2021.

Omikron und die Berliner Falzmaschinen. Weser-Kurier, 29.01.2022.
Abstand bei Putin. Weser-Kurier: *Wie findest du meinen Tisch?* 12.02.2022.

III Europas kälteste Zeit

Die Kriminalisierung der Menschenliebe. Weser-Kurier, 20.11.2021.
Die Welt hinter dem Wort Flüchtling (Der syrische Dichter Kheder Alagha). Der Tagesspiegel, 25.09.2017.
Europas kalter Sommer. Der Tagesspiegel, 06.07.2019.
Das Europa der Intellektuellen. Die Zeit: *Amseln in der Deutschen Bank.* 15.05.2014.
Die Spur des Unendlichen im Antlitz des Anderen. Die Zeit: *Mit Merkels Hubschrauber über Sachsen.* 03.09.2015.
Pegidagesichter. Der Tagesspiegel: *Pérdida de tiempo!* 01.02.2015.
Über Schildkröten. Der Tagesspiegel, 01.03.2015.
»Hase, du bleibst hier«. Deutschland als Farce. Der Tagesspiegel: *Wie der Hase läuft.* 18.09.2018.
Brexit beim Essen. Der Tagesspiegel, 11.02.2019.
Somebody to love. Weser-Kurier, 20.06.2022.

IV Mein anderes Land

Die Autokratien meiner Frauen. Der Tagesspiegel, 12.03.2017.
Diese türkische Nacht. Frankfurter Allgemeine Zeitung, 18.07.2016.
Mein Leben im Gegenputsch. Der Tagesspiegel, 15.08.2016.
Stille Tage in Antalya. Der Tagesspiegel, 13.09.2016.
Das andere Land meines Sohnes. Süddeutsche Zeitung, 12.04.2017.
Frau Mahlzahn wohnt in der Türkei. Tagessspiegel, 30.06.2019.

V Kinderkanzlerträume

Für eine infantile Radikalität. Der Tagesspiegel: *Was muss man können, um Kanzler zu können?* 08.08.2021.
Für diesen einen Satz möchte ich Angela Merkel umarmen. Der Tagesspiegel: *Die Elementarreaktion.* 02.11.2018.
Unser Milchbauer war wie er (Nachruf auf Helmut Kohl). Der Tagesspiegel, 02.07.2017.

Die Spürhunde des Altkanzlers. Der Tagesspiegel: *Hund beißt Beuys.* 20.09.2014.

Das Geheimnis der Scholztasche. Weser-Kurier, 12.12.2021.

Mit Olaf Scholz in der Elmau-Sauna. Weser-Kurier, 03.07.2022.

Die blaugraue Dämmerung (Meine Lesung anstelle von Günter Grass). Süddeutsche Zeitung: »*Ich wette, Sie wissen nicht einmal, was ein Nusshäher ist!*« 08.08.2022.

Zitatnachweise

S. 13: Charlotte Wiedemann: *Das große Sprechen,* Taz, 02.03.2022.

S. 13: Reinhard Veser: *Die Ukraine braucht Mittel zur Selbstverteidigung.* Frankfurter Allgemeine Zeitung, 13.12.2021.

S. 20: Serhij Zhadan: *Liebe Europäer, machen Sie sich keine Illusionen.* Der Spiegel, 18.03.2022.

S. 29: Immanuel Kant: *Die Religion innerhalb der Grenzen der bloßen Vernunft.* Reclam, 1986.

S. 29: Platon: *Der Staat.* dtv, 1998.

S. 41: Serhij Zhadan: *Wir werden vernichtet. Offener Brief zum Ukraine-Krieg.* Die Zeit, 06.07.2022.

S. 49: Wolfgang Merkel: *Suche nach Lösungen im Ukraine-Krieg. Je früher Verhandlungen beginnen, umso mehr Leben werden gerettet.* Der Tagesspiegel, 04.07.2022.

S. 49: Herfried Münkler: *Warum sollte Putin verhandeln?* Der Tagesspiegel, 11.07.2022.

S. 49, 50, 158: Johann Peter Eckermann: *Gespräche mit Goethe in den letzten Jahren seines Lebens.* Insel Verlag, 1981.

S. 63: Walt Whitman, in: Henry Miller: *Von der Unmoral der Moral.* Übersetzt von Hermann Stiehl. Rowohlt, 2000.

S. 65: Adam Tooze: *Welt im Lockdown. Die globale Krise und ihre Folgen.* Übersetzt von Andreas Wirthensohn. C.H. Beck, 2021.

S. 68: Thomas Mann: *Der Zauberberg.* Kommentierte Ausgabe, S. Fischer, 1999.

S. 78: Friederike Haupt: *Der Asteroid und das Virus.* Frankfurter Allgemeine Zeitung, 18.04.2020.

S. 82: Michel Foucault: *Überwachen und Strafen.* Aus dem Französischen von Walter Seitter. Suhrkamp Wissenschaft, 2012.

S. 155: Lukrez: *De rerum natura – Über die Natur der Dinge.* Übersetzt von Klaus Binder. Galiani Berlin, 2014.

S. 157: Hans Blumenberg: *Schiffbruch als Zuschauer.* Suhrkamp Wissenschaft, 1993.

S. 163: Sarah Mardini: *Die letzten drei Jahre habe ich nicht gelebt.* Der Tagesspiegel, 16.11.2021.

S. 176 f.: Ryszard Kapuściński: *Der Andere*. Aus dem Polnischen von Martin Pollack. Edition Suhrkamp, 2008.

S. 176 f.: Emmanuel Lévinas: *Zwischen uns: Versuche über das Denken an den Anderen*. Aus dem Französischen von Frank Miething. Hanser, 2007.

S. 254 f.: Gottfried Keller: *Der grüne Heinrich*. Deutscher Klassiker Verlag, 2007.

S. 265: Friedrich Hölderlin: *Gedichte*. Reclam, 2015.